Editora **Charme**

O Duque Devasso

DECADENT DUKES SOCIETY - 2

MADELINE HUNTER

AUTORA BESTSELLER DO *NY TIMES*

CB005925

Copyright © 2018. A Devil of a Duke by Madeline Hunter.
Direitos autorais de tradução© 2019 Editora Charme.

Todos os direitos reservados.

Nenhuma parte desta publicação pode ser reproduzida, distribuída ou transmitida sob qualquer forma ou por qualquer meio, incluindo fotocópias, gravação ou outros métodos mecânicos ou eletrônicos, sem a permissão prévia por escrito da editora, exceto no caso de breves citações consubstanciadas em resenhas críticas e outros usos não comerciais permitido pela lei de direitos autorais.

Este livro é um trabalho de ficção.
Todos os nomes, personagens, locais e incidentes são produtos da imaginação da autora. Qualquer semelhança com pessoas reais, coisas, vivas ou mortas, locais ou eventos é mera coincidência.

1ª Impressão 2019

Produção Editorial - Editora Charme
Imagem - Period Images, Pi Creative Lab
Criação e Produção Gráfica - Verônica Góes
Tradução - Luciana Vargas
Revisão - Elimar Souza

Esta obra foi negociada por Bookcase Literary Agency e Kensington Publishing.

FICHA CATALOGRÁFICA ELABORADA POR
Bibliotecária: Priscila Gomes Cruz CRB-8/8207

H945d	Hunter, Madeline
	O Duque Devasso / Madeline Hunter; Tradutor: Luciana Vargas; Revisor: Elimar Souza. – Campinas, SP: Editora Charme, 2019. 336 p. il. – (Série Decadent Dukes Society ; 2)
	Título Original: A Devil of a Duke
	ISBN: 978-65-5056-006-5
	1. Ficção norte-americana	2. Romance Estrangeiro - I. Hunter, Madeline. II. Vargas, Luciana. III. Souza, Elimar IV. Título.

www.editoracharme.com.br

O Duque Devasso

DECADENT DUKES SOCIETY - 2

Editora **Charme**

TRADUÇÃO: LUCIANA VARGAS

MADELINE HUNTER
AUTORA BESTSELLER DO NY TIMES

Dedicado ao meu filho, Thomas.

Um

6

Lady Farnsworth deixou de se importar com a opinião da sociedade depois que seu marido, o barão, morreu. Após um mês do funeral, ela passou a se vestir e se comportar como bem quisesse. Três anos depois, membros generosos da sociedade a chamavam de peculiar. O resto empregava palavras mais cruéis.

Ninguém, no entanto, aprovou sua decisão bizarra de contratar uma mulher como secretária. Alguns alegaram que era uma indicação de que a dama havia perdido o juízo. A secretária em questão, Amanda Waverly, sentia apenas gratidão pelo ato precipitado de sua empregadora. Até porque Lady Farnsworth a havia aceitado com pouquíssimas referências. Às vezes, Amanda sentia alívio aliado à gratidão por saber que Lady Farnsworth jamais conheceria mais sobre seu passado e caráter.

No final de maio, essa história passava no fundo da mente de Amanda enquanto ela trabalhava em sua mesa na biblioteca de Lady Farnsworth. Ela usava sua mão delicada para copiar um ensaio que Lady Farnsworth havia escrito. O documento original havia sofrido muitas mudanças e cruzamentos, por isso ela teve bastante cuidado ao incorporar tudo neste rascunho.

Era difícil manter a concentração porque uma brisa muito agradável entrava pela janela aberta da biblioteca. Quando olhou para fora, ela viu a Rua Green e sua atividade, com as belas carruagens que passavam em direção ao Hyde Park. Amanda gostava mais das carruagens abertas, porque exibiam os chapéus e acessórios usados pelas damas. Pedaços de conversas e fofocas entravam por sua janela quando passavam, mas ela gostava mesmo era de suas risadas despreocupadas. O som criou uma melodia que a levou a cantarolar uma de suas músicas favoritas.

Normalmente, a visão a deixava satisfeita com o caminhar de sua vida, apesar do passado. Hoje, no entanto, sua mente foi enviada imediatamente para a carta em sua retícula e para uma tarefa que ela havia estabelecido para si mesma nesta tarde. Essa missão certamente acabaria com sua situação vantajosa, caso Lady Farnsworth algum dia descobrisse.

— Você já terminou?

Amanda olhou para cima e viu Lady Farnsworth se inclinando sobre ela. Com cabelos e olhos escuros em plena meia-idade, a dama preferia um tipo de vestido que só aumentava os rumores presunçosos sobre ela. Declarando que as cinturas altas da moda atual não ficavam bem para mulheres maduras, a senhora mandou fazer vestidos semelhantes aos usados há quarenta anos.

Como ela evitava os espartilhos do passado por limitarem demais, tais vestidos a faziam parecer mais matronal do que jamais pareceria se seguisse a última moda. Por cima de suas vestes cheias de laços e babados, a dama geralmente usava um longo xale. Ela jogava uma extremidade do tecido sobre o ombro oposto como uma toga. Naquele dia, seu traje consistia em seda rosa adornada com bordado azul e renda branca, sob um envoltório multicolorido repleto de padrões detalhados de flores em tons pastel. O tecido do xale tinha uma incômoda semelhança com as flores que decoravam os estofados da biblioteca.

— Estou quase terminando. — Amanda se concentrou em sua caneta. — Talvez mais uma hora.

— Para o primeiro rascunho? Não está passando bem hoje? Normalmente você é mais rápida.

— Foram muitas mudanças. No entanto, consegui completar as duas cartas.

— Deixe-me ver. — Uma mão forte passou sob o nariz de Amanda e apanhou os papéis. — Tolice. Você não precisa de uma hora. Um quarto de hora, talvez. E está tão bem-feito que não precisaremos de outro rascunho. Nós levaremos este para a reunião.

— Nós?

— Esqueci de contar? Quero que você me acompanhe para que eu possa apresentá-la. — Ela olhou criticamente para o vestido de Amanda. — Por que está vestindo essa coisa triste e verde? Eu dei-lhe alguns dos meus vestidos para serem refeitos, assim você não teria que usar uma cor tão desfavorável.

— Eu aprecio seus presentes, verdadeiramente. Como pôde ver, fiz bom uso deles. Apenas não queria sujá-los com tinta — respondeu rapidamente, embora tivesse usado esse vestido velho por uma razão diferente e, de qualquer maneira, sempre usava um avental.

— Este terá de servir para nossa visita. Ninguém lá se importará, mas você fica adorável quando se veste melhor. — Lady Farnsworth deu batidinhas em sua cabeça como faria uma tia gentil. — Todos sabem que é um tesouro que encontrei, srta. Waverly. E quão útil e competente você é. Isso é tudo o que importará.

— Eu pretendia fazer algumas compras enquanto estivesse em sua reunião. Isso ainda será possível?

— As lojas perto da Praça Bedford devem atender suas necessidades. Não precisaremos de você por mais do que quinze minutos. Agora, termine o rascunho para partirmos a tempo. Ah, e assine as cartas para mim. Ouso dizer que você o faz melhor do que eu e também não quero tinta em minhas roupas.

Precisa de mim para quê? Amanda supôs que tudo seria esclarecido no devido tempo. Quinze minutos. Ela rezou para que não demorasse mais do que isso, embora a Praça Bedford fosse muito conveniente para sua tarefa. Tão conveniente que parecia que a sorte sorria para ela.

Ela olhou para sua simples retícula de tricô. A carta lá dentro, entregue pelo correio na noite passada, quase gritava seu conteúdo. Esteve otimista demais ao pensar que, obedecendo a um comando, poderia ser poupada. Uma ponta de rebeldia cresceu dentro dela, revoltando-se contra como estava sendo usada e pela evidência de que o esquema ainda não havia terminado. Até que descobrisse o nome da pessoa por trás de tudo, ela teria que obedecer. A liberdade de sua mãe, talvez até sua vida, dependia dela.

<hr />

Gabriel St. James, duque de Langford, bufou com impaciência enquanto sua carruagem seguia lentamente para o leste da cidade. Nesse ritmo, sua visita levaria a tarde toda.

O lento progresso piorou seu humor já azedo por causa dos eventos do dia. Ele estava aborrecido com as pessoas o parabenizando por fazer o que era seu dever de nascimento e herança. Os sorrisos e agradecimentos eram infernais de tão condescendentes. Se ele soubesse que fazer aquele discurso na Câmara dos Lordes na semana anterior resultaria em tanta bajulação, teria esquecido tudo numa garrafa de um bom clarete.

Agora, aqui estava ele, sofrendo porque seu irmão mais novo havia comprado uma casa tão longe de tudo.

Por que Harry não poderia ter permanecido à disposição na casa da família? Havia espaço de sobra. Ou, se ele insistisse em noções equivocadas de independência, poderia ter arranjado um gabinete ou uma casa em

Mayfair. Mas não, Harry tinha que demonstrar sua excentricidade ao escolher uma casa perto do Museu Britânico. Não que Gabriel precisasse visitá-lo. Havia estado lá tantas vezes que provavelmente conhecia todos os itens de seu inventário.

Sentindo-se atormentado pelo mundo em geral, Gabriel tentou se distrair tramando alguns dias de excessos. A devassidão irrestrita sempre o fazia se sentir melhor. Pretendia seduzir uma certa dama para aproveitar esses dias com a moça. Ela havia sido modesta até o momento, mas ele reconhecia o progresso. E, no último encontro, seus olhos tinham mostrado todos os sinais certos.

A carruagem deu uma volta e ganhou um pouco de velocidade. Não o suficiente, no entanto, e Gabriel se amaldiçoou por não ter ido a cavalo. Sempre era mais rápido. Quando finalmente o veículo parou em frente à casa urbana de seu irmão na rua Bainbridge, Gabriel saiu e olhou para a fachada.

Ele não gostava da casa, e não apenas porque era uma inconveniência. Por si só, a fachada de tijolos, os peitoris das janelas de calcário e as soleiras do mesmo material poderiam até dar certo. Apesar de, mesmo com três andares, a casa dificilmente parecia o lar de um lorde.

O problema era a construção ao lado. Uma casa enorme, de propriedade de Sir Malcolm Nutley, ficava colada à casa de Harry. Era uma construção antiga, projetada na época em que as casas não precisavam ser discretas. Uma abundância de esculturas de pedra marcava sua idade e a fazia parecer ainda mais imponente. E deixava a construção vizinha com uma aparência ainda mais modesta.

O efeito pôde ser visto na reação da mulher que parou para contemplar a arquitetura. Uma criada, pela aparência de seu modesto vestido verde, inclinou a cabeça para trás até que a aba profunda de seu chapéu de palha apontou para as nuvens. A mansão cinza antiquada deve tê-la impressionado, porque ela andou até o canto mais distante para ver de outro ângulo.

Gabriel voltou sua mente para o assunto que o levou até ali. Era uma visita fraternal, uma questão de dever, mas também de afeto. O coração de Harry havia sido quebrado pela primeira vez e era improvável que ele soubesse como lidar com tal desapontamento. Gabriel, por outro lado, possuía ampla e profunda experiência em assuntos do coração. Por mais inconveniente que fosse, é claro que ele atravessaria a cidade para ajudar o irmão.

A casa parecia fechada. Amanda examinou enquanto metade de sua mente pensava nos peculiares quinze minutos que acabara de passar em outra casa, a da Praça Bedford. A sra. Galbreath, uma mulher loira, bonita e delicada, recebera Lady Farnsworth e ela. Então todas se sentaram em uma biblioteca com cadeiras e divãs de sobra, enquanto a sra. Galbreath gentilmente fazia perguntas a Amanda. Eram o tipo de perguntas que alguém faria para um novo conhecido, apenas um pouco mais aguçadas.

Se ela não soubesse melhor, suspeitaria que estava sendo sondada para outro trabalho. Mas Lady Farnsworth a alertaria se pretendesse dispensá-la. De fato, Lady Farnsworth olhou tudo com indulgência. Só no final ela mencionou que a sra. Galbreath era a editora do *Parnassus*, o periódico para o qual ela escrevia. A sra. Galbreath, por sua vez, disse que se reuniriam novamente em breve.

Então Lady Farnsworth dispensou Amanda para ir às compras.

Ela se forçou a parar de refletir sobre a peculiar reunião e se concentrou na grande casa à sua frente. Moveu sua cesta cheia de itens domésticos básicos para o braço direito, para que fosse visível para qualquer pessoa na casa. Ninguém lá dentro imaginaria por que uma mulher vestida de forma tão simples havia parado para olhar a casa enquanto voltava das compras.

O fato de Sir Malcolm Nutley morar em uma casa tão grande era digno de nota. Devia ser da época do rei Charles. Nada em Mayfair se parecia com aquilo, e até mesmo as famosas mansões londrinas, como Montagu House e Somerset House, eram menos extravagantes. Além do excesso de decoração, a casa também exibia um tamanho considerável. Ela não conseguia imaginar quantos cômodos possuía.

Um coche que havia parado em frente à casa ao lado ainda estava lá. Ela vira um homem alto e bonito sair e fazer uma pausa enquanto olhava para a pilha de pedras do vizinho. Ele olhou para ela também, mas não com desconfiança.

Amanda, por sua vez, o notara. Qualquer um notaria. A julgar por suas roupas e apetrechos, ele devia ser muito rico. Ele tinha os olhos mais azuis que ela já vira. E carregava seu chapéu que era de tão boa qualidade quanto suas vestimentas. Mas ela duvidava que o acessório se encaixasse facilmente sobre os cachos grossos, escuros, elegantes e um tanto indisciplinados que decoravam a cabeça dele.

Ele entrou na outra casa, e ela caminhou em direção ao coche, mantendo o olhar fixo na residência de Sir Malcolm. Um lacaio apoiava-se na lateral do veículo enquanto um cocheiro mexia no freio de um cavalo.

Ela se aproximou o suficiente para que o cocheiro de cabelos grisalhos a notasse. Ele acenou para ela e sorriu. Amanda apontou para a casa grande.

— Você sabe quem mora ali?

— Essa é a casa de sir Malcolm. Sir Malcolm Nutley, já um idoso. É a casa da família. Não se vê muitas como essa, é extravagante demais. Não é do meu gosto, mas sou um homem simples.

— É bem chique e impressionante, mas também não é do meu gosto. Eu prefiro essa outra de tijolos. Imagino que um comerciante viva nela.

— O homem que eu trouxe aqui parecia ser um comerciante? — indagou o cocheiro, sorrindo.

— É a casa dele?

— Não, mas ele também não é do tipo que visita comerciantes. Se eu estivesse com o coche principal em vez deste, você entenderia. — Ele se inclinou, apontou o polegar para a casa de tijolos e disse confidencialmente: — O irmão de um duque mora lá, e foi o próprio duque que você viu entrar.

— Minha nossa! Eu nunca havia visto um duque antes. Minha amiga Katherine ficará tão impressionada por mim. Você pode me dizer qual era? Se eu não souber, ela provavelmente nunca acreditará.

— Langford. O irmão dele que mora aqui é lorde Harold St. James.

— Eu nunca esperaria que um lorde morasse numa casa dessas — disse ela, olhando para a casa de pedras.

— Bem, lorde Harold é... — Ele esfregou o queixo enquanto procurava a palavra. — Incomum. Acho que ele não é do tipo que se preocupa muito com o ambiente ao redor. Esta casa combina com ele. Não há necessidade de muitos criados e outras pessoas para importuná-lo.

— Ele pode ser um lorde, mas eu preferiria ver o interior da casa de Sir Malcolm. Suponho que seja muito grandioso.

— Provavelmente muito empoeirado. Sir Malcolm não voltou à cidade desde que partiu no verão passado. Soube que está doente. Ficou no campo, onde o ar é melhor.

A casa estava realmente fechada. Que golpe de boa sorte.

— Talvez, se a família não estiver residindo, a governanta me deixe ver o interior.

— Você é corajosa, não é? Eu apostaria uma libra que ela nunca permitiria isso — ponderou ele, ao dar uma boa olhada nas roupas dela.

— Não custa nada tentar.

— Fique à vontade.

— Vou me apresentar na entrada de serviço. Katherine ficará com tanto ciúme se eu conseguir. Então vai me dizer que tenho mais coragem do que bom senso. Ela sempre diz isso. — Ela se virou para a casa grande. — O pior que pode acontecer é me dizerem não.

Ela sentiu o olhar do cocheiro nela enquanto se aproximava do portão na lateral da casa. Ao empurrar, entrou no pequeno caminho que flanqueava a casa e levava ao jardim. Depois que o portão se fechou, ela parou.

O caminho era muito estreito, mal tinha um metro de largura e, do outro lado, corria um muro alto que separava essa propriedade da casa de Lorde Harold. Ela voltou sua atenção para as janelas acima dela. Até as do primeiro piso ficavam a uns oito metros do chão.

Amanda tocou a alvenaria da lateral da casa, notando a profundidade da argamassa entre as pedras rústicas e as palmetas. Ela olhou os peitoris profundos da janela acima dela. Enquanto seguia pelo caminho, viu que as janelas ali embaixo não só estavam trancadas, mas também barradas. Ela virou a esquina da casa e encontrou a entrada de serviço.

Ninguém respondeu à sua batida. Ela se inclinou para espiar pela janela; a cozinha parecia não utilizada. Não havia provisão alguma sobre a mesa, nem facas usadas. Nada. Aparentemente, um cozinheiro não trabalhava ali quando Sir Malcolm estava no campo. Se não havia cozinheiro, provavelmente também não havia mais do que uns poucos empregados.

Amanda não acreditava que uma empregada lhe daria uma excursão, mas valia a pena tentar. Sua tarefa teria sido muito mais fácil. Dois minutos de distração e estaria feito. Ela examinou a porta e viu que era de madeira maciça, com dobradiças que indicavam que girava para dentro. Três fechaduras a mantinham trancada. Não ficaria surpresa se uma barra também fornecesse segurança. Sir Malcolm não se arriscava. Ele provavelmente sabia que uma casa como essa atraía ladrões e não estava localizada em um bairro como Mayfair.

Não seria fácil entrar. Isso significava que ela teria que usar o jeito mais difícil.

Amanda voltou para o caminho estreito. Desta vez, enquanto ela passava devagar, examinou a casa de tijolos ao lado.

⁘

— Eu não acho sensato você deixar a cidade imediatamente — Gabriel expressou seus pensamentos enquanto observava Harry colocar camisas em uma valise. Alguém pensaria que Harry não tinha um valete, o que era verdade. No entanto, ele tinha um criado pessoal que faria as malas para ele, mas o homem estava em outro lugar fazendo o que os servos de tarefas gerais faziam.

— Eu não consigo pensar em um motivo para ficar — murmurou Harry.

— Você cede prontamente à decepção. Admite a derrota rápido demais.

Harry parou de fazer as malas, olhou para a valise e depois para Gabriel.

— Eu a vi beijando outro homem ontem à noite, na parte de trás do camarote.

— Então fale com ela. Depois de todo o tempo que você passou cortejando-a...

— Aparentemente, Emilia não entendeu como uma corte — disse amargamente. — Eu deveria saber que, após o casamento da irmã, quando ela saísse nesta temporada, isso aconteceria. Na verdade, eu sabia. Senti no meu coração. É melhor eu me retirar. Recuso-me a ser um desses pretendentes rejeitados que se sentam nos cantos de salas de estar, parecendo poéticos e miseráveis.

Gabriel teve que sorrir. Mesmo no melhor dos seus humores, Harry já parecia um pouco poético e infeliz. Tinha mais a ver com sua natureza séria e contemplativa do que com suas qualidades físicas.

Eles tinham muito em comum em suas aparências, e provavelmente, teriam ainda mais quando Harry amadurecesse. Eram os mesmos olhos azuis e cabelos escuros, a mesma mandíbula e boca. Harry era cerca de três centímetros mais baixo, mas ainda mais alto do que a maioria.

Dez anos os separaram. O irmão mais novo demorou a vir, logo depois que seus pais já haviam perdido a esperança. Além de seus rostos, eles tinham pouco em comum. Harry se enterrou nos livros assim que aprendeu a ler. Sempre demonstrou pouco interesse nos prazeres de Londres, tampouco nas mulheres.

Gabriel sabia que, apesar de toda a sua bravata, seu irmão experimentava o tipo de dor que só uma paixão desesperançada podia proporcionar. Observá-lo evocou algumas lembranças de sua própria juventude, quando conheceu aquele fogo. Queimava no peito enquanto consumia o coração.

Harry pegou outra pilha de roupas, mas parou e empurrou os óculos sobre o nariz.

— Eu falei com ela, Gabe. Antes de ela sair do teatro.

— O que ela disse?

— Foi doce e carinhosa, mas... — Ele deu de ombros e abriu um sorriso torto e irônico. — Ela me disse que passou a pensar em mim somente como um irmão.

Inferno. Droga. Gabriel tentou não demonstrar reação. Essas palavras significavam desgraça. Seria o mesmo que uma mulher dizer: *a ideia de sentir paixão por você me causa repulsa como algo anormal.*

Harry começou a arrumar as malas novamente. Gabriel foi até lá, afastou as mãos do irmão e deixou a valise de lado.

— Então acabou. Que assim seja. Acontece. Haverá outras garotas.

— Ninguém é tão bonita, angelical e...

— Outras são tão bonitas, tão angelicais, bem-nascidas e tão amáveis quanto ela. Confie em mim, há um rio de mulheres por aí, e o truque não é encontrar alguém para amar, mas evitar todas que estão procurando por amor. Você é filho de um duque, caramba, com uma fortuna significativa e é quase tão bonito quanto eu. E isso já quer dizer algo.

— Mesmo assim, preciso sair da cidade por um tempo. — Harry riu um pouco, o que deu esperança a Gabriel.

— Eu ordeno que você fique mais três dias. Essa dor nunca passará se você colocar o rabo entre as penas e correr apenas porque uma moça o dispensou. É covardia.

— Três dias serão uma eternidade, sabendo que ela está aqui.

— Três dias são apenas três dias. Você irá ao seu clube e conversará sobre história ou.... — Ele indicou um baú cheio de livros em um canto da sala de vestir. — Ou o que diabos há neles. Você vai passear comigo no parque amanhã e sorrir para todas as outras mulheres bonitas. E comparecerá ao baile de máscaras de Lady Hamilton.

— Eu não iria ao baile, mesmo que Emilia ainda me amasse.

— Tolice. Você estaria lá para poder roubar um beijo na varanda. Então você ainda comparecerá.

— Ela vai estar lá e eu não quero vê-la.

— Sim, você a verá. Vai lhe pedir uma dança e conversar com ela sobre coisas estúpidas como você sempre fez.

Harry afundou em uma cadeira e fechou os olhos.

— Prefiro ir para o campo.

— Você irá na manhã seguinte ao baile. Pode se enterrar lá para sempre e escrever seu livro ou fazer o que quiser. Você pode ficar bêbado por um mês, se assim desejar. Mas, até então, você enfrentará isso e se mostrará na sociedade.

Harry não abriu os olhos, mas, depois de alguns instantes, assentiu. Parecia muito jovem sentado lá, mais jovem ainda do que seus vinte e dois anos. Se Harry ainda fosse um garoto, Gabriel sabia que teria lidado com a situação de maneira diferente. Não seria tão brusco. Talvez até o abraçasse do jeito que fazia quando Harry era criança e se entristecia com algo.

Só que ele não era mais um garoto, era? Ainda assim, Gabriel desejou poder oferecer mais conforto.

— Vou partir agora. Tenho certeza de que você prefere ficar sozinho. Se quiser jantar hoje à noite, junte-se a mim. Ainda é sua casa.

— Talvez eu vá. Vamos ver.

— Vamos cavalgar amanhã às cinco horas. — Ele pegou o chapéu e as luvas.

— Foi gentil da sua parte vir me visitar, Gabe.

— É para isso que servem os irmãos. — Ele foi para a porta, mas parou. — Escute, se suas emoções sobre o assunto fizerem com que perca a compostura, não se sinta envergonhado. As primeiras decepções amorosas são um inferno.

Dois

Dois dias depois, Amanda fechou seu tinteiro e limpou a caneta às seis horas. De um lado da mesa, ela empilhou cuidadosamente as páginas que havia copiado, colocou algumas contas no livro-razão e o levou com ela ao sair em busca de Lady Farnsworth.

Amanda a encontrou em seu aposento, em sua própria mesa, escrevendo algo enquanto mantinha uma carranca profunda. Parecia ser outra carta. Amanda notou que a saudação era dirigida ao duque de Wellington. Já não a surpreendia que Lady Farnsworth tivesse amigos homens do mais alto escalão. Alguns até a visitaram nesses cinco meses desde que Amanda foi contratada. Eles se sentavam na sala de estar e discutiam política e outros tópicos importantes. Esses cavalheiros pareciam ponderar seriamente as opiniões dela.

Às vezes, Amanda se sentava na sala de estar com eles. Lady Farnsworth disse que era para educá-la e, de fato, o mundo de Amanda havia se expandido. Ela suspeitava que a verdadeira razão de sua presença era para que Lady Farnsworth tivesse outro par de ouvidos registrando o que foi dito e outra pessoa com quem ela pudesse confirmar sua própria memória sobre a conversa.

— Ah, você trouxe o livro. As contas estão em ordem?

— A mercearia cometeu um erro novamente. Já corrigi isso na conta. Todas as dispersões estão registradas no livro-caixa.

Lady Farnsworth aceitou o livro, mas o deixou de lado. Ela entregaria a Amanda o dinheiro para pagar aos comerciantes, mas, depois de assumir esse dever, Amanda percebeu que a dama nunca checava as contas primeiro. Lady Farnsworth confiava que tudo seria feito corretamente.

E era. O que não significava que Amanda não tivesse visto de imediato que, se ela fosse desonesta, os meios para desviar cinco xelins ou mais a cada semana estavam ao seu alcance.

— Percebi que o dono da mercearia costuma cometer esses erros, milady. Talvez devêssemos usar outra loja.

— Tenho certeza de que Hanson é apenas descuidado.

— Ele é descuidado em todas as contas, de uma maneira bem esperta.

— Você é bastante desconfiada, senhorita Waverly. — Lady Farnsworth voltou seus olhos escuros para ela.

— Eu não suspeitaria tanto se todos os erros não fossem para vantagem dele. Se vai ser tão descuidado, deveria se esforçar para ser em seu favor de vez em quando.

— Você é um doce por se preocupar, mas, com seus olhos aguçados, nenhum comerciante vai tirar vantagem de mim.

— Acho que vou sugerir que ele encontre um par de olhos afiados para ajudá-lo também.

— Faça isso. Possivelmente o pobre homem está só sobrecarregado e cansado.

Que mulher otimista e de bom coração, pensou Amanda.

— Vou partir agora, se não precisar mais de mim.

— Antes de você ir — disse Lady Farnsworth, pousando sua caneta —, quero que saiba que deve se vestir melhor amanhã. Voltaremos à Praça Bedford e você será apresentada à patrocinadora da revista. Ela é uma dama da maior distinção. Não quero que pareça um rato pobre.

— O que essa senhora quer comigo? Ela sabe sobre mim, não sabe? — Era típico de Lady Farnsworth supor que, se ela gostava da companhia de sua secretária, todo mundo gostaria, quando, na verdade, ninguém em seu círculo se importaria em conhecê-la.

— Ela está ciente de seu emprego. E acha interessante eu ter escolhido uma mulher. Você é um objeto de curiosidade, minha querida. — Ela olhou para a carta. — Vou precisar reescrever tudo. Receio que, mais uma vez, continuei mudando de ideia quanto ao estilo da escrita e agora questiono sua ênfase. Vou pensar sobre isso e terminarei amanhã à noite.

— Pretende escrever amanhã à noite, então. — Amanda não podia acreditar em sua boa sorte de Lady Farnsworth ter aberto uma porta para esse assunto. Ela havia debatido como fazer isso sozinha. — Pensei que fosse participar daquele grande baile. Eu supus que todo mundo que importa iria. Só falam disso nas lojas.

— O baile de Lady Hamilton? Deus do céu, não. Eu não suporto bailes de máscara. São uma bobagem. Sem mencionar todos os tipos de pessoas que se infiltram. Até prostitutas comparecem. Os cavalheiros pensam que isso contribui para a diversão, mas prefiro ficar sem jantar ao lado de uma prostituta, muito obrigada.

— Talvez a patrocinadora da revista participe e te conte tudo, se a encontra com frequência.

— Ah, lamento que não terei histórias para você. — Ela inclinou a cabeça e pensou. — Tenho certeza de que aquela dama não irá. Amanhã você verá o porquê. Descobrirei fofocas em outro lugar, já que isso lhe diverte.

— Ela recuperou sua caneta. — Agora vá e tome cuidado, me preocupo com você sozinha na cidade, srta. Waverly. Seria melhor se você morasse aqui, como ofereci, mas entendo sua relutância em ser muito dependente de um empregador.

Amanda partiu para caminhar até em casa. No percurso, fez um pequeno desvio e entrou na mercearia Hanson. Era uma loja favorecida pela elite de Mayfair, e o estabelecimento se aproveitava de sua longa linhagem para negociar, do mesmo jeito que fazia com sacas de café, farinha e sal. O atual sr. Hanson havia herdado a loja e a clientela de seu pai.

Amanda fingiu interesse nos produtos à venda até que os outros clientes terminassem seus negócios e deixassem a loja. O sr. Hanson voltou sua atenção para ela. Um homem alto e magro com um chamativo cabelo ruivo, ele não hesitou em olhá-la com pouco caso, uma vez que reparou em suas roupas simples. As sobrancelhas vermelhas se ergueram o suficiente para indicar que ele pensava que ela havia entrado por engano no estabelecimento.

— Sou Amanda Waverly, sr. Hanson. Tenho servido como secretária a Lady Farnsworth nos últimos cinco meses. Você provavelmente não se lembra que sou eu quem lhe traz os pagamentos dela.

Ele deu um leve aceno de cabeça e suas sobrancelhas abaixaram.

— Também mantenho as contas dela. Pensei em avisar que quem quer que esteja mantendo as *suas* contas precisa prestar mais atenção. Cada conta que a minha senhora recebe vem com alterações sutis que tenho que corrigir.

— De fato? Lady Farnsworth é uma patrona muito estimada. Estou preocupado que isso tenha acontecido. — Ele não parecia nem um pouco perturbado. Um pouco irritado, mas não chateado.

— Não é descuido. É deliberado. O número um se torna um sete. Um nove se torna um zero. Alguém que não verifica cuidadosamente provavelmente não notaria. Em suma, senhor, a pessoa que envia essas contas tem a mente de um ladrão, e isso pode levar a escândalo, ruína e destruição para um estabelecimento como o seu.

As bochechas dele ficaram rubras.

— Eu pensei que o senhor deveria saber. Seria uma pena se aquilo pelo qual sua família trabalhou tanto se perdesse por causa de um funcionário cedendo à tentação.

— Bondade sua dar-se ao trabalho de vir aqui. Vou me assegurar de que isso não torne a acontecer — respondeu ele com uma carranca tão profunda que suas sobrancelhas se fundiram.

— Sábio de sua parte. Nem todo patrono é tão otimista em relação à natureza humana quanto minha patroa. Se isso estiver acontecendo com outras pessoas, uma delas pode blasfemar contra *você*. Isso seria lamentável. — Ela lhe dirigiu um olhar suave, mas direto.

— Verei para que a conta da dama esteja sempre correta no futuro. Eu mesmo vou verificar — respondeu ele, agora verdadeiramente perturbado.

— Que bondade de sua parte. Tenha um bom dia. — Ela saiu, satisfeita com o fato de que o sr. Hanson iria se corrigir. Mesmo se Lady Farnsworth empregasse outra pessoa para cuidar de suas contas, ninguém tiraria vantagem de sua boa natureza.

Duas horas depois, no quarto que ela alugava na Rua Girard, Amanda examinou as roupas estendidas em sua cama estreita. Ela despejou o conteúdo da cesta de compras sobre a colcha.

Esses eram os vestidos mais extravagantes dados por Lady Farnsworth, então eram todos no estilo antiquado da dama. Normalmente, a camareira de Lady Farnsworth, Felice, receberia esses descartes. Contudo, Felice chegara a uma idade em que não via utilidade para enfeites frívolos, como ela os chamava. E era orgulhosa demais para vender roupas usadas aos revendedores especializados em tais coisas.

Amanda sempre aceitava as roupas descartadas com gratidão e trabalhava durante horas transformando os vestidos o melhor que podia em algo mais atual, levantando cinturas e cortando centímetros das saias. Alguns, no entanto, nunca seriam adaptáveis. E eram estes que estavam espalhados em sua cama.

O sol poente iluminava-os em toda a sua glória fora de moda. Ele entrava pela pequena janela voltada para o sul, situada no alto da parede da câmara do porão. O quarto havia sido parte da cozinha de uma casa de família, antes que algum proprietário quebrasse o edifício inteiro em pequenos casebres nos quais dezenas de pessoas se amontoavam.

Ela descobrira benefícios inesperados em morar neste porão na Rua Girard. Ali embaixo, o barulho das famílias a iludia. A grande lareira da antiga cozinha a aquecia quando ela a alimentava com combustível, e as paredes rebocadas mantinham a umidade. Um cômodo adjacente ao dela continha a única banheira do edifício, usada por todos na casa. Ela podia ouvir alguém lá agora, batendo a porta do jardim enquanto carregava água do velho poço dos fundos. Viver no porão significava que poderia usar a banheira quando quisesse.

Ela podia pagar por algo um pouco melhor, mas não via sentido em gastar mais por isso. Um espaço com uma cama e uma lareira era suficiente e poderia economizar seu salário para outras coisas. Um dia, ela poderia até realizar seu sonho de viajar para a América... um lugar onde ninguém jamais descobriria sobre seu passado.

Obviamente, isso só aconteceria depois que ela concluísse as tarefas atualmente exigidas pelo bem de sua mãe e conseguisse evitar a prisão enquanto o fazia. Amanda havia decidido que essa seria a última demanda. O plano que ela fizera para cumprir essa tarefa poderia — se algo desse errado — custar-lhe mais do que uma dor na consciência e alguns suprimentos. Este jogo perigoso não podia continuar.

Não ganharia nada conjecturando sobre possíveis contratempos agora. Sua missão ousada exigia coragem. Hesitar ou enumerar os custos levaria apenas ao fracasso.

Amanda cantou para si mesma enquanto colocava o item mais caro entre as roupas: uma máscara branca que havia comprado em um armazém. Cobria a maior parte de seu rosto, chegando até as bochechas, para que apenas seus olhos, nariz, boca e queixo aparecessem. Agora, ela precisava decidir qual vestido a máscara complementaria melhor.

Ela considerou uma combinação que poderia passar como fantasia de um membro do antigo regime da França. No entanto, mais enfeites seriam necessários e ela não tinha tempo de tirá-los de outras roupas e costurálos no vestido. Decidiu que, se removesse a sobressaia e prendesse pedaços de renda no final das mangas, o vestido rosa por si só poderia servir como fantasia de uma simples pastora.

— Amanda, eu ouvi você cantando aí dentro. Posso entrar? — A voz de Katherine, abafada pela parede entre seu quarto e da câmara de banho ao lado, arrancou-a de seus pensamentos.

— Você quer aquecer a água do banho?

— Eu gostaria.

— Traga aqui.

Katherine vivia no andar de cima. O ar em seu quarto poderia ser melhor, mas Amanda não a invejava por ter que subir todos aqueles degraus várias vezes ao dia.

A porta se abriu e Katherine entrou, carregando dois baldes de água. Seus cachos vermelhos balançavam ao ritmo de seu andar desajeitado.

— Deveria ser contra a lei nunca ter combustível suficiente em uma casa de banho. Ele espera que usemos água fria do poço? — Ela colocou os baldes na pedra da lareira. Amanda se aproximou e jogou um pouco de combustível no fogo baixo.

— O que é isso aqui? — perguntou Katherine. Ela estava entre duas marcas de giz no piso de madeira crua.

— Eu estava pensando em comprar um baú que vi na loja do sr. Carew e quis saber se caberia. — Oh, com que facilidade ela mentia. Essa habilidade havia retornado rapidamente. Ela esperava que todas as outras voltassem também.

— É enorme. Você não pode colocar aqui, vai ficar no caminho.

— Eu suponho que sim. Vou ter que pensar em outra alternativa.

Katherine perdeu o interesse nas marcas de giz e caminhou até a cama e olhou para os vestidos.

— Quem imaginaria que você tem coisas tão finas?

— São vestidos fora de moda descartados pela minha patroa, mas servirão para o que preciso. De qualquer forma, terei de fazer algumas mudanças, quero remover a sobressaia. — Ela pegou a tesoura.

— Você não pode simplesmente cortar. Ficará horrível com pedaços da sobressaia saindo da costura.

— Eu deveria levá-lo a uma costureira, mas não tenho dinheiro. Talvez eu possa esconder a bagunça com o cordão deste outro modelo.

— Não deve ser muito difícil remover adequadamente, se você tiver linha para costurar a saia de volta ao corpete. — Katherine segurou a saia na luz da janela e virou a costura interna para olhar.

— Eu tenho a linha, mas duvido que possua a habilidade. Essa não é uma costura comum.

— Eles não ensinaram como costurar na escola chique que você frequentou?

— Eles nos ensinaram as habilidades necessárias para costuras simples. Isso é mais substancial.

— Eu posso fazer para você. Fui aprendiz de uma costureira por dois anos. — Ela deu de ombros. — Antes que James me atraísse para a minha queda, é claro. Agora eu entrego cerveja e luto contra clientes bêbados, mas ganho muito mais pelo meu tempo do que jamais conseguiria costurando vestidos de damas ricas sob pouca luz.

Amanda não sabia sobre o aprendizado, mas sabia tudo sobre sedutores mentirosos como James. Ela e Katherine tinham isso em comum, o que formou um vínculo rápido entre elas.

— Se puder me ajudar, eu beijaria seus pés. Eu não posso te pagar muito...

— Você sempre me deixa aquecer minha água aqui, não é? Claro que vou ajudá-la. Estou magoada por você não ter pedido. — Katherine alisou o corpete do vestido. — Você não terá roupa íntima certa para isso. Precisa de um espartilho adequado. O que você tem provavelmente não é longo o suficiente, nem firme o bastante na frente. Mostre-me o que tem e vou ver o que posso fazer. — Ela continuou examinando o vestido. — Não é da minha conta, mas por que quer uma coisa tão antiquada?

— Vou ao baile de máscaras que todo mundo está falando.

— Você é corajosa! Não é provável que consiga entrar — disse Katherine ao arregalar seus olhos azuis.

— Eu vou conseguir. Enfim, não custa nada tentar.

— Será tão embaraçoso se você for rejeitada. Por que se dar a todo esse trabalho por esse insulto?

— Prefiro ver por mim mesma do que contar com pedaços de fofocas daqueles que não compareceram. Se meu plano for bem-sucedido, terei uma noite de música e boa comida. Talvez o rei esteja lá. Não seria inesperado para Amanda Waverly estar na presença da realeza?

— Talvez um lorde rico lhe peça uma dança. Se isso acontecer, tenha cuidado. Este vestido mostrará muito decote, e sabemos o que isso faz aos homens.

— Eu posso permitir um beijo, só para ver se eles fazem de forma diferente. Você nunca me perdoaria se eu não descobrisse.

— Oh, eu quero saber, mas estou pensando que será a mesma baba e pressão de sempre. — Ela riu.

— Vou esconder um bolo para você na minha retícula.

— Suponho que um pouco de cordeiro e uma boa garrafa de vinho não caberiam, não é?

— Talvez eu possa esconder um pouco nessa saia enorme.

— Você tem mais coragem do que senso, mas boa sorte. — Katherine começou a cortar a linha da costura. — Vou esperar para ouvir todos os detalhes se eu costurar o vestido.

Meia hora depois, elas haviam desmontado o vestido. Katherine levou os baldes de volta para o banho, mas prometeu voltar mais tarde e ajudar antes de ir para a taverna. Ela se ofereceu para terminar o que fosse necessário no dia seguinte.

Amanda anotou as tarefas a serem realizadas antes da próxima noite. Claro que ela conseguiria entrar, iria se mesclar a um grande grupo e passaria sem problemas. Essa era a parte fácil. Depois que estivesse lá dentro, seria quando precisaria de um pouco de sorte. Ela estava contando que lorde Harold fosse comparecer ou seria tudo por nada.

Então ela esperava ser esperta o suficiente para seduzi-lo, pelo menos até certo ponto.

Gabriel continuou examinando a aglomeração dentro do baile, mas nunca perdia Harry de vista. Se tivesse a chance, seu irmão fugiria. Pelo menos, a máscara ocultava sua infelicidade. Ele até conversou com alguns convidados e estava enfrentando tudo como combinado, mas Gabriel percebia que pensamentos sobre Emilia distraíam seu irmão. Harry ficava lançando olhares ansiosos na direção dela.

Os dois haviam dançado mais cedo. Harry precisou de toda a coragem que pôde reunir para fingir que não se importava demais com o fato de que sua querida amiga continuaria sendo somente isso no futuro. Na opinião de Gabriel, o irmão se saíra muito bem.

Infelizmente, a preocupação de Harry com sua miséria amorosa fez com que ele não percebesse a mulher que usava todo o seu esforço para atrair sua atenção. Provavelmente era bonita. Não se podia afirmar com aquela máscara que cobria a maior parte do rosto e chamava atenção para seus lábios vermelhos. Pintados, talvez, mas provocadores. Ela tinha um corpo bonito, enfatizado pelo corpete longo e justo do vestido e o decote profundo.

— Você deveria parar de vigiá-lo — Eric Marshall, duque de Brentworth, ofereceu o conselho depois que se aproximou e seguiu a direção do olhar de Gabriel. — Ele não é mais um menino, e você não deve tratá-lo como um.

— Com qualquer outro tipo de irmão, eu não me importaria com seu comportamento. Mas você sabe como Harry é.

— Ele não é um homem da cidade, mas é dono de si. Ele também não tem sofisticação para assuntos do coração, mas isso só vem com a experiência.

— Não parece que ele vai aprender muito com essa experiência. Há uma mulher tentando o seu melhor para oferecer o único tipo de consolo que o ajudará e ele mal a nota. Ela poderia muito bem ser invisível.

Brentworth voltou a atenção para Harry também. Como era o homem mais alto do salão, sua vantagem em altura significava que ele provavelmente via ainda mais do que o próprio Gabriel. E este notou que Brentworth havia ido ainda mais longe do que ele na sua fantasia, ou seja, não usava nenhuma. Gabriel ao menos se dera ao trabalho de colocar uma máscara para ser educado, mas Eric nem isso. Vários homens se recusavam a se vestir de cavaleiros, romanos ou outras fantasias tolas e só usavam máscaras, mas Brentworth nem tentara.

— Você a conhece, Langford? Por acaso a contratou para isso? Ter levado seu irmão a um bordel quando ele tinha dezoito anos pode ser desculpado, mas outras interferências...

— Não sei quem ela é. Nem há nada familiar nela. — Normalmente, ele conhecia todas as mulheres nos bailes. Mas, em eventos como aquele, algumas pessoas que compareciam nem haviam sido convidadas.

— Ela é persistente. Para onde quer que ele se vire, lá está ela.

Naquele momento, Harry se virou para caminhar em direção aos músicos e, de fato, lá estava ela, no caminho dele. Desta vez, ela conseguiu envolvê-lo em uma conversa.

— Eu diria que é uma prostituta. — Brentworth deu de ombros.

— Apesar de toda a sua ousadia, ela não está agindo como uma. Talvez seja uma esposa infeliz procurando uma aventura. Ou até uma vendedora esperando um amante rico.

Gabriel percebeu um senso de determinação por trás da máscara branca, enquanto a jovem se inclinou para atrair Harry. Cachos escuros se acumulavam no alto de sua cabeça e caíam em grossos anéis de um lado. Um gorro branco com babados empoleirava-se na frente de sua cabeça e mais babados emolduravam os topos arredondados dos seios visíveis por aquele decote. Se lhe dessem um cajado, ela pareceria uma pastora de porcelana ganhando vida.

— Suponho que eles encontrarão um assunto em comum sem a gente. — Brentworth deu a volta e bloqueou a vista. — Discurso impressionante na semana passada, Langford. Lamento não ter podido expressar minha admiração antes, mas fui chamado para fora da cidade. Raramente o primeiro discurso de um lorde vale a pena ser ouvido. Quem diria que você possuía tantas habilidades oratórias?

— Ganhei justamente esse prêmio na escola.

— Ah, sim. Todos tinham grandes expectativas de que finalmente um duque de Langford falaria bem e, com sorte, com frequência. O que te possuiu para responder a essa esperança depois de anos de silêncio indiferente?

Brentworth, que exercia seu poder com discrição, bom efeito e discursos bem-conceituados, às vezes. podia ser condescendente demais.

— Eu tinha algo a dizer, então eu disse. O impulso me venceu.

— Não sou tolo a ponto de acreditar que você é tão habilidoso. Admita que o ensaio de Lady Farnsworth naquele diário de mulheres no outono passado o deixou constrangido a ponto de assumir suas tarefas com mais seriedade. Ninguém deixou de perceber que você participou das sessões no ano passado com muito mais frequência do que nunca.

Nem morto ele admitiria para alguém que o maldito ensaio o havia acertado em cheio. Já foi insulto suficiente que a excêntrica Lady Farnsworth só faltou nomeá-lo em sua repreensão. Pior ainda foi ela ter intitulado seu ensaio de *A Preguiçosa Decadência entre a Nobreza*. Por azar, o artigo saiu na mesma edição que continha todos os detalhes sobre um enorme escândalo, o que significava que o jornal havia desfrutado de um nível incomum de circulação e leitura. O ensaio foi publicado há quase um ano, mas ainda assim alguns homens o alfinetavam por causa dele, especialmente quando estavam bêbados.

— Como já disse antes, o ensaio de Lady Farnsworth nunca me interessou, exceto que às vezes me pergunto a qual duque ela se referiu.

— Seja qual for o motivo, é bom tê-lo nas sessões, mesmo que, quando você finalmente fale, seja um pouco radical.

— Radical? É isso que está sendo dito por aí?

— Alguns dizem, o resto apenas espera para ver.

— Esses imbecis. Radical, inferno.

Brentworth se mexeu o suficiente para Gabriel espiar seu irmão, que permanecia envolvido com aquela mulher. O rosto de Harry ficou vermelho. A megera devia estar sendo muito ousada, pois Harry virou a cabeça e seu olhar se conectou com o de Gabriel através do salão de baile. A mensagem enviada por Harry não poderia estar errada:

Salve-me.

Três

Amanda nunca imaginou que se atirar em um homem poderia ser um trabalho tão difícil. Infelizmente, sua presa, lorde Harold, era do tipo distintamente tímido. Ele mal falou duas palavras a cada resposta e evitou olhá-la. Mas ela tinha certeza de que poderia virar esse jogo.

Ela fizera uso de preciosas sutilezas, mas estava na hora de ser mais direta. Talvez, se ela apelasse à sua natureza protetora... Até o mais tímido dos homens queria ser o cavaleiro que salvava a bela dama.

— Está bastante quente aqui, não acha? — Ela bateu o leque ao lado do rosto para capturar a atenção dele para seu sorriso adoravelmente recatado.

— Razoavelmente quente, eu diria. — O olhar de lorde Harold ia de um lado para o outro, passando por cima da cabeça dela.

— Receio estar me sentindo um pouco fraca por causa disso. — Ela segurou o leque à frente do rosto para que seus olhos pudessem implorar por resgate por cima da borda.

Ele continuou sem morder a isca.

Amanda fingiu um pouco de tontura, inclinando-se na direção dele para obter o efeito desejado.

— Oh, meu Deus — ela disse sem fôlego. — Temo que estou prestes a cair no chão num desmaio do calor. — Ela fingiu uma respiração profunda para colocar a mão na garganta e levar a atenção dele para as ondas de seus seios acima do indecente decote.

Isso finalmente chamou atenção dele e Harry corou profundamente. Ele demonstrou... não surpresa — não, essa era a palavra errada. Choque também não cabia, nem diria que estava horrorizado. Amanda não conseguiu escapar da sensação de que lorde Harold não revelava nada menos que terror.

— Se ao menos eu pudesse tomar um pouco de ar fresco no terraço... Mas não é apropriado que uma mulher vá até lá sozinha. — Ela arregalou os olhos e fingiu vulnerabilidade.

Ele olhou desesperadamente para ela, como se procurasse um jeito de fugir dali rapidamente, mas de repente se acalmou.

— Não podemos deixar que desmaie ou que seja agredida por algum bêbado.

Finalmente. Amanda virou-se para a porta e Lorde Harold a acompanhou. Ela se preparou para a batalha que estava por vir, precisava romper a reserva desse homem e fasciná-lo. Ela o queria tão encantado que ele faria qualquer coisa que ela sugerisse sem pensar duas vezes. Teria cerca de dez minutos para conseguir esse feito.

Ela sorriu para lorde Harold, e ele até sorriu de volta. Talvez tudo saísse conforme seus planos. Pelo que podia ver, era um homem bonito, o que tornaria mais fácil quando ele a beijasse. Precisava que ele o fizesse, pois nunca conseguiria atraí-lo mais profundamente se não a beijasse. Amanda sabia que parecia arrebatadora quando saiu de casa. Ela havia escolhido bem a sua fantasia de pastora de ovelhas. Isso acrescentou um toque de inocência para o que seria um vestido escandaloso. O decote mal ficou acima de seus mamilos. Ela havia até descartado o fichu, um lenço triangular que fornecia modéstia àquele tipo de decote.

Trocariam alguns beijos e carícias, então ela lançaria a isca. Ele morderia, é claro. Era um homem, afinal. Ela andou mais ereta enquanto saboreava a alegria de um plano bem executado e se virou para dar outro sorriso caloroso a lorde Harold.

Apenas para descobrir que ele havia sumido.

Outro homem caminhava em seu lugar. Um homem um pouco mais alto, com um porte mais forte. Ela reconheceu os cachos escuros e rebeldes e os olhos muito azuis. O duque de Langford agora caminhava ao lado dela. A máscara que cercava seus olhos mal o disfarçava. Seu sorriso leve não se parecia em nada com o tímido e inseguro de lorde Harold. E seus olhos não mostravam o desalento de seu parceiro anterior. Muito pelo contrário.

Ela parou e olhou para trás em busca da companhia pretendida. Uma mão firme pegou seu braço.

— Ele se foi, mas não tenha medo, doce senhora. Você não está abandonada. — Ele a levou através da soleira, para o terraço.

— Mas eu... isso é...

— Você mirou no meu irmão e não esperava uma substituição. É compreensível. Contudo, Harry precisou se retirar do jogo. Ele tem uma longa jornada amanhã e não pode ficar aqui flertando com você, por mais atraente que seja a oportunidade. Eu, por outro lado, não tenho nada mais que exija minha atenção e posso me dedicar inteiramente ao seu prazer.

Ele estreitou os olhos e examinou a reação dela. Então seu olhar caiu para o que o decote dela exibia indecentemente. A varanda tinha algumas lanternas e eles estavam ao alcance da luz de uma delas. Ela deslizou para as sombras e ele foi junto.

— Enquanto você e seu irmão podem ter muito em comum, dificilmente são idênticos. Não podem substituir um ao outro como se não fizesse diferença.

— Somos muito parecidos e isso é suficiente para os seus propósitos.

— Isso não é verdade. — Ela se inclinou para espiar o salão de baile, tentando ver se de fato lorde Harold havia partido.

— Não creio que você o conhecesse antes de flertar com ele.

Ela ergueu o olhar para o homem irritante que acabara de arruinar dias de planejamento e horas de trabalho duro.

— Pode-se dizer muito sobre uma pessoa sem conhecê-la. Ele parecia um pouco tímido para mim. Você não.

— Ele não é tímido. Mas é reservado ao extremo e muito particular. Também não é divertido. Confie em mim, você está muito melhor comigo.

— A presunção dele corresponde à sua? Seria uma característica de família?

— Falo com honestidade, não com vaidade. Todos somos abençoados com talentos especiais. Os talentos de meu irmão beneficiarão a humanidade através dos tempos. Meus talentos beneficiam as mulheres, aqui e agora.

— Seus dons devem ser expressivos se assume com antecedência algum benefício. A maioria dos homens apenas espera que seus esforços sejam reconhecidos após o fato consumado. Suponho que suas habilidades tenham precisado de muita prática.

— Sempre é necessário praticar para desenvolver um talento natural, mas vale a pena. Uma vida sem propósito não tem sentido.

A palavra *vaidoso* não fazia justiça àquele homem. Ele acabara de se proclamar um grande amante, nascido com o dom, pelo que ele dizia. O que provavelmente significava que era péssimo, mas as mulheres fingiam o contrário, porque ele era rico. Por mais tentada que estivesse em furar o balão do ego dele, Amanda precisava descobrir se poderia salvar alguma parte do plano.

— Disse que seu irmão está saindo da cidade?

— Ao amanhecer. Ele é do tipo estudioso. Sua casa será tão bem trancada quanto um relicário, enquanto ele se isolará por alguns meses para escrever um livro. Viu o que eu quis dizer? Nada divertido.

Meses? Ela quase xingou em voz alta devido à decepção. Se lorde Harold não estaria na cidade por meses, ela realmente não tinha utilidade para ele. Com essa notícia, a noite inteira se tornou inútil. Era hora de sair desse desastre e encontrar outro caminho.

— Eu não estava procurando diversão, seja lá o que quis dizer com isso. Você não entendeu meu interesse por ele. — Parecia tolice até para seus próprios ouvidos.

— Por favor, você se jogou nele. Como muitas pessoas aqui, você veio flertar livremente enquanto se esconde atrás de uma máscara. Bem, aqui estou eu e prometo correspondê-la. Flerte o quanto quiser.

Ela não poderia flertar mesmo se quisesse. No salão, era lorde Harold que estava em desvantagem. Agora, ela quem estava. Completamente.

— Você perdeu a coragem? — Ele se aproximou.

Deus, ele era grande. Ela preferia o irmão dele, que não exalava essa confiança exagerada e... perigo. Ela não achava que seria atacada. No entanto, não podia ignorar como tinha que se manter atenta para impedir que a presença dele a dominasse.

— De modo nenhum. Mas admito que perdi o senso de aventura. O homem que procurei conhecer era feito de sutileza e nuance, enquanto considero sua substituição bastante óbvia e previsível.

Mesmo com a máscara e a escuridão, ela viu os olhos dele se estreitarem. Ele não gostou disso.

— Obrigada por tentar garantir que não me sentisse abandonada — continuou ela. — Todavia, acho que vou me sair muito bem sem a diversão que você prometeu e devo recusar os presentes generosos que oferece. A suntuosa refeição já foi uma grande experiência para mim, por menos talentoso que fosse o chef.

— Acho que acabei de ouvir um desafio, pastora. Deve saber que não vou me acovardar.

— Somente o homem mais arrogante consideraria minhas palavras um desafio, em vez de uma declaração de indiferença e ceticismo. Agora, devo me despedir.

Ela virou-se para a porta, mas ele pegou a mão dela e a deteve.

— Não posso permitir que saia com uma opinião tão ruim sobre mim. Esse chef insiste em pelo menos dar uma prova dos sabores que ele pode criar.

Com a ponta do dedo, ele empurrou lentamente a borda da luva alta pelo braço dela. O toque sutil percorreu sua pele em um caminho sinuoso. Uma reação hipnotizante a dominou. Nenhum homem a tocava assim há anos. Desde que ela aceitou a verdade sobre Steven e o deixou. Sua mente recuou diante da imposição dele, mas seu corpo se acendeu com arrepios emocionantes.

Atordoada, ela viu a luva descer, até que se amontoou em volta de seu pulso. Então ele baixou a cabeça e beijou a curva interna de seu cotovelo. *Calor. Intimidade. Fazia tanto tempo. Tempo demais para estar sozinha.* Um beijo. Dois. Ambos quentes e sedutores. Na terceira pressão de seus lábios, ele encontrou um ponto que enviou um arrepio intensamente sensual pelo braço dela.

Gabriel beijou até o pulso, e uma explosão de excitação a deixou inebriada. Ela se viu como se estivesse assistindo a um personagem no palco. As lanternas no terraço e no jardim se juntaram às estrelas como um pano de fundo de luzes dançantes. Sua outra mão instintivamente se moveu para afastá-lo, mas pairou sobre sua cabeça enquanto ela lutava contra o desejo de passar os dedos por aqueles cachos escuros. *Só mais um pouco. Mais um momento sentindo-se gloriosamente viva.*

Ele olhou nos olhos dela em um reconhecimento franco de que ela não havia feito nada para detê-lo.

— Isso foi gradual o suficiente? Sutil o bastante? — Gabriel se endireitou e a puxou. Ele colocou a mão no rosto dela, enquanto a outra continuava acariciando e a abraçou para um beijo.

Foi chocante descobrir que ele realmente possuía habilidades desmedidas. Apesar do estupor sensual que entorpecia sua mente, Amanda podia afirmar que ele notou suas respostas, e alterou o beijo de acordo, em uma exibição esplêndida da sutileza e nuance que ela o acusara de não possuir. De que outra forma ele saberia como expressar domínio e cuidado ao mesmo tempo? De que outra maneira saberia exatamente quando ela deixaria a cautela voar e sucumbiria à insinuação do prazer prometido? Com um beijo, ele venceu o duelo que alegou que ela exigiu.

Então ele a levou pelo terraço, puxando-a pela mão. Ela acompanhou aos tropeços, com seus pensamentos embaralhados, tentando encontrar-se dentro da excitação que havia transformado esta noite em uma de magia audaciosa.

Apesar de sua confusão, um pensamento claro surgiu. Se ela não perdesse a cabeça completamente, poderia ter sucesso com o duque de Langford depois de falhar com o irmão dele.

Espanto. Foi isso que ele viu nos olhos dela. Não era o que esperava, mas o encantou. Não tão ousada agora. Nem bancando a esperta com sua sagacidade mordaz. Sem falar nada, ela estava completamente sem fôlego e reagiu como se ninguém a tivesse tocado antes. Gabriel duvidava disso. Ainda assim, sua naturalidade mexeu com ele. Não era uma prostituta, isso estava claro. Ele ficou contente. Não havia nada desafiador ou inovador em seduzir uma prostituta ou fazer de uma cortesã sua amante.

Ele a levou pelos degraus até o jardim. Escutou seus suspiros de surpresa, mas não houve objeções. Então a puxou entre as plantas e a colocou atrás de alguns arbustos. Lanternas dançavam na brisa próxima, mas sua luz não chegava até eles. Ainda podiam ser vistos, mas Gabriel não se importaria. Talvez isso acabasse com a aprovação nos rostos de todos aqueles idiotas que pensavam que um certo duque havia se reformado.

— Eu não acho que... eu não fiz...

As palavras dela não foram longe; Amanda estava sem fôlego. Ele achou isso adorável e se perguntou o que diabo ela pensou que teria acontecido com Harry se ele tivesse caído no flerte dela.

— Você pretendia ser beijada hoje à noite. Seria triste se fosse decepcionada. — Gabriel puxou-a para seus lábios.

Ele a beijou profundamente e ela não resistiu. Por um segundo, o choque a imobilizou. Então sua boca suavizou sob a dele e ela cedeu como no terraço. Gabriel não sentiu gosto de tinta, então os lábios dela eram naturalmente daquele tom vermelho como vinho.

O vestido era um maldito incômodo, revestindo-a sobre o corpete firme que a envolvia como uma armadura. A máscara limitava severamente a atuação dele.

— Vamos remover isso para que eu possa... — Ele procurou as fitas atrás da cabeça dela.

— Não. Não posso ser vista por ninguém.

— Está tão escuro neste jardim que você nunca seria reconhecida.

— Não posso arriscar. Nem mesmo com você.

Que assim seja. Gabriel deu toda a sua atenção à boca dela para descobrir o quão inexperiente ela realmente era. Não totalmente, descobriu. Ela permitiu o aumento da intimidade quando ele deslizou a língua para sua boca e até retribuiu. Isso foi suficiente para enviar a excitação dele a novos níveis. Ele começou a calcular o quão descarado poderia ser neste jardim à noite.

O vestido interferia nas carícias, mas seu decote oferecia oportunidades impressionantes. Ele moveu a boca para a orelha dela, depois para o pescoço e beijou sua pele macia até os topos firmes de seus seios. O aroma de lavanda aumentou enquanto ele se satisfazia lá. As respirações agitadas dela cantarolavam uma melodia de desejo para seus ouvidos.

Amanda se arqueou contra ele para que seus corpos se pressionassem, então ofereceu os seios para mais carícias. Ela agarrou seus ombros como se procurasse refúgio. A pequena pastora havia entrado no estágio de abandono, tornando-se carente e febril.

— Venha comigo. Há uma pequena torre aqui atrás, onde podemos... — Ele a virou em seus braços.

— Existem outros por perto. Eu posso ouvi-los. Não arriscarei. — Ela deu três passos e depois estacou.

Maldição. Afinal, ela não estava tão entregue assim. Ele a abraçou novamente enquanto seu desejo procurava outras possibilidades. Ele enlouqueceria se isso fosse tudo o que teriam. Ele a queria e ela o queria, e só podia haver uma conclusão agora.

— Venha comigo para minha casa — ele murmurou entre mordiscadas, evitando as bordas da maldita máscara. — Você sai primeiro e eu vou segui-la e levá-la até lá. Vamos beber champanhe e ficar sozinhos. — E ele beberia sua parcela dela também. *Lentamente. Totalmente.* Saboreando cada gota da maneira menos previsível que ele pudesse imaginar.

— Eu não devo ser vista com você — ela conseguiu dizer entre suspiros e murmúrios.

Ela era casada. Essa era a explicação mais provável. Uma esposa entediada que finalmente teve espaço suficiente em casa enquanto seu marido jogava no clube. Gabriel conhecia essas esposas muito bem.

— Existe algum outro lugar? — perguntou ela. — Algum local na cidade em um bairro que não seja Mayfair?

A disposição dela aguçou a mente dele, que chegou a uma solução.

— Podemos nos encontrar na casa do meu irmão amanhã à noite. É perto do Centro. Ninguém estará lá, exceto você e eu. — Ele não gostou do adiamento, mas teria de viver com isso.

Ela o beijou agressivamente. O suficiente para que ele perdesse a noção do que estava dizendo e movesse suas carícias para o quadril dela, onde seriam mais eficazes.

— Onde fica essa casa? — indagou ela. — Você tem certeza de que é seguro para mim?

— Ninguém repara em nada naquela rua. Não fica longe do Museu Britânico. — Ele passou as mãos pelo traseiro dela e apertou seu quadril. O calor e a pressão proporcionaram algum alívio, mas também o levaram à imprudência. — Diga que me encontrará lá amanhã.

— Temo que espere demais de mim. — Ela deliberadamente colocou algum espaço entre seus corpos.

Não esperava muito, mas agiu rápido demais. Foi um erro de garoto inexperiente. Ele era melhor do que isso e se forçou a ter um pouco de calma.

— Não espero nada, exceto compartilhar champanhe e uma conversa. E um beijo, isso é tudo. Nem mesmo um abraço ou carinho. — Mentiras. Ela não teria chance depois do primeiro beijo.

— Como eu entraria? — Ela apertou as mãos nos ombros dele e o olhou.

Ah, vitória.

— Pela porta da frente, é claro.

— Você não tem ideia do que eu arrisco. — Ela balançou a cabeça. — Se você deixar a porta do jardim destrancada, entrarei por lá.

— Você pode entrar por uma janela, se quiser.

Ela não riu, não falou uma palavra ou se mexeu.

— Eu prometo que a porta do jardim estará destrancada. — Ele arriscou outro beijo, um doce de garantia. — Você irá?

— Amanhã não. Na noite seguinte.

— Qualquer noite que você quiser. Sem fantasia, no entanto. Sem máscara.

— Então eu não posso.

— Você pode confiar em mim. Deixarei as lâmpadas apagadas e o fogo muito baixo. Isso te deixaria mais contente?

— Onde fica essa casa? — Ela apertou os ombros dele, que percebeu que ela conjecturava demais.

— Bainbridge Street — ele lhe explicou o caminho. — Daqui a duas noites. Dez horas. Prometa que estará lá.

Ela se afastou dos braços dele.

— Eu vou tentar. Devo ir agora, já fiquei aqui por muito tempo.

— Até daqui a duas noites, então. Estarei esperando.

Amanda se virou para partir.

— Espere. Qual é o seu nome? — perguntou ele.

Ela olhou por cima do ombro, então correu pelo caminho do jardim.

Quatro

Amanda cruzou as mãos sobre o colo e manteve um sorriso amigável no rosto. Ela estava sentada em um divã na casa da Praça Bedford. Seis mulheres estavam sentadas em cadeiras formando um arco na frente dela. Elas continuaram olhando-a.

Conversa banal fluía, mas bate-papo social não era a razão desta reunião. Amanda Waverly era, e ela não conseguia imaginar o porquê.

A governanta trouxe bolinhos para comer junto com chá, café, xerez, vinho e, a menos que os olhos de Amanda a enganassem, uísque. Até o momento, apenas Lady Farnsworth apreciara as bebidas alcóolicas. Duas vezes.

Uma mulher que Amanda nunca tinha visto antes, Lady Grace, pegou um dos bolos. Com uma beleza ideal, cabelos escuros, olhos azuis e pele de marfim, a dama fora abençoada com uma figura esbelta que lhe permitia comer quantos doces quisesse.

Lady Grace permaneceu calada, assim como duas das outras mulheres que eram novas para ela. A sra. Dalton, uma mulher corpulenta, com uma nuvem de cabelos claros e roupas respeitáveis, mas inexpressivas, ouvia atentamente. Outra mulher, a sra. Clark, claramente de posição social inferior a todas as outras, estava com os olhos arregalados e atenta, mas moderada.

Do outro lado de Amanda, observando-a com muita atenção, estava a duquesa de Stratton. Essa era a patrocinadora do jornal de quem Lady Farnsworth havia falado.

Amanda julgou que ela tinha vinte e poucos anos. Estava tão pesada da gravidez que Amanda imaginou como a mulher havia deixado sua casa. Mechas acobreadas iluminavam os cabelos castanhos da duquesa. Seus olhos azul-claros avaliaram Amanda enquanto Lady Farnsworth defendia um projeto de lei recentemente submetido ao Parlamento. Ao lado da duquesa, estava a sra. Galbreath, editora do jornal.

A duquesa sorriu para a sra. Galbreath quando Lady Farnsworth finalmente respirou.

— Acho que essa será uma solução perfeita. Você não concorda?

— Se não concordasse, nunca teria pedido para você vir. Em sua condição...

— Não comece com isso, já basta Adam. A carruagem está tão cheia de travesseiros que não senti nenhum solavanco, embora entrar e sair tenha sido cômico. — Ela voltou a olhar para Amanda. — Lady Farnsworth exaltou seus talentos para todas nós. Temos uma proposta e esperamos que você nos ouça.

— Claro, Sua Graça.

— O jornal teve um crescimento imprevisto no ano passado. Estamos pensando em mudar de publicação trimestral para bimestral. Isso não é possível se a sra. Galbreath continuar fazendo tudo, como faz agora. Normalmente, eu iria ajudá-la, mas sob as circunstâncias... — Ela descansou a mão sobre a protuberância em seu vestido de musselina cor de limão pálido. — Estamos procurando ajuda para a sra. Galbreath. Lady Farnsworth sugeriu a si mesma. Ou melhor, você.

— São as contas, você vê — disse a sra. Galbreath. — Detesto fazê-las, então adio até o fim, mas às vezes o fim nunca chega. Admito que não tomei conta delas adequadamente. Lady Farnsworth descreveu como você assumiu as contas domésticas e as gerenciou tão bem, e pensamos que poderia fazer o mesmo pelo jornal.

Amanda não sabia o que dizer. Ela também ficou sem palavras quando Lady Farnsworth lhe entregou as contas domésticas. Se alguma dessas mulheres soubesse do seu passado, jamais confiaria nela com finanças. Na realidade, eles nunca se sentariam no mesmo cômodo que ela.

Ela havia dito a si mesma que o passado era exatamente isso: passado. O que lhe permitiu aceitar o dever de Lady Farnsworth. Só que agora o passado não estava mais tão passado assim.

— Imagino que esteja preocupada que isso interfira nas suas responsabilidades para mim — ponderou Lady Farnsworth. — Não deve se preocupar. Essa tarefa não tomará muito tempo e você pode fazer a maior parte em minha casa. Vamos reservar algumas horas por semana para esse fim. Ninguém pretende aumentar seu trabalho.

— Realmente não, eu não poderia aceitar se assim fosse — concordou a duquesa. — Se você não conseguir inserir a tarefa dentro do tempo que trabalha para Lady Farnsworth, nós encontraremos outra solução ou compensaremos as horas adicionais. A decisão é sua.

— Parece que seria interessante — disse Amanda. Números eram números, mas ver como alguém financiava um jornal seria fascinante e mais informativo do que examinar os valores devidos a açougueiros e papelarias.

— Então você vai tentar? — perguntou a duquesa.

— Como Lady Farnsworth concorda em me compartilhar com você, tentarei com prazer.

— Isso é um grande alívio para mim — falou a sra. Galbreath. — Vamos brindar à sua inclusão em nossa irmandade literária? — Ela se inclinou para frente, levantou a jarra de xerez e serviu uma rodada.

Amanda tomou um gole da bebida, notando como o líquido a aquecia por dentro enquanto escorria pela garganta. Ela apreciou o sabor em sua língua. Um pouco doce, mas não tanto. Ela gostou bastante.

— Agora, querida, há mais uma coisa — começou Lady Farnsworth. — A duquesa insistiu em lhe conhecer e isso é compreensível. Contudo, você não deve contar a ninguém sobre o patrocínio dela. No outono, o diário começará a incluir o nome e a função dela, mas por enquanto é um segredo.

— Não é realmente um segredo — corrigiu a sra. Galbreath. — Por outro lado, houve alguns acontecimentos no ano passado e achamos melhor esperar um pouco antes de anunciarmos.

— Vocês fazem parecer algo tão escandaloso — a duquesa disse entre uma risada. — Srta. Waverly, há um ano, o *Parnassus* publicou uma história sobre a minha família. Não mencionamos meu patrocínio para que alguns não pensem que as revelações não foram completas devido ao meu envolvimento. Tenho certeza de que você entende.

— Acho que não precisa mencionar isso, se não quiser. Realmente não é assunto de mais ninguém.

— Já é hora de reivindicar a propriedade. Tenho muito orgulho do *Parnassus*. Oh, como sinto saudade da empolgação de criar as primeiras edições com Althea, a sra. Galbreath, apenas nós duas, encontrando os colaboradores, correndo para a prensa, implorando aos livreiros para nos dar uma chance. — Ela sorriu calorosamente para a sra. Galbreath. — Você se sai melhor por sua conta, Althea. A ideia foi minha, mas o sucesso sempre foi seu.

— Você é muito generosa e pouco precisa — retrucou ela, corando.

— Não foi generosidade demais, mas também não foi preciso — declarou Lady Farnsworth. — Sempre foi um empreendimento coletivo e deve ser conhecido como tal. Quando mulheres se unem, podem conseguir qualquer coisa.

— E agora você se juntará a nós — disse a sra. Galbreath a Amanda. — Eu sei que você será uma grande ajuda.

Amanda esperava que sim. Gostava dessas mulheres, embora achasse estranho que agora estivesse sentada com uma duquesa, a viúva de um barão e a irmã de um conde. Mais estranho ainda que a tratassem como igual, mesmo que ela realmente fosse apenas uma funcionária. Ela olhou ao redor do pequeno grupo enquanto todas as mulheres, até a sra. Clark, começaram a discutir a próxima edição da revista. Amigas, todas elas. Uma irmandade, definiu a duquesa.

Depois de quinze minutos, Amanda desculpou-se e anunciou sua partida. A sra. Galbreath a acompanhou até a porta.

— Eu estava falando sério sobre você se juntar a nós, srta. Waverly. Esta casa é um clube e você é bem-vinda como membro. Depois de sua partida, haverá uma pequena votação, mas está claro como será. Você deve pensar nesse lugar como sua segunda casa e visitar quando quiser e estiver nesta área da cidade.

— Um clube? Como os homens têm? Estou grata, mas devo declinar. Existem taxas e...

— Temos membros que não pagam taxas. Ninguém sabe, então você não será tratada de forma diferente.

— Isso é muito gentil de sua parte. Duvido que tenha muita chance de me valer desse presente maravilhoso, mas agradeço.

— Não é um presente. — A senhora Galbreath inclinou a cabeça. — Sua ajuda com o diário superará em muito o que a maioria dos membros contribui. Você definitivamente deveria ser um membro. É apenas certo e justo.

O espanto de Amanda já havia passado enquanto ela descia os degraus da rua e foi substituído pela sensação opressora de que começara a ser duas pessoas. Uma Amanda sentou-se com damas finas e concordou em ajudá-las com um jornal. A outra Amanda pretendia permitir que um homem a seduzisse para ter a oportunidade de cometer um crime que poderia causar sua prisão e enforcamento.

Naquela noite, quando Amanda voltou para casa, ela tirou a sopa da panela que estava sempre fervendo no gancho na lareira. Cortou um pouco de pão e sentou-se à pequena mesa rústica para jantar. Lady Farnsworth sempre lhe dava uma refeição principal ao meio-dia, o que ajudava muito a poupar dinheiro.

Após a refeição, ela olhou para o fogo enquanto reunia coragem para ler a carta mais recente. Já estava na Gráfica Peterson quando ela havia passado naquela noite. Sua mãe usava esse ponto de recebimento dos correios há anos e, ao saber que Amanda estava indo para Londres, escrevera que ela deveria simplesmente usar o mesmo nome para que a mãe pudesse escrever para ela.

Ela tirou a carta da retícula. Endereçada à senhora Bootlescamp, mostrava a letra da mãe.

Não é minha intenção incomodá-la ou entristecê-la, mas ele está ficando impaciente. Eu expliquei que este novo pedido é muito mais complicado do que o primeiro, e possivelmente nem mesmo possível. Eu não a vejo há quase dez anos e, dependendo de como você cresceu, as demandas físicas podem muito bem exceder suas habilidades atuais.

Lamento informar que ele não se abalou pelos meus argumentos. Mesmo agora, enquanto ele lê isso por cima do meu ombro, diz que você se demora deliberadamente.

Perdoe-me, Amanda, por esperar tanto de você quando não pôde esperar quase nada de mim. Por favor, deixe uma nota assim que tiver o necessário, da mesma forma que da última vez. Use nossa caixa postal, mas endereçe ao sr. Pettibone.

Ele ficou impaciente, não é? Ela rangeu os dentes, revoltada que um homem desconhecido e invisível poderia impor sua vida assim.

Não que Mama fosse inocente. Oh, ela não se importava que sua mãe esperasse muito. Ressentia-se da conclusão inevitável de que a única razão pela qual sua mãe poderia se encontrar à mercê desse homem era por ter tentado roubá-lo. Além disso, esse homem nunca saberia sobre sua filha se ela não tivesse contado a ele para tentar se salvar.

Ele era um adversário rico. Mama nunca se dava ao trabalho de roubar outro tipo. Rico e talvez poderoso. Provavelmente o tipo de homem que podia garantir que um ladrão não tivesse misericórdia e fosse enforcado.

Amanda riu amargamente de si mesma. Foi o que a família dela fez, não foi? Seus pais eram mais espertos do que a maioria dos ladrões, mas isso era tudo o que eram. Ladrões altamente sofisticados e extremamente ousados.

Foi também o que eles lhe ensinaram a ser.

Guardou a carta em uma gaveta da mesinha e colocou sobre sua cama roupas muito diferentes da noite passada. Ela trocou seu vestido; sairia novamente esta noite, mas primeiro ela precisava praticar.

Amanda não sabia se ainda tinha a capacidade física de executar seu plano. Não saberia até que realmente tentasse. No entanto, poderia pelo menos trabalhar para tornar o sucesso mais provável. Ela não havia esquecido seu treinamento, embora já não o visse mais como um jogo do jeito que pensava quando criança.

Ela se posicionou em uma das marcas de giz no chão de madeira, agachou-se e pôs um pé atrás do outro como alavanca. Reuniu todas as suas forças, depois pulou alto e longe.

— Quem você está procurando? — Brentworth fez a pergunta enquanto Gabriel e ele passeavam pelo Hyde Park durante o horário elegante.

— Eu não estou procurando por ninguém.

— Não está? Você me pressionou a entrar nesse parque quando sei que você normalmente o evita. Desde que chegamos, está espiando furtivamente para a esquerda e para a direita. Devo concluir que pretende encontrar alguém aqui. Acidentalmente, é claro.

Gabriel firmou o olhar à frente. Espiando furtivamente. Inferno.

— Não seria a pastora, seria?

Maldição. Ele *esteve* examinando os queixos e bocas femininos nos últimos dois dias, para ver se alguém parecia familiar. Se visse lábios vermelhos, espiava ainda mais, para ver se eles pareciam pintados. De qualquer forma, essa não foi a razão para este passeio. Na verdade, ele procurava se distrair da deliciosa antecipação da noite. A mera lembrança o deixara meio excitado o dia inteiro.

Seu fascínio por aquela mulher misteriosa era incomum o suficiente para fazê-lo refletir sobre ele. Supunha que a falta de experiência dela fazia parte do apelo. Suas amantes normalmente estavam longe de qualquer necessidade de iniciações. Desempenhar o papel de guia e professor nas muitas formas de prazer era uma noção que o atormentava.

— A pastora? — Ele forçou uma risada. — O que faz você sugerir uma coisa tão ridícula?

— Você desapareceu com ela por um bom tempo no baile.

— Você notou.

— Notei. Os outros também. Suponho que todo o lado noroeste do jardim foi evitado, para que você não fosse descoberto com o traseiro nu brilhando ao luar e as calças nos tornozelos.

— Como não estou procurando ninguém, você pode ter certeza de que não é a pastora. Também não a reconheceria se tropeçasse nela, então mal posso procurá-la.

Brentworth apenas sorriu.

— Embora... — Gabriel acrescentou no seu melhor tom de *não que eu dê a mínima*. — Normalmente reconheça quem está no baile, mesmo em uma máscara, eu não a reconheci. Você reconheceu?

— Eu tentei, mas não consegui. Como eu disse, ela provavelmente é uma prostituta; talvez tenha chegado recentemente a Londres.

— Acho que não, é mais provável que seja uma mulher casada esperando encontrar alguma aventura e alívio de seu marido bruto.

Brentworth mirou um longo olhar em sua direção.

— Você imaginou uma história e tanto para ela com base em um breve encontro casual. Mas eu nunca ousaria questionar seus conhecimentos sobre o assunto.

— Talvez não seja um marido. Um pai rigoroso ou um irmão autoritário podem explicar também. Ela estava com medo. Aterrorizada pela possível descoberta. Se ela fosse uma prostituta, isso não importaria de forma alguma.

— Parece que sua ida ao jardim foi principalmente para conversar. Que bom da sua parte — comentou em um tom irônico que Gabriel conhecia bem.

— Acredito que possuo uma intuição especial em relação às mulheres e suas características essenciais.

— Você concluiu que ela era uma dama, não é? — perguntou Brentworth, surpreendendo Gabriel.

— Suponho que concluí isso sem nunca realmente contemplar a questão. Além disso, não cheguei a nenhuma outra conclusão. — Ele pensou no assunto. — Sua linguagem, seu comportamento, ela parecia uma dama ou uma mulher que estudou para ser uma.

— Que bom que você nunca mais a verá, se esse for o caso. Ela parece perigosa. Quando uma senhora tem um marido, pai ou irmão que governa sua vida com punho de ferro, seu amante geralmente acaba em um duelo.

Brentworth não disse isso como um conselho, mas Gabriel ouviu o tom de aviso. Não que ele prestasse atenção. Perigoso ou não, ele pretendia proporcionar tanta aventura quanto a pastora permitisse.

Naquela noite, Gabriel entrou na casa de seu irmão com seu valete, Miles, a reboque. O criado carregava as delícias gastronômicas com as quais ele planejava atrair sua misteriosa mulher. Um jardineiro solitário dormia perto da porta, guardando ostensivamente a casa. Gabriel o acordou, colocou um pouco de dinheiro em sua mão e mandou que ele deixasse o local até a manhã seguinte.

Ele liderou o caminho para a biblioteca e mandou o lacaio dispor as tortas, as frutas e o creme, imaginando o último item pintado em um corpo feminino nu. Gabriel colocou as três garrafas de champanhe em uma mesa que ele puxou para perto de um divã em frente à lareira. Depois que um fogo baixo foi aceso, ele também mandou seu empregado embora.

— Envie a carruagem ao amanhecer.

Finalmente sozinho, ele foi até a cozinha, retirou a barra e destrancou a porta do jardim. Depois, voltou à biblioteca e fez um rápido exame dos detalhes. Além de muitos livros e alguns peculiares objetos de arte, ele viu dois travesseiros decorativos, que transferiu para o divã, e alguns tecidos turcos estranhos que também colocou perto deles. Contente por ter preparado o cômodo da melhor maneira possível para a sedução, ele abriu uma das garrafas de champanhe, serviu-se de uma taça e esperou.

Gabriel ficou imaginando se Harry se importaria se fizesse uso de um dos quartos. Ele observou o divã e o tapete, considerando todas as possibilidades. Nenhuma de suas especulações fez muito para amenizar a sensação de provocação sensual que ele experimentava, muito mais picante que o normal. Admitia que o mistério e a novidade despertaram sua imaginação cansada. Assim como a maliciosa perspicácia da dama em sua primeira conversa. Ela o desafiou e ele estava ansioso para fazê-la gemer em prazer submisso.

Pouco depois, ele checou o relógio de bolso. Dez horas. Prestou atenção, apenas para ouvir o silêncio. A ideia de que ela poderia não vir começou a invadir sua mente. Mais dez minutos se passaram. Depois mais dez. Bebeu sua quarta taça de champanhe e começou a aceitar sua decepção. O que ele disse a Harry? Havia um rio de mulheres lá fora.

Abriu outra garrafa de champanhe, o que o ocupou por alguns minutos. Depois que preparou a bebida e colocou na mesa lateral, ele se recostou e admirou como a pouca luz da lareira dava ao vinho um agradável brilho de bolhas dançantes.

Ao fazer isso, percebeu que não estava mais sozinho.

Ela estava no canto perto da porta, quase invisível. Somente ao se concentrar na visão foi que as sombras ganharam vida com sua forma. Ele não ouvira nada. Ela simplesmente se materializou lá. Gabriel olhou fixamente para os poucos detalhes que a luz tremulante lhe deixava ver. Sem máscara. Cabelo escuro preso firmemente. Ela usava um xale longo e escuro que pendia como uma capa e a obscurecia. Um pedaço de pano escuro no pescoço sugeria que ela usava um vestido muito diferente de sua fantasia de pastora de ovelhas.

— Então você veio.

— A um grande risco para mim.

— Por quê?

— Você prometeu champanhe. Eu nunca bebi nenhum.

— Alguns diriam que vale qualquer risco. — Ele levantou a taça.

Amanda não se mexeu ou falou. Os olhos dele se ajustaram mais ao escuro e ele viu que o feio xale enfeitado com flores vermelho-escuras escondia seu vestido, seu corpo, tudo.

O DUQUE DEVASSO

— Por que não senta aqui e eu sirvo um pouco para você? — Ele apontou para o divã ao lado dele. *Sente-se aqui, minha querida, e em breve vou livrá-la desse xale hediondo e do que quer que ele cubra.*

Mais uma vez, ela não se mexeu nem falou. Ele olhou com mais atenção, desta vez para o rosto dela. Grandes olhos o encaravam de volta. Notou como ela mantinha as costas para a parede. Suas intenções recuaram em sua mente e ele viu uma mulher, não uma conquista.

Uma mulher assustada. De que ou quem? Era medo dele ou de apenas estar ali?

Seu tolo idiota. Ela disse que arriscou muito. Ele sabia que ela não era muito experiente. Claro que ela estava com medo. Dele, de estar ali, de muitas coisas. Sua decência emergiu do lago de champanhe que ele havia bebido, então resolveu reajustar seus planos.

— Talvez você prefira sentar nessa cadeira à sua frente.

Ela hesitou, mas se moveu para sentar na cadeira de encosto alto. Os sapatos dela apareceram: sapatilhas negras. Não era de admirar que não tivesse feito barulho. Então ele notou o que aparecia acima deles, envolvendo as pernas dela do joelho ao tornozelo. *Mas que diabos?*

Gabriel serviu uma taça de champanhe para ela e levou até lá, sem se aproximar demais. Ela levantou a taça e observou as bolhas.

— É bonito.

— Experimente. — Ele voltou a sentar.

— Você não vai beber? — Ela aproximou a taça da boca.

Ele já tinha bebido bastante, mas se serviu de outra dose.

— Diga-me, pastora, existe alguma razão específica para você usar calças por baixo do xale?

— São pantalonas. Imagino que ache repulsivo.

— Se essa era sua intenção, você falhou. Conheço duas mulheres que preferem roupas masculinas a vestidos. Eu sei os motivos delas e estou curioso sobre o seu.

— Eu caminhei até aqui.

— Pela cidade à noite? Se tivesse me dito, eu teria enviado uma carruagem.

— Eu teria que recusar a oferta. Além disso, costumo andar à noite se preciso ir a algum lugar. Porém, sempre há a chance de ter que correr rápido.

— De um assalto?

— Ou de um policial. Eles não gostam de encontrar mulheres nas ruas depois do anoitecer. Eles pensam o pior. As pantalonas significam que eu posso correr, se necessário, sem minha saia suspensa nos quadris.

— Que imagem tentadora. Suas razões são práticas, então. Por que nenhum casaco para completar o conjunto?

— Eu não tenho um. — Ela segurou a frente do xale. — Além disso, quando estou com isso, ninguém percebe o que está nas minhas pernas. Elas ficam tão embaixo que são quase invisíveis à noite. O xale me faz parecer uma mulher. Se eu precisar ser vista como homem, posso facilmente tirá-lo.

— Por que não o tira agora? Você é definitivamente uma mulher para mim, com ou sem ele, e está segura aqui.

Ela sorriu. Seus lábios vermelhos se abriram apenas o suficiente para revelar vislumbres de dentes brancos. Imagens eróticas sobre aquela boca se instalaram na mente dele naquele momento. Provavelmente levaria semanas até que as esquecesse.

— Nós dois sabemos que não estou segura aqui.

— Você está a salvo dos perigos que mencionou. Quanto a qualquer outro perigo, um xale é uma armadura pobre.

— Você não ficará escandalizado em me ver em roupas de homem? Não acha isso antinatural?

— A ideia de compartilhar champanhe com uma mulher de calças é provocadora.

Ela se livrou do xale. Acima das calças pretas, ela usava uma camisa masculina marrom-escura. Ela ondulava acima de onde ela a enfiara na cintura da calça. Sem corpete por baixo, a menos que ele estivesse enganado. Quão conveniente.

Amanda tomou um gole de champanhe e riu baixinho.

— Fez cócegas no meu nariz. Que tipo peculiar de vinho. Também borbulha pela garganta. — Ela tomou mais um gole. — Eu acho que gosto.

Mais um gole e ela abaixou a taça e olhou ao redor da biblioteca.

— Existem muitos livros aqui.

— Harry é um estudioso. Alguns são dele, e outros ele trouxe da biblioteca da família.

— Foi bom da sua parte permitir que ele esvaziasse sua biblioteca para que pudesse melhorar a dele.

Se Harry tivesse tomado dez vezes mais, isso não esgotaria a sua biblioteca. O comentário dela o fez pensar em algo.

— Você sabe quem eu sou?

— Um cavalheiro de alguma posição, eu diria.

Ele hesitou, possivelmente porque quase nunca tinha que se identificar. Todo mundo simplesmente sabia.

— Eu sou Langford. O duque de Langford.

— É o que você diz. — Ela não pareceu impressionada.

— Você acha que estou mentindo?

— Eu acho que você tem intenções desonrosas, e um homem com esse intuito diz qualquer coisa para uma mulher.

— Eu realmente sou Langford.

— E você também é um homem com talentos especiais com mulheres. Se levantei uma sobrancelha para isso, devo levantar duas sobre sua pretensão de ser um duque.

A atrevida estava determinada a desafiá-lo em todos os aspectos. Ela pedia que ele fosse implacável.

— Como você descobriu no jardim, minhas alegações a respeito das mulheres não eram exageros inúteis. Quanto a ser Langford... — Ele levantou a mão. — Aqui está o meu anel de sinete. Se vier aqui, poderá ver as insígnias.

— Acho que vou ficar onde estou. Se você é um duque, isso é muito peculiar.

— Como assim?

— Sendo uma pessoa de inteligência normal, sou obrigada a me perguntar o que um duque quer com uma mulher como eu. Você é atraente o suficiente para conseguir que qualquer uma beba vinho com você, se tem uma posição como essa. Ou todas as mulheres elegantes decidiram que você é muito vaidoso?

Ele queria rir. Em vez disso, bebeu.

— Então sou atraente o *suficiente*?

— Mais do que aceitável para a maioria. O que eu, por sua vez, não sou. Daí a pergunta que me faço.

— Você quer que eu faça objeções e diga que faz um desserviço a si mesma e é muito mais do que aceitável?

— Eu não me importaria. No entanto, uma mulher sabe a verdade. Nós amamos elogios, mas nós sabemos.

— Responderei sua pergunta honestamente. Este duque acha você revigorante e muito mais do que aceitável. Também é diferente. Um mistério. — E um desafio, mas não havia necessidade de expor isso. — Eu já te disse quem eu sou. Você vai devolver o favor?

Ela olhou para o champanhe e depois para ele e balançou a cabeça.

Beba, droga. Menos conversa e mais bebida.

<hr/>

Amanda tinha visto a garrafa vazia quando entrou e percebeu que a sorte havia sorrido para ela novamente. Ele já devia estar meio bêbado. Um pouco mais e esperançosamente adormeceria antes que ela sucumbisse à sua sedução.

Antes de perseguir o irmão dele, ela aceitou que talvez tivesse que ceder literalmente para salvar a mãe. Disse a si mesma que provavelmente não seria pior do que a última vez com Steven, quando já sabia o que ele era, mas ainda não o havia deixado. Foi uma noite esclarecedora, e descobriu que poderia haver prazer mesmo sem amor, ao que parecia.

Não importava como seria, no entanto, ela preferiria não fazer isso. Ela até esteve ali na noite passada para ver se conseguiria acesso de outra forma. Mas, a exemplo da casa de Sir Malcolm, as portas do jardim também estavam barradas e trancadas. A não ser que quebrasse painéis e janelas gradeadas, ela não tinha como entrar. Agora esperava que esse duque cochilasse antes do ato, e ela não precisaria concordar com o ato em si para fazê-lo adormecer.

De qualquer maneira, ela queria que ele estivesse dormindo profundamente à meia-noite.

Gabriel serviu mais champanhe em sua taça e bebeu. Então se instalou de volta no divã.

— Há aperitivos ali, se você quiser um pouco. — Ele apontou para uma mesa perto das janelas.

Ela se levantou e se aventurou, principalmente para gastar tempo enquanto ele bebia. Frutas vermelhas, tortas e creme em tigelas de prata estavam à disposição.

— Morangos. Estão com uma cara ótima.

— Eles são deliciosos com o creme.

Ela pegou um pela haste, mergulhou no creme grosso e mordeu. Suco escorreu pelo queixo dela. Seu anfitrião incluiu guardanapos e ela rapidamente fez uso de um. Resistiu à tentação de comer mais quando percebeu que ele observava cada movimento seu. Voltou a sentar-se rapidamente.

— Obrigada. Isso foi tão bom quanto parecia. Tão poucas coisas são.

— Mais críticas a refeições suntuosas? Você é uma mulher exigente. Deveria comer mais. Terei prazer em ajudar para que você não suje sua camisa.

— Isso atenderia às suas intenções, me alimentando com frutas carregadas de creme. Você lamberia as gotas ou usaria um guardanapo?

— Você tem uma mente inventiva. A parte de lamber, que eu não havia considerado, parece encantadora, agora que vejo as possibilidades.

— Vamos falar de algo diferente de comida para que você possa se recuperar?

— Se você insiste... Você pode me explicar uma coisa simples.

— Perguntas simples me agradam, já que sou uma mulher simples.

— Dificilmente. No entanto, do que você tem medo? De quem? Você pode me dizer isso sem revelar seu nome. — Ele a encarou com muita seriedade.

A pergunta a assustou. Achou que nada nela revelasse seus medos; mal os admitia para si mesma.

— O que faz você pensar que eu tenho medo? Isso é mais engraçado do que perspicaz.

— Seu medo de ser descoberta comigo deixa explícito. Além disso, está em você. Em seus olhos. Eu acho que sou o menor dos seus temores. Se eu não a agredi no jardim, você sabe que não o farei agora.

Ela não sabia de nada disso e permaneceu cautelosa com esse homem, por mais duque que ele fosse. E estava com medo, porque mesmo sem qualquer ataque, ela poderia se achar tão vulnerável quanto uma mulher poderia ficar. Quanto aos outros medos... ele estava muito curioso. Esse era o problema de ser um mistério. As pessoas queriam resolvê-lo. Ela decidiu ser um pouco mais acessível, assim ele teria uma história para deixá-lo menos intrigado.

— Existem expectativas sobre mim. Exigências. Elas não incluem festas e encontros com duques ou qualquer outra pessoa.

— As expectativas da sua família?

— Meus pais me abandonaram ainda criança. Meu pai foi embora, então minha mãe me colocou em uma escola. Eu encontrei uma colocação agora. Se descobrissem que estou aqui, seria despedida.

Ele pensou sobre isso, enquanto bebia ainda mais.

— Você é dependente, então. Espero que, neste local, você não seja maltratada, mesmo que seu comportamento seja observado.

— Não sou maltratada dessa forma.

— E ainda é um lugar solitário, eu imagino.

As palavras dele a atingiram, endereçando uma parte essencial de sua vida que ela tentava ignorar. Amanda fingiu que ele não havia atingido seu alvo tão diretamente.

— Por que você imaginaria isso? Não é como se um duque tivesse alguma experiência em tais coisas.

— Existem todos os tipos de abandono. Oh, não reivindico que minha história corresponda à sua. Eu fui criado no luxo e meus pais estavam presentes. No entanto, eles eram totalmente indiferentes. Eu era o herdeiro. Cumpri um propósito e dever. — Ele bebeu um bom gole de champanhe. — Foi pior para o meu irmão. Eu tentei ajudá-lo e lhe dar ao menos um irmão.

Ele estava bastante bêbado; tinha que estar para contar isso a ela.

— Um dia, voltei inesperadamente da universidade — contou. — E entrei no meio das lições dele. E o tutor... — O queixo dele endureceu. — Tenho certeza de que você sabe que existem pessoas que tirarão vantagem de qualquer poder, se puderem, mesmo que sobre uma criança. Harry tinha oito anos, e esse tutor o estava atacando. Eu nem me lembro o porquê.

— O que você fez?

— Eu bati no homem, depois disse ao meu pai para se livrar dele. Eu fiquei lá enquanto os novos tutores eram entrevistados para a posição e ajudei a escolher o próximo. Então eu peguei o sujeito sozinho e disse a ele que, se tocasse em meu irmão, se o maltratasse porque sabia que meus pais nunca perceberiam, eu o mataria. — Ele esvaziou sua taça. — Ele acabou por ser um tutor incrível.

— Você salvou seu irmão de anos de miséria. Agora o salva das mulheres que o perseguem nos bailes.

Ele riu, mas isso chamou sua atenção novamente.

— Você nunca pensou em se casar, em fugir de sua situação atual?

— Ah, sim, a solução para todas as mulheres e um caminho seguro para o amparo. Você descreve servidão contratada, mas não há fim para ela.

— Eu sou a última pessoa a discordar de uma visão cínica do casamento, por isso vou lhe dar razão.

— Eu não estava falando de todos os casamentos, apenas o que você descreveu para uma mulher necessitada.

— Então você considerou.

Como essa conversa chegou a essa pergunta? Ele ergueu as sobrancelhas com curiosidade. Ela poderia lhe contar essa verdade, pois nunca o veria novamente.

— Havia um homem, logo depois que eu deixei a escola. Eu era jovem e ingênua. — Ela tomou um gole de champanhe para anular o repentino gosto amargo em sua boca. — É uma história batida e comum.

— Outro abandono?

Havia simpatia em seu tom e ela via o mesmo em seus olhos. Na conexão de seus olhares, houve um franco reconhecimento de que ele sabia muito bem o que acontecera, e seu julgamento recaiu sobre o homem, não sobre ela.

Um pouco mais se esclareceu também. Ela sabia que ele nunca

a atrairia ali se ela fosse inocente, e que ele havia determinado no jardim que ela não era. Ele podia condenar Steven por seduzi-la, mas isso a deixou vulnerável a outros homens, como esse duque.

Também não podia negar o apelo dele. Conversar assim perto do fogo baixo criou a ilusão de intimidade e amizade, não importava o que mais agitasse o ar. Ela nunca pensou que ele falava sério quando alegou querer apenas uma conversa. Ele queria muito mais, mas parecia exigir a conversa primeiro.

Amanda desejou que pequenos laços não se formassem a cada revelação. Amarras se teciam entre eles invisivelmente. Ela queria que ele permanecesse um estranho, precisava que adormecesse e a esquecesse quando acordasse.

Ele bocejou e ela sentiu esperança.

— Então você não é uma esposa — concluiu ele. — Eu tinha me perguntado sobre isso.

— Não, não uma esposa. Nem sou dependente. Essa foi sua palavra, não minha.

— Então o que você é?

Ela riu porque a verdade marchou para sua língua e foi detida bem a tempo. Uma solteirona, uma secretária, uma ladra.

— Você faz parecer como se houvesse apenas uma resposta. Para você, provavelmente existe. Eu sou Langford, você pode dizer. De todos os seus privilégios, o melhor é saber o que você é desde o dia que nasceu até o dia que morrer.

— Todo mundo sabe o que é. Não é um privilégio da aristocracia.

— As mulheres deixam de saber de uma hora para outra. Uma menina se casa e se torna esposa e mãe. O marido dela morre e ela se torna viúva. Imagine encarar o espelho um dia e ver alguém que não era o que era no dia anterior, e todas as expectativas mudaram também.

— Quando você olha hoje, o que vê?

— Você não consegue adivinhar? Um homem que reivindica tantas habilidades com as mulheres deve saber.

— Viúva? Eu acho que não. — Ele ponderou sobre isso com uma carranca elaborada.

O DUQUE DEVASSO

Ela balançou a cabeça.

— Noiva?

— Não.

— Obrigado, Senhor. É a única coisa que pode me impedir. Noiva ou filha. Os homens são cheios de possessividade com o primeiro tipo e cheios de deveres sobre o segundo. Se um noivo ou pai soubesse que você me conheceu, poderia ficar perigoso para alguém.

— Só de ouvir que te conheci? Você deve ter uma reputação terrível.

— Admito que é um pouco notória.

— Suponho que seja inevitável para um homem que dedicou sua vida a conceder seus grandes dons às mulheres. É um mistério que você ainda esteja vivo.

— Algum dia, se gostarmos da companhia um do outro, posso explicar como sobrevivi.

— Só vou aprender seu segredo se concordar em permitir que você me seduza para a minha derrocada? Isso é injusto.

— Eu tenho usado de pouca sedução, pastora. Você não precisava vir aqui hoje à noite. Portanto, não há um pai que possa fazer algo estúpido?

— A filha não está sob supervisão agora. Obviamente, isso foi no passado.

— Amante?

— Esse é um bom palpite. Eu posso ser a amante de um homem que gosta de mulheres de pantalonas.

— Daí o fato de você procurar outro homem. Estou ficando sem ideias. Revolucionária? Radical? Reformista?

— Nenhum dos *Rs*.

— Sou grato por você não ser o último *R*. Já tive o suficiente disso em minha vida.

— Alguém está tentando reformar você? Que interessante. Parece que é mais do que apenas um pouco notório, se uma campanha como essa está em andamento.

— Não é nada interessante. Um incômodo irritante.

— É por isso que estou aqui? Para que prove que não está reformado?

Ele pareceu surpreso, mas se recuperou rapidamente.

— Você está aqui para beber champanhe, ser beijada com grandes nuances e para tentar sem sucesso resistir à minha sedução.

— Ah, sim, aquele beijo — disse ela. — Você quer agora?

Seu sorriso preguiçoso poderia ter encantado um urso.

— Se isso lhe agradar.

— Eu acho melhor. Então você pode acreditar em mim quando digo que não haverá mais.

Ela esperou que ele se aproximasse de sua cadeira. Em vez disso, ele apenas a observou com faíscas diabólicas nos olhos.

— Foi ideia sua.

Lembranças excitantes da noite no jardim surgiram em sua mente. Ela se forçou a esquecê-las. Não era noite para uma verdadeira sedução, se pudesse ser evitada. Ela se levantou e marchou para ele, inclinou-se e pressionou os lábios nos dele. Uma mão tocou o rosto de Amanda, ele a abraçou e o beijo se prolongou. Gabriel a puxou mais para baixo e pressionou sua nuca para que o beijo demorasse.

O doce prazer quase a derrotou. Sua determinação e os riscos da noite se provaram pequenas defesas contra quão sedutor ele poderia ser. Por toda a estimulação física que ela experimentou, o que realmente a tentou foi a oferta para escapar de tudo o que conhecia e viver dentro das sensações que ele poderia criar nela.

Gabriel apertou sua nuca o suficiente para causar alarme. Ela olhou para baixo. Logo, a outra mão dele roçaria contra a blusa dela. Amanda se afastou e reparou nos olhos quase pretos; a cor deles havia se aprofundado tanto. A maneira como ele a olhou a enfraqueceu ainda mais do que o longo beijo.

Ele sabia. Podia ler a mente dela. Então se inclinou, tentando alcançá-la. Oferecendo. Ela olhou para aquela mão estendida, tão masculina e bonita.

E voltou direto para a cadeira.

Ele aceitou surpreendentemente bem. Talvez os cavalheiros acreditassem que tinham que ser gentis sobre essas coisas. Por outro lado, a maneira como ele continuava bocejando pode ter lhe dito que dificilmente seria seu melhor esforço.

— O que você faz quando não está cumprindo as exigências da sua posição ou se esgueirando para bailes e encontros comigo?

Mais conversa. Mais curiosidade. Mas ele estava desvanecendo. A hora e o champanhe estavam trabalhando nele.

— Eu leio.

— Harry teria gostado de você mais do que ele imaginou. — Um bocejo profundo engoliu suas últimas palavras.

— Eu também canto.

— É mesmo? Você se apresenta?

— Se não posso ir a festas, dificilmente posso fazer algo tão ousado quanto me apresentar.

— Então para quem você canta?

— Para mim mesma.

— Isso é triste, cantar apenas para si mesma. Por que você não canta para mim? Serei um expectador muito respeitoso e apreciativo.

— Suponho que eu poderia fazer isso, se você quiser. Eu não estou acostumada com uma audiência, no entanto. Talvez seja melhor se não me olhar. Isso pode me desencorajar.

— Vou olhar para o fogo.

Ele fixou o olhar nas labaredas. Ela começou uma música folclórica escocesa antiga, pesada com os tons daquele país. O duque não olhou para ela, mas ela olhava para ele. Amanda cantou e assistiu suas pálpebras vacilarem no terceiro verso.

No final da música, ele estava dormindo profundamente.

O Duque Devasso

$\mathcal{E}$la ficou na frente da janela, observando enquanto seu xale e sapatilhas caíam no abismo à sua frente. A brisa pegou o xale, que flutuou como um espectro ao luar, mas os sapatos desapareceram atrás da parede. Vestida apenas de calça e camisa, ela reuniu sua coragem.

Não tão alto, ela disse a si mesma. *Não tão longe.*

Suas garantias mentais ajudaram a acalmá-la, mas apenas um idiota ignoraria o perigo.

Depois que aprende, você nunca esquece. Foi o que o pai dela disse quando começou a treiná-la. Ela tinha oito anos na época.

Dê bastante impulso com o pé de apoio, Mandy, e olhe para o seu objetivo, nunca para o chão. Saiba onde você vai segurar quando aterrissar.

Ela achava que era um jogo. Quem pensaria que Charles Waverly planejava usar a própria filha em seus crimes?

Ele era um homem bonito e afável. Extrovertido e fluente em muitos sotaques regionais, ele se encaixava em todo lugar, fosse uma festa em Mayfair ou uma taberna rústica. Seu charme e confiança foram seus atributos mais valiosos para a carreira escolhida. Ambos podem ter sido características naturais. Seus pais, ela soube, vieram de boas famílias que possuíam propriedades. Talvez, se não tivessem se conhecido, teriam se casado com outras pessoas e vivido uma vida normal. Em vez disso, juntos, eles se tornaram ladrões.

No início, foi por brincadeira, um ato ousado, como um jogo. Eventualmente, tornou-se um modo de vida. Nada de furtar os bolsos alheios, embora ambos tenham aprendido como. Eles se especializaram em organizar cuidadosamente roubos de objetos de valor das melhores casas e, às vezes, elaboravam fraudes nas quais suas vítimas sequer percebiam que haviam sido enganadas.

Amanda lembrou-se de ter visto seus pais aos seis anos, vestidos como se fossem da alta sociedade, deixando uma casa que eles usavam na época. Ela não tinha ideia, então, de que eles se infiltrariam em uma grande festa ou baile para o qual não haviam sido convidados. Quando os anfitriões estivessem distraídos, um deles subiria para pegar alguns objetos de valor.

Durante anos, ninguém suspeitou. Ou tentou detê-los. *Na maioria das vezes, eles nem sabem que algo sumiu,* explicou sua mãe quando ela era mais velha. *Pode levar meses até que a dama procure por aquele colar ou que um cavalheiro queira aquela caixa de rapé de prata e ouro. Não é realmente roubar quando eles têm tanto que nem se lembram do que possuem ou não.*

Então, quando ela tinha doze anos, sua mãe correu para casa uma noite, agitada de preocupação. Alguém viu o pai dela roubando. Ele só conseguira escapar ao dar um desses saltos pela janela.

Elas esperaram a noite toda pelo seu retorno. Será que ele encontrou uma borda ou um peitoril onde aterrissou? Ou mergulhou para o chão e ainda estava lá, quebrado e dolorido? Ele finalmente chegou em casa ao amanhecer. Ainda estava com a pulseira que havia roubado. *Precisaremos desmontá-la. Dessa vez, eles saberão que sumiu. Além disso, seria melhor se eu desaparecesse por um tempo. Você leva a garota. Encontro você daqui a um ano.*

Ele as deixou na noite seguinte, com metade das joias da pulseira no bolso. Elas nunca mais o viram novamente.

Sua mãe continuou a única profissão que conhecia. Ela não precisava de um homem ao seu lado para entrar nas casas durante as festas. Ela podia subir as escadas tão facilmente quanto Charlie. Dois anos depois, no entanto, ela colocou Amanda na Escola da sra. Hattlesfield, em Surrey. *Você terá uma chance de viver de outra forma, se for educada,* ela tinha dito. *Você poderá até se casar com um homem decente, se conseguir se apresentar bem.*

Amanda suspeitava que o verdadeiro motivo tivesse sido menos maternal. Resumindo, ter uma filha a reboque se mostrara inconveniente. Além disso, quando amadureceu, Amanda começou a fazer perguntas e sugerir que encontrassem outra maneira de viver. Uma forma respeitável.

Ela levantou o olhar do chão e se concentrou na janela do outro lado da cerca e da parede, um pouco mais baixa do que aquela onde se encontrava. Havia uma janela de canto que estava à distância de um braço das cunhas na parte traseira do prédio e ela tinha um peitoril profundo e algumas molduras decorativas. Não tinha barras e Amanda apostava que não estava trancada, embora pudesse lidar com isso se precisasse. *Um metro e vinte no máximo, sem uma alavanca. Dois e vinte se começar com uma corrida. Um metro e meio se você puder tomar impulso com o pé.*

Ela calculou que as chances eram, no máximo, uma em três de que ela sobreviveria a essa aventura, livre e intacta.

Cantou baixinho para si mesma enquanto reunia concentração e confiança. Então se agachou na mesa que colocara para apoiar o peitoril da janela, apoiou o pé direito, juntou toda a sua força e pulou.

Mãos gentis o balançaram. Gabriel lutou o suficiente contra o sono para afastá-las e amaldiçoar o intruso.

— Você disse ao amanhecer, senhor, e a carruagem o aguarda. — Soava como Miles, seu valete.

Amanhecer. Carruagem. Gabriel se forçou à semiconsciência apenas para descobrir que sua cabeça doía e seu pescoço parecia tão duro que ele mal conseguia movê-lo.

— Eu vou fazer café, senhor.

Menos sono e mais dor em sua cabeça. Inferno, ele deve ter sido atacado na noite passada para se sentir assim. E o pescoço dele... Gabriel abriu os olhos, e a visão o confundiu. Então ele se lembrou. Olhou imediatamente para a cadeira em que sua mulher misteriosa esteve sentada. Vazia, é claro. A última coisa que ele lembrava era dela cantando.

Que tolo ele era. Se esforçar tanto para atrair uma mulher e depois adormecer. Ele teria sorte se ninguém soubesse disso. Não precisava de mais alfinetadas, desta vez de homens dos clubes que ele frequentava, cutucando-o por sua falta de *finesse* com as mulheres. Ou não tão mulher assim, conforme o caso. Ela não parecia uma na noite passada, em pantalonas e camisa. Se ela tivesse ficado, ele a teria enviado para casa em sua carruagem, para que não tivesse que andar pelas ruas de Londres daquela forma.

Pensar no desafio dela e em sua intenção de seduzi-la lhe fez rir, mas sua cabeça dolorida estragou a graça. Ele certamente lhe mostrou uma coisa ou duas, não foi? Por Zeus, seu grande talento com as mulheres, sem dúvida, a impressionou profundamente.

Ela provavelmente gritou de tanto rir até chegar em casa.

Gabriel fechou os olhos novamente e mudou de posição para que o pescoço pudesse relaxar. Flutuou para um leve cochilo que ao menos aliviou as pulsadas em sua cabeça. E se satisfez imaginando comprar para uma certa mulher um guarda-roupa adorável, com vestidos a serem removidos principalmente por ele mesmo.

— Aqui está, Senhor. Café. Você vai se sentir melhor se beber isso. Sempre ajuda com os efeitos matinais do vinho em excesso.

Gabriel se forçou a sentar-se e acordar o suficiente para dar atenção ao café.

Miles, seu velho valete corpulento, ocupou-se recolhendo as garrafas e as taças.

— Vou apenas descartar as garrafas e os alimentos e lavar as taças enquanto bebe isso. Ao ir ferver a água, notei que a porta da cozinha estava destrancada. Um descuido da parte do empregado de Lorde Harold, se quer saber.

Ah, sim, a porta do jardim. Adormecido, ele não a trancou novamente.

— Com a sua permissão, vou verificar o resto da casa. Um homem que esquece de trancar uma porta provavelmente não fechou a casa adequadamente em outros aspectos.

— Faça o que quiser. Mas verifique os aposentos do meu irmão por último. Preciso fazer uso deles imediatamente.

Miles não perguntou o porquê. As garrafas vazias em sua mão responderiam se ele estivesse em dúvida.

Gabriel se forçou a ficar de pé. Um martelo batia em sua cabeça.

Ele seguiu Miles e subiu as escadas enquanto o valete descia. Ele procurou os aposentos de seu irmão e o penico desesperadamente necessário que estava na sala de vestir. Aliviado, ele voltou para a porta do quarto. Ao fazê-lo, olhou pelas janelas para o que prometia ser um lindo dia. O sol nascente já havia espantado qualquer névoa da manhã. Ele parou ao lado de uma das janelas e a abriu, decidindo que um pouco de ar fresco ajudaria sua cabeça, inclinou-se e inalou profundamente.

A casa de Sir Malcolm Nutley interferia em qualquer vista, a menos que ele se esforçasse para ver a rua ou a beira do jardim de Harry. Este lado da monstruosidade não exibia os excessos da fachada frontal, mas alguns arabescos de pedra emolduravam as janelas que ninguém, exceto Harry, jamais veria. Ele supôs que ter janelas laterais compensava mesmo que a única vista fosse a parede de pedra de Sir Nutley.

Seu olhar desviou para a cerca abaixo. Uma mancha escura chamou sua atenção. Ele esticou a cabeça ainda mais, depois recuou e fechou a janela. Então saiu do quarto, desceu até a porta do jardim, levantou a barra, destrancou a porta e foi até lá. Observou, ao passar pelo caminho estreito que ladeava a parede que corria entre as propriedades, que Harry precisava contratar um jardineiro melhor. Perto de onde o caminho se juntava ao jardim, ele arrancou a mancha escura da cerca viva.

Um xale. Com estampa escura de muitas rosas. O mesmo que havia envolvido sua mulher misteriosa na noite passada. Deve ter soprado na brisa e sido pego pela cerca viva enquanto ela saía por esse caminho. Ele se perguntou por que ela não parou para libertá-lo. Talvez não o tenha encontrado no escuro.

Miles já havia terminado com as taças e colocado na cesta junto com seu avental.

— Vou cuidar dos aposentos de lorde Harold e do resto da casa agora, senhor — avisou.

— Vou esperar na carruagem. Verifique a prataria antes de se juntar a mim, sim? Apenas veja se ainda está lá.

Com uma expressão de paciência angelical, Miles trancou e colocou a barra na porta mais uma vez, e logo notou o xale.

— O que você tem aí, senhor?

— Um cartão de visita.

Tanto esforço e perigo para um objeto tão pequeno. Essa era a opinião de Amanda a respeito da fivela estranhamente decorada que examinava. Ela quase se matou por isso. Seu pé escorregara do peitoril e, se não estivesse segurando nas cunhas e molduras, teria caído. Seus pés e mãos ostentavam abrasões do acidente.

Sair tinha sido pior. Não havia como praticar a descida do lado de fora de um edifício, mas essa parte nunca havia sido um grande desafio para ela quando menina. Somente ontem à noite, seu tamanho e peso maiores significavam que seus dedos e as pontas dos pés nas molduras mal se sustentavam. Ela teve que soltar nos três metros finais, porque não teve mais forças para aguentar.

Nem tudo tinha sido ruim. Houve momentos de alegria. Emoção. Excitação por sua audácia e orgulho por sua habilidade. Isso também aconteceu na primeira vez, quando ela pegou o broche, mas aquela tarefa tinha sido fácil em comparação com esta. Amanda pensou que o perigo mataria qualquer euforia imprópria. Em vez disso, havia se tornado mais forte como resultado do grande risco.

Ela desejou que a reação não tivesse sido revivida junto com suas habilidades. Deveria se sentir culpada, e não poderosa. *Uma vez que tudo acabasse, deveria haver um reconhecimento de culpa.*

Não era uma fivela de verdade, era mais um fecho. As duas peças cobertas com linhas finas se encaixam, mas o que quer que as tenha unificado já se perdera. Juntas, mediam não mais que quinze centímetros de comprimento. O homem que dirigia esse esquema queria esse item específico. *É um cloisonné. Imagino que se lembre do que é isso,* a mãe dela havia escrito, falando do trabalho em esmalte em que tiras formavam um desenho com vários pequenos pedaços. *Ele diz que é azul e vermelho, com linhas douradas formando diamantes e uma moldura dourada.*

A fivela tinha muito em comum com o último item que ele exigira. O broche era maior e mais elaborado, mas ainda com um design primitivo, com pequenas joias, o tipo de broche que poderia fechar uma capa nos velhos tempos. A semelhança entre os dois itens significava que agora ela sabia algo sobre seu atormentador. Ele era um colecionador. Ele desejava itens específicos que não poderia comprar, mesmo que tivesse dinheiro, porque não estavam à venda. Então ele a obrigou a roubá-los.

Amanda colocou a fivela de lado e pegou a caneta para escrever um bilhete a ser deixado no correio para um sr. Pettibone. No papel colocado em sua mesa, ela escreveu apenas três palavras. *Eu o tenho.*

Ela o deixaria na Gráfica Peterson para ser apanhado ou encaminhado, e aguardaria instruções sobre a entrega. Era a última vez que entrava nesse jogo. Não confiava nesse homem desconhecido para acabar com isso, nunca. E não acreditava mais que salvaria sua mãe ao obedecer.

Quando as instruções chegassem, ela as obedeceria e enviaria a fivela para esse colecionador. Contudo, não esperaria como um cordeiro pelo seu próximo passo. Já era hora de fazer seus próprios movimentos.

⁂

Gabriel acendeu o charuto, então se acomodou para aproveitá-lo junto com o ótimo uísque que Brentworth havia servido. Seu companheiro também relaxara, a cabeça, agora obscurecida pela fumaça.

O único homem no cômodo que não estava à vontade era o anfitrião, Adam Penrose, duque de Stratton. Ele estava ao lado do fogo, um cotovelo apoiado na cornija da lareira, tentando parecer calmo. Todos sabiam que ele estava tudo, menos calmo. Acima deles, nos aposentos ducais, sua esposa estava deitada, dando à luz ao seu primeiro filho.

— Que bom que vocês dois concordaram em se encontrar aqui em vez de no clube — murmurou Stratton.

— Seu uísque é melhor que o deles — disse Gabriel, tentando manter o ambiente leve. — Além disso, a Sociedade pode se reunir em qualquer lugar, desde que se encontre.

Eles formaram esse pequeno grupo quando ainda eram meninos na escola e se conheceram e perceberam que apenas outro herdeiro ducal trataria um herdeiro ducal normalmente. O título do grupo deles era uma piada, pelo menos a princípio.

Uma vez por mês, eles se encontravam em seu clube para algo não muito diferente do que faziam ali, antes de saírem juntos pela cidade. Não que eles ainda criassem muita confusão. Stratton foi domesticado e Brentworth ficou discreto. Sobrou para Gabriel seguir as tradições mais antigas dos duques decadentes.

— Ela se retirou há muito tempo? — Brentworth perguntou, como se soubesse que Stratton queria falar sobre isso.

— Três horas.

— Me disseram que essas coisas levam tempo.

— Não muito, espero. Ou vou enlouquecer.

— Você não deve se preocupar tanto ou o tempo parecerá nunca passar. Langford, distraia-o. Conte para ele... oh, não sei, algo divertido. Ah, já sei. Conte a ele sobre todo o interesse nesse discurso que você fez no Parlamento.

— Por que não conta sobre seus recentes contratempos com sua amante? Isso é muito mais divertido, ou pelo menos a maioria da sociedade pensa que sim.

O olhar de Brentworth escureceu.

— Não houve contratempos. Só um mero mal-entendido, isso é tudo.

— Não foi isso que ouvi.

— Você acabou de ouvir de mim e foi isso que contei.

— Eu também ouvi de pelo menos outras cinco pessoas, algumas que ouviram dela, e elas contaram de outra forma.

— Como assim? — Brentworth perguntou no tom frio e nítido que anunciava o perigo. Pelo menos, Stratton estava entretido agora e assistia com interesse à conversa.

Gabriel pigarreou, deu uma tragada no charuto e alguns goles no uísque. Cada atraso tornava Brentworth mais tempestuoso.

— Foi dito — ele tragou novamente só para irritar Brentworth — que, devido ao seu desentendimento, ela queria deixá-lo, mas você implorou para que ela reconsiderasse.

— Que diabos está dizendo? — reagiu Stratton e se virou ansiosamente para Brentworth.

— Que diabos está dizendo? — Brentworth repetiu, categórico e sombrio.

— E disseram que você lhe deu brincos de pérolas no dia seguinte para cair nas graças dela.

— O inferno que eu dei.

— Bem, é isso que está sendo dito. Se me contar o que realmente aconteceu, ficarei feliz em corrigir as fofocas quando ouvi-las.

— Eu não discuto...

— Sim, sim, nós sabemos. Faça do seu jeito. Continuarei a ouvir com interesse enquanto sua reputação cuidadosamente criada de ter casos discretos é destruída por ela.

— O que você vai fazer? — perguntou Stratton. — Eu pensei que você sempre começava essas alianças com um entendimento claro de que não haveria fofocas, não importa o que acontecesse.

— Parece que alguém decidiu anular o contrato para salvar sua fama.

— Você está dizendo que a dispensou?

— Os brincos eram um presente de despedida. — Brentworth mal assentiu.

— Nem todas partirão em silêncio, Brentworth — relembrou Gabriel. — Eu já lhe disse isso antes. Você teve sorte até agora, mas isso era inevitável.

— Tudo será esquecido em um dia — acalmou Stratton.

— Há coisas piores do que deixar a sociedade pensar que uma mulher te dispensou em vez do contrário.

Brentworth não parecia satisfeito. Ele relaxou, mas deu um sorriso bastante desagradável na direção de Gabriel.

— Já que entreteve Stratton em sua hora de necessidade, deve continuar.

— Não tenho nada de interessante para distraí-lo.

— Por que você não conta a ele sobre a sua pastora?

Gabriel deu uma tragada no charuto.

— Pastora? — encorajou Stratton.

— Ele a conheceu no baile de máscaras — explicou Brentworth. — Ela estava perseguindo Harry, e ele se jogou na brecha em nome do irmão. Depois a atraiu para o terraço e para o jardim. Quanto ao que aconteceu lá... — Ele acenou com o charuto em um padrão circular.

— Então...? — Stratton cutucou.

— Muito pouco aconteceu. — Gabriel pigarreou. — É uma história muito curta.

Ele normalmente não hesitava em agradar seus amigos com histórias de suas mulheres, mas não queria fazê-lo dessa vez. Por um lado, a história dificilmente lhe fazia justiça. Por outro, ele não podia escapar de um sentimento persistente — e profundamente enraizado, sob o desejo de prazer ou de uma conquista diferente — de que essa mulher estava em algum tipo de enrascada.

Bobagem, provavelmente. Sem dúvida, ela o havia enganado ou começado um longo jogo. Neste último caso, o próximo passo devia ser dela.

— E, no entanto, ele espia a boca e o queixo das mulheres onde quer que vá, já que era tudo o que se podia ver com a máscara — contestou Brentworth. — No nosso caminho para cá, ele estava fazendo de novo.

— Juro que, às vezes, você é pior do que uma tia velha. Eu sempre olho para as mulheres, lembra? Eu não estava procurando por *ela*. — Só que ele estava. Havia tentado recriar o rosto dela em sua mente, com base em poucas evidências que viu nas sombras daquela noite. O xale ainda estava em sua sala de vestir, muito depois que deveria tê-lo descartado.

— Qual é o nome dela? — perguntou Stratton.

— Eu não sei.

— Beijos em um jardim não exigem nomes — disse Brentworth.

— Você a viu de novo? — Stratton insistiu.

Gabriel olhou os livros na biblioteca. Brentworth olhou para *ele*, então se inclinou para examinar seu rosto mais cuidadosamente.

— Droga, ele a *viu* novamente — constatou Brentworth. — Você teve um encontro com ela, não teve? Apesar disso, ainda não sabe o nome dela?

— Foi uma reunião muito breve. Muito discreta. Pare de sorrir. Também posso ser discreto quando necessário.

— Não tão breve assim, creio — contrapôs Stratton. — Você planeja ter mais alguma breve e discreta reunião?

Foi demais.

— Veja bem, vou explicar, mas você não deve contar nem à sua esposa, Stratton. Isso me arruinaria. Você deve jurar.

— Eu juro. Brentworth também. Você nos conhece. Mantemos nossa palavra.

Gabriel contou a história, por mais curta que fosse.

— Você adormeceu? — admirou-se Stratton. — Ela veio até você. Você a tinha lá. Vocês se beijaram. Então você *adormeceu*? — Ele se virou para Brentworth como se precisasse que alguém confirmasse que tinha ouvido corretamente.

— Isso é divertido o suficiente para fazer a sociedade esquecer a fofoca sobre mim — disse Brentworth.

— Eu bebi muito vinho. Ela começou essa música e isso me embalou e... de repente, já era manhã.

— Você checou seus bolsos? — questionou Brentworth. — Algumas prostitutas...

— Claro que verifiquei. Eu não sou um garoto imaturo, titia. Eu verifiquei a mim mesmo, o quarto, a prataria. Aparentemente, nada foi roubado. Eu te disse, ela não é uma prostituta. Isso eu sei. — De jeito algum poderia explicar como sabia. Simplesmente sabia.

— Não é de admirar que continue procurando por ela. Você precisa se desculpar — declarou Stratton. Ele realmente parecia ofendido em nome da mulher.

— Essa é a sua metade francesa falando — concluiu Brentworth.

— Se é francês demais acreditar que um homem tem certas obrigações com sua amante, que assim seja — aquiesceu Stratton. — Um cavalheiro...

— Se pretendo me desculpar, não é da sua conta — interrompeu Gabriel. — No entanto, pretendo vê-la novamente.

— Não para pedir desculpas — disse Brentworth a Stratton. — Ele tem negócios inacabados, não é? Uma contagem para acertar agora.

Esses eram seus amigos mais próximos e mais antigos, mas, às vezes, Gabriel não gostava de como eles o conheciam tão bem.

— Como você vai fazer isso, se não sabe quem ela é? — perguntou Stratton.

Maldito ele fosse se soubesse.

Passos se aproximando interromperam sua consideração da questão. A porta da biblioteca se abriu e apareceu a doce Emilia de Harry, a jovem irmã loira e angelical da duquesa de Stratton. Ela notou Gabriel e seu grande sorriso diminuiu um pouco, mas ela se recuperou e caminhou até o homem que viera ver.

— Está terminado e está tudo bem — anunciou. — Você pode subir agora e ver seu filho.

O cômodo explodiu em aplausos e felicitações, e Stratton saiu correndo. Antes de Emilia ir, ela se aproximou de Gabriel.

— Me disseram que seu irmão deixou a cidade.

— Ele se retirou para o campo para trabalhar em seu livro.

Ela teve a decência de parecer triste.

— Eu vou sentir falta dele.

Não o suficiente.

— Ele deve voltar em um mês ou mais.

Ele pediu licença e procurou seu cavalo. Separou-se de Brentworth na Rua Oxford e seguiu em frente. Havia descoberto como poderia ver sua mulher misteriosa novamente.

O Duque Devasso

Seis

— Vou partir agora — Lady Farnsworth entoou. — Senhorita Waverly, faça uso do clube quando terminar. Eu preciso visitar o meu advogado e talvez só retorne depois que você tiver terminado.

A dama partiu, deixando Amanda sozinha com a sra. Galbreath no pequeno escritório da casa no primeiro andar. A senhora moveu uma cadeira para se juntar à que já estava na mesa.

— Você senta aqui, e eu mostrarei as contas.

Lady Farnsworth anunciara essa visita à Praça Bedford quando Amanda chegou em sua casa pela manhã. Amanda ficou contente por ter algo novo para preencher o dia, pois, quando se sentou à sua mesa na biblioteca de Lady Farnsworth, havia muita coisa distraindo sua mente.

Sua ousada aventura parecia cada vez mais imprudente. Ela poderia ter morrido. Ou ter sido pega por um servo. Teria sido terrível ter tido todo aquele trabalho só para ser detida assim que entrasse na sala de vestir de Sir Malcolm Nutley. Foi por lá que ela entrou, o que significava que teve que descer até a galeria e as salas comuns para procurar a fivela estúpida. Cada minuto na casa aumentava seu perigo.

E se tivesse sido pega? Tremia sempre que considerava essa possibilidade.

O que realmente perturbou sua mente, no entanto, foi como, em poucas semanas, ela viu sua vida recuar para algo que ela havia decidido evitar.

Ela sentou-se ao lado da sra. Galbreath. Uma criminosa. Era isso que ela era agora, não tinha nada que cuidar das finanças de ninguém. Não tinha mais juventude e a imposição de pais para desculpar o que fez. Nenhum juiz se importaria por ela só ter roubado para salvar a mãe, principalmente porque a mãe também era uma criminosa.

— Essas são as contas de impressão. — A sra. Galbreath abriu o livro de contas em uma página com guias. — Cada página é para uma impressora diferente ou para outro comerciante que suporta a impressão. Este, por exemplo, é para um desenhista que usamos ocasionalmente para roupas de moda.

Amanda folheou as contas, fascinada. A sra. Galbreath explicou os outros dados desse livro, depois abriu outro.

— Esses são os livreiros com os quais consignamos as cópias. Veja como cada edição lista o número recebido e, em seguida, os recibos dos que vendem e quando essas vendas ocorreram.

Ela permitiu que Amanda examinasse o livro antes de retirar mais um.

— E este você reconhecerá. Ele mantém as contas desta casa.

Amanda notou páginas de mercearias e peixarias.

— Alguém mora aqui?

— A duquesa me convidou para fazê-lo. Ela disse que não queria que a casa não fosse supervisionada à noite. Realmente, ela queria era me poupar da indignidade de viver com meu irmão e sua esposa.

— Você foi morar com ele depois que seu marido morreu? — Ela mordeu o lábio. Isso tinha sido bastante franco.

— Eu não tive escolha. — A sra. Galbreath não pareceu se importar com a pergunta. — Meu marido era jovem e me deixou pouco. Eu também era muito jovem. Pensei em me casar novamente, mas... isso não aconteceu.

— Acho maravilhoso como você fez o seu próprio caminho. Eu gostaria de fazer isso.

— Mas você está fazendo, não é? Depende do seu emprego e de mais ninguém. A sensação é boa, não é? Eu certamente acho que é. — A sra. Galbreath sorriu de modo conspiratório e as duas riram. — Agora vou deixar você se familiarizar com tudo isso. Aqui estão algumas contas da casa. Se acha que está pronta, pode inseri-las e fazer uma lista de pagamentos que devo desembolsar.

Amanda fez um breve trabalho com as contas. Os comerciantes da sra. Galbreath eram mais honestos do que os de Lady Farnsworth, e ela não encontrou discrepâncias. Depois, deixou as contas no pequeno escritório e se aventurou nas salas comuns. Aproveitou a oportunidade para examinar o resto das instalações. A sala de jantar continha várias mesas de cartas e o que parecia ser um registro de apostas. Jarros com líquidos coloridos estavam em um aparador. Como se pareciam com os usados em sua última reunião, ela assumiu que esses também continham bebidas alcoólicas.

Era um mistério que este clube não tivesse causado um escândalo. Não apenas pelas bebidas e jogos de azar, mas porque aceitou alguém como ela pela porta da frente. Amanda voltou para a biblioteca. Três mulheres descansavam nos divãs e a notaram entrar.

— Você pode se juntar a nós, se quiser — ofereceu uma delas.

Uma irmandade, como a duquesa havia chamado. Ela supôs que isso significava que ela deveria ser uma irmã.

— Obrigada. Isso é muito gentil. — Ela colocou uma cadeira entre elas.

As apresentações fluíram. A sra. Harper e a sra. Guilford eram esposas de cavalheiros. A sra. Troy, no entanto, possuía uma livraria.

— Sou um dos livreiros que oferece o *Parnassus* — explicou ela. — Você é a secretária de Lady Farnsworth, eu acredito.

— Ela foi gentil em me contratar.

— Claro que ela foi. Por que não empregar uma mulher? Ela muitas vezes a exalta para nós. Ela diz que você tem a melhor caligrafia que já viu e também pode copiar as caligrafias de outras pessoas. Você é muito talentosa com a caneta.

— Fui bem ensinada. — Amanda engoliu seu medo por Lady Farnsworth andar pela cidade falando sobre sua caligrafia. Chegaria o dia em que alguém perceberia que uma mão tão boa seria útil para falsificação; este tinha sido o objetivo de todas as lições de sua mãe.

A sra. Harper serviu-lhe um pouco de chá.

— Temos o melhor chá aqui — explicou ela. — Nunca adulterado. Você pode perceber a diferença de primeira. Eu teria me juntado ao clube só pelo chá, e tenho certeza de que bebi meus honorários. — Ela entregou a xícara.

Amanda tomou um gole. Que luxo pequeno, mas tão bem-vindo. Ela nunca tomava chá em casa e saboreava as xícaras que Lady Farnsworth de vez em quando lhe dava.

— Como se tornou secretária? Não deve haver um caminho certo.

Amanda terminou o chá e pousou a xícara.

— Depois que saí da escola, aceitei um emprego como dama de companhia, primeiro com duas mulheres no campo, depois com uma aqui na cidade. Ajudei a todas um pouco com a correspondência e as contas. A última senhora me deu uma referência quando decidiu ir morar com o filho. Tive a sorte de Lady Farnsworth ter apostado em mim.

— Ela é muito mente aberta.

— E franca também.

— Tenho certeza de que a srta. Waverly não deixou de perceber que sua empregadora é brilhante, mas também excêntrica — disse Guilford.

— Nós a amamos, srta. Waverly, mas acho que nenhuma de nós admite aos nossos maridos que ela é uma amiga. Exceto a sra. Troy aqui, mas o marido dela é radical, não é?

A sra. Troy parecia imperturbável com a descrição do marido.

— Ela provavelmente sabe que mantemos sua amizade em segredo — revelou a sra. Harper, parecendo triste.

— Eu não acho que ela se importaria muito se soubesse — Amanda opinou. — Tenho certeza de que ela antecipou qual seria a reação social ao caminho escolhido.

— Com o tempo, talvez todas nós deixaremos de ser guiadas como ovelhas. — A senhora Troy levantou-se. — Agora, essa mulher aqui deve retornar à livraria e ganhar seu sustento. — Ela sorriu para as outras, que provavelmente nunca haviam ganhado um centavo em toda a vida.

— Minha carruagem chegará em breve, então também devo me despedir. Foi um prazer conhecê-la, srta. Waverly. — A sra. Harper verificou o relógio de ouro.

Depois que o pequeno grupo se separou, Amanda mudou-se para outra cadeira e se valeu de uma pilha de jornais sobre a mesa ao lado dela.

Ela abriu o *The Times*. Lady Farnsworth sempre recebia este jornal, mas Amanda raramente o lia no dia em que era publicado. Em vez disso, levava os jornais velhos para casa no sábado. Como resultado, seu conhecimento dos eventos costumava estar uma semana atrasado.

Hoje, ela se deleitava ao ler cada palavra em tempo hábil. Depois de apreciar as notícias sobre política e assuntos internacionais, voltou sua atenção para os anúncios. Ela sempre os achava fascinantes, com novas maravilhas à venda. As notificações pessoais nunca deixavam de diverti-la e intrigá-la, então ela as guardou para o final.

No meio da coluna, um aviso pessoal exigia atenção. Com uma leitura rápida, ele assumiu uma importância muito grande. Ela leu novamente, atônita.

UM CERTO CAVALHEIRO DESEJA INFORMAR A UMA PASTORA DE OVELHAS QUE ELE RECUPEROU O QUE ACREDITA SER O XALE DELA. SE ELA DESEJAR TÊ-LO DE VOLTA, DEVERÁ ATENDER AOS MESMOS TERMOS DA ÚLTIMA VEZ, EM 5 DE JUNHO. DEPOIS DESSE DIA, ELE PERGUNTARÁ ÀS DAMAS QUE CONHECE A QUEM PODE PERTENCER, PARA QUE POSSA CUMPRIR SEU DEVER DE ENCONTRAR SUA LEGÍTIMA PROPRIETÁRIA.

Amanda xingou baixinho. O fato de Langford ter encontrado o xale era uma sorte terrível. Depois de procurar no escuro, sem sucesso, ela esperava que um jardineiro o descobrisse e o levasse para a esposa. Que o duque agora o usasse para tentar ter outro encontro pareceu perigoso em vários aspectos. Pelo que ela sabia, ele podia ter descoberto sobre a fivela desaparecida. Esta poderia ser uma armadilha para ela, se ele tivesse adivinhado tudo.

O fato de ele ameaçar exibir aquele xale para as mulheres em seu círculo fez seu pulso acelerar. Alguém provavelmente o reconheceria como uma das roupas mais antigas de Lady Farnsworth. O padrão floral era memorável.

Ela esperava que, depois de descobrir como enviar a fivela, poderia tomar medidas para garantir que essa triste aventura terminasse. Ela nunca imaginaria que o duque de Langford apresentasse uma complicação como essa, especialmente se considerasse seu último e insatisfatório encontro. Aquele beijo pode ter mexido com ela, mas certamente ele era sofisticado demais para achar ela ou o beijo interessante o suficiente para empreender essa busca peculiar.

Não havia outra palavra para suas ações. Se ele tivesse simplesmente tentado devolver o xale, poderia ter dito a ela para escrever com qualquer endereço onde pudesse deixá-lo. Havia muitos comerciantes que atuariam como intermediários, se ela não quisesse enviar sua própria localização. Em vez disso, ele exigiu essa segunda reunião na casa de seu irmão. Por mais lisonjeada que ela pudesse estar — e ela teve que admitir que estava — ele poderia estar aprontando algo.

5 de junho. Quatro dias para decidir o que fazer.

— Posso perguntar o que está procurando? — Brentworth quebrou seus suspiros entediados o suficiente para fazer a pergunta. Gabriel o ignorou e continuou a examinar os medalhões dispostos para sua avaliação.

— Uma bugiganga? — Brentworth cutucou. — Um presente para a duquesa para comemorar o nascimento de seu filho?

— Sim, isso. — Parecia uma resposta tão boa quanto qualquer outra. A verdade não serviria de forma alguma.

— Uma mecha do cabelo da criança ficaria bem dentro desse. — Brentworth apontou para um medalhão dourado e redondo que parecia de bom gosto.

— Ficaria. No entanto, não posso decidir entre esses dois. — Ele apontou para outro.

— Essa esmeralda é bastante grande. Uma pequena lembrança é mais apropriada, não é algo para ser usado no teatro.

— Sempre fico muito grato pelo seu conselho em questões de gosto. O que eu faria sem você exercendo a restrição em meu nome? Ainda assim, não posso decidir.

— Pegue os dois e decida depois, para que eu possa ser poupado de mais meia hora aqui.

— Uma ideia esplêndida. — Ele apontou para o joalheiro e exerceu sua incapacidade de escolher.

Cinco minutos depois, montaram em seus cavalos com os dois medalhões presos no bolso de Gabriel. A duquesa receberia o discreto e simples. Outra mulher teria a joia extravagante. Supondo que ela tivesse visto o anúncio e fosse ao local designado.

Também assumindo que a noite foi como ele pretendia. Seus pensamentos sobre sua mulher misteriosa mudaram um pouco. Surgiu uma profunda suspeita de que algo sobre aquela reunião não estava certo. Ele era o único culpado por beber demais e adormecer, mas... não podia evitar a suspeita, nascida de sua longa experiência com mulheres, de que ela o havia manipulado de alguma maneira. Nesse caso, ela não o faria uma segunda vez.

Ela podia nem aparecer, é claro. Ele continuava dizendo a si mesmo que as chances eram de que ela não iria. Mesmo assim, o xale permanecia cuidadosamente dobrado e esperando em seu closet. Seus instintos também disseram que sua dona iria querê-lo de volta. Caso contrário, ele havia se divertido planejando e jogando aquele jogo. Na noite passada, em sua antecipação, ele havia elaborado alguns detalhes criativos para se divertir.

Antes de mais nada, ele não beberia mais de um copo de vinho dessa vez.

— Eu preciso de um conselho — disse Amanda.

Katherine ergueu as sobrancelhas. Estavam sentadas no quarto de Amanda, que a convidara para uma refeição tardia. Amanda havia trazido a comida, que era melhor do que o que as duas normalmente comiam, da casa de Lady Farnsworth. Foi um presente da cozinheira, que sobrara de um almoço que a dama havia oferecido.

— Eu tenho que encontrar alguém. Um cavalheiro. Eu preciso que você olhe para os dois vestidos que coloquei sobre a cama e me diga qual deles é o mais apresentável, mas também... desanimador.

As sobrancelhas de Katherine subiram ainda mais.

— Um cavalheiro, você diz. Será uma reunião privada?

— Sim, lamento dizer.

— Se você lamenta, por que não recusa?

— Não sei explicar o porquê. No entanto, quero que seja um encontro muito breve. Alguns minutos, no máximo.

Katherine riu tanto que seus cachos vermelhos balançaram.

— Nenhum homem pede um encontro privado se pretende que dure cinco minutos. E nenhum homem pode ser desencorajado por um vestido. A maioria deles estará mais interessada no que está por baixo.

— Você vai me ajudar ou não?

— Claro que vou. — Ela foi até a cama e olhou para os dois vestidos. — Use este azul. É cortado mais alto e o corpete mais volumoso esconderá a maior parte de sua forma. Não que isso importe. — Ela voltou para a mesa e pegou uma coxa de frango. — Você está com algum problema?

— Por que você pergunta isso?

— Não há outra explicação, pelo que me parece.

Amanda cutucou alguns pedaços de batata com ervas.

— Há um pouco de bolo depois disso. Nós também podemos comer tudo. Duvido que demore muito.

— Você está com problemas, não está?

— Foi um pequeno mal-entendido, que infelizmente permitiu que esse homem me conhecesse. Agora, preciso ir vê-lo... não pergunte por que, por favor.

— Pelo que entendi, você acha que ele tem intenções desonrosas. Bem, todos eles têm, de modo que não demorou muito para concluir. Use o vestido azul, mas certifique-se de que ele não o tire, não que um homem precise tirá-lo para conseguir o que quer. — Ela mordeu o frango. — Você ainda é inexperiente, não é?

— Um pouco.

— Houve alguém desde aquele canalha que mentiu para você?

Amanda comeu algumas batatas e olhou para Katherine enquanto mastigava.

— Você gosta deste homem? Considera-o bonito ou divertido? Se não considera, você deve ficar bem, do contrário, beeem... — Katherine deu de ombros.

— Gosto do que sei dele. E também o acho bonito. Mas nada disso importa porque não posso me envolver. Arruinaria a vida que tenho. Minha empregadora me despediria em um piscar de olhos se soubesse, tenho certeza. Qualquer empregador o faria.

— Então suas objeções são práticas. Não, digamos, físicas.

Amanda sabia que seu rosto estava vermelho. Não, não havia objeção física, se fosse honesta consigo mesma. Ela achava Langford extremamente atraente, com aquele sorriso arrogante, os cachos escuros e olhos safira. Ela achou sua presunção mais divertida do que irritante. Também gostou dos beijos dele mais do que deveria. Não pensava em um homem desse jeito desde a decepção com Steven, mas agora pensava em um com quem não ousava brincar, nem para conversar, imagine para mais.

E, no entanto, apesar de todas as suas advertências e angústias mentais, excitação fervia dentro dela ao pensar no encontro.

Ela estava sendo tola. Ele havia sido um meio para um fim, nada mais, e ela era apenas um flerte passageiro para ele. Precisava se lembrar disso e não insistir em sensações fantasiosas de como se sentia quando ele a beijava. Ela pegaria de volta o xale e garantiria que ele nunca mais a visse.

— Você diz que ele é um cavalheiro. — Katherine largou a comida e se inclinou. — Se ele realmente é, e se gosta dele e o acha atraente, você tem apenas uma esperança em que posso pensar, porque os impulsos que as pessoas têm são quase impossíveis de resistir.

— Qual esperança?

— Deve fazê-lo jurar como um cavalheiro que não a seduzirá. Um verdadeiro cavalheiro nunca quebrará sua palavra, mesmo quando apenas você saberia que ele o fez. Pelo menos é o que é dito. Eu não saberia dizer.

— E se ele não for um cavalheiro de verdade, mas apenas um no nome?

— Então espero que ele saiba o que faz, para que você se divirta. — Katherine sorriu.

Sete

As mesmas condições, dizia o anúncio. Amanda forçou a porta do jardim para ver se estava destrancada. Estava.

No fim, ela acabou não usando o vestido azul ou qualquer outro. Depois de pensar melhor, percebeu que, se chegasse usando vestido hoje à noite, não seria o mesmo da última vez. Ele podia não querer dizer "o mesmo" em relação às roupas que ela usou, mas Amanda não queria nenhum motivo para ele manter o xale ou exigir mais um encontro.

Ela também havia criado uma história elaborada sobre o motivo pelo qual usara roupas masculinas da última vez. Se aparecesse em um vestido, ele poderia achar suspeito que esses motivos de repente não importassem mais. Ela não queria que o duque se perguntasse sobre as roupas ou qualquer outra coisa. E ele era inteligente o suficiente para notar a inconsistência.

Em vez do vestido, mais uma vez, ela vestiu a calça preta e a camisa marrom. Amanda esperava que eles a deixassem quase invisível à noite. E não carregava nada que pudesse deixar para trás. Sem xale, sem chapéu. Havia sido mais fácil da última vez, com aquele longo xale a cobrindo dos ombros aos joelhos. A camada extra proporcionou proteção, embora ela soubesse que não faria diferença alguma se um homem resolvesse se comportar como um canalha.

Ela atravessou a cozinha e subiu a escada de serviço. O silêncio a cercou como uma névoa. Uma pessoa sempre podia dizer se havia alguém por perto, mesmo se estivesse apenas dormindo. Sentia-os até se não os ouvisse. Esta noite, a casa carregava apenas um pouco dessa energia. Ela sabia de onde vinha.

Encontrou a porta da biblioteca aberta e entrou. Sem fogo esta noite. Sem lâmpadas. Mas as cortinas haviam sido abertas e o luar criava um crepúsculo profundo. Ele estava sentado no mesmo lugar daquela noite, em um divã de frente para a lareira fria. Sua sobrecasaca estava em uma cadeira próxima, suas botas, ao seu lado. Ela não viu gravata no pescoço dele, mas um V profundo e escuro de uma gola aberta acima do colete desabotoado. Ele poderia estar no meio da preparação para dormir.

Esse pensamento a fez engolir em seco. *Sim, Katherine, já que você perguntou, estou enrascada.*

Uma garrafa de champanhe fechada estava em cima da mesa mais próxima, mas ele não segurava nenhuma taça dessa vez. Parecia que uma coisa seria diferente hoje à noite. Ele ainda não estava bêbado.

— Ah, aí está você — disse ele. — A pontualidade é uma virtude, me disseram. Eu raramente consigo corresponder a isso.

Ainda assim, essa noite ele chegara em ponto, não chegara?

— Eu não queria que você pensasse que eu não tinha visto o aviso.

Ele pegou um embrulho de tecido do divã ao lado dele.

— Você deve querer muito o xale de volta para se arriscar a vir aqui novamente. Está preocupada que alguém possa reconhecê-lo? Nesse caso, nossos círculos devem se cruzar de alguma maneira.

De fato, ele havia começado a se perguntar.

— É o melhor xale que possuo e o único que é de seda. Eu fiquei chateada por perdê-lo. Obrigada por providenciar a devolução para mim. — Ela aventurou alguns passos mais perto e estendeu a mão.

— Eu acho que, se eu entregar isso, você desaparecerá sem cumprir as condições. — Ele colocou o xale de volta no divã.

Ela mal viu o sorriso lento dele se formar, mas sabia que anunciava problemas. O ar da biblioteca quase crepitou com suas intenções maliciosas.

— O mesmo da última vez, dizia seu anúncio. Estou aqui na hora combinada. Vou compartilhar champanhe, se quiser, e conversar um pouco. Então devo partir.

— E um beijo. Esqueceu do beijo.

— Claro. Um beijo.

— Vejo que está vestindo aquelas calças de novo.

— Pelas mesmas razões. Peço desculpas se você as considera feias.

— De modo nenhum. Você fica atraente com elas. Diferente. Também não acho que esteja usando um corset com essa combinação. A ideia de que esteja livre por baixo disso me atrai. — Ele apontou preguiçosamente para a blusa dela. — Essa peça poderia melhorar. É muito grande para você. Muito... volumosa.

— Você quer dizer que lamenta não poder ver nada dos meus seios que imagina tão livres.

— Tanto esforço pelas minhas tentativas de delicadeza... Você é uma mulher bem direta.

— Tão direta que agora pedirei que entregue o xale. É por isso que estou aqui, afinal.

— Essa não é a única razão pela qual você está aqui e nós dois sabemos disso. — Seu olhar a desafiou a negar a verdade, a repudiar a tensão escandalosamente lenta, mas que se apertava entre eles da forma mais implacável.

— Isso é verdade — disse ela. — Eu também vim buscar outra taça de champanhe. Não há como dizer quando e se vou beber novamente.

Ele riu baixinho, pegou a garrafa e começou a tirar o selo.

— Como você disse que havia pouco risco hoje à noite, sinto-me inclinado a pressionar minha vantagem em algumas das condições.

— Você está criando novas condições? Isso não é justo.

— Também não foi justo me encorajar a ficar tão bêbado que adormeci. Você não jogou limpo da última vez. Desafiou-me, depois se certificou de que eu ficasse inebriado.

Não apenas ele esteve pensando sobre isso, como esteve revisando a noite inteira.

— Não te incentivei a beber. Se você não conseguiu disparar sua pistola, não me culpe.

Ele a examinou com um olhar cético. Ela devolveu um olhar indignado. Ele finalmente a olhou menos perigosamente.

— Minhas desculpas. Foi vil afirmar que você planejou tudo. — Ele voltou sua atenção para a garrafa. — Só trouxe uma dessa vez, para ter certeza de que não me entregaria ao prazer errado.

— Sem morangos e creme?

— Da próxima vez, prometo fornecer tudo o que você deseja. — Ele removeu a cortiça da garrafa. — Sabia que existem homens que podem fazer isso com uma espada? Eu tentei quando tinha dezessete anos. Fui ao porão e usei minha espada repetidamente, e nem uma vez a cortiça saiu. Tudo o que tinha no final eram muitas garrafas escorrendo champanhe e um bom número com pescoços guilhotinados.

— Parece um experimento caro.

— Meu pai ficou furioso quando o mordomo lhe contou sobre os danos misteriosos. Eles concluíram que um bando de milicianos de Boney havia invadido para destruir tudo. Todas as garrafas foram contrabandeadas da França, imagine. — Ele voltou os olhos azuis para ela. — Você não vai se sentar? Pode usar aquela cadeira segura e distante como fez da última vez.

Amanda sentou na cadeira. Parecia mais perto do divã desta vez, e ela considerou sua situação enquanto ele servia o champanhe. Ela era inexperiente, mas ele não era, nem de longe. Sem dúvida, sabia que as mulheres o achavam atraente. Ele pensou que ela tinha vindo para isso e usou o xale como uma desculpa, assumindo que ela havia mordido a isca porque queria.

Ah, sim, ela estava com problemas. Não ajudava em nada o fato de achar o jogo emocionante e divertido. Sentia um calor latente enquanto estava sentada naquela cadeira, embora tentasse não fazê-lo.

O duque não a fez procurá-lo pelo champanhe, e, para sua consternação, ele foi lhe entregar. Ficando mais alto e maior a cada passo, ele levou a taça até sua cadeira e a mão dele roçou a dela quando ele lhe entregou.

— Apenas uma — disse ele. — Não quero que pareça que tirei vantagem de você.

Ele ficou lá, bem ao lado dela, por mais tempo do que precisava. Amanda podia vê-lo mais claramente assim tão perto. As luzes nos olhos dele diziam que ela poderia estar com problemas ainda maiores do que pensava. Ela lutou contra um arrepio de deliciosa antecipação e tomou um gole.

— Obrigada.

Ele voltou para o divã, mas apenas fisicamente. De maneiras invisíveis, seu espírito se pressionou ainda mais a ela.

— Você está confortável? — perguntou ele.

— Sim... não. Veja bem, Sua Graça...

— Não me chame assim, eu imploro. Não é apropriado para a situação. Isso me lembra que...

— Que você é um lorde e um cavalheiro? Eu posso ver como pode querer evitar reconhecer o último agora. — Ela notou um enrijecimento perceptível de sua postura e um pequeno pender de sua cabeça.

— Melhor insultar meu título do que implicar minha falta de cavalheirismo, minha querida mulher de nome desconhecido. É estranho não ter um nome para você. Suponho que terei que nomeá-la eu mesmo. Hummm. Por alguma razão, acho que algo com A caberá. Anna, Anne, Alice, Amanda...

— Alice é um nome bonito — ela se apressou em dizer quando ele parou depois do último.

— Alice, então. — Ele ergueu o copo. — O que faz você dizer que posso precisar de um lembrete de que sou um cavalheiro, Alice? Acho que demonstrei um comportamento notável em todos os nossos encontros.

— Nenhuma mulher que se vê coagida a uma reunião noturna por um homem estranho confiaria muito em suas pretensões de ser um cavalheiro.

Amanda não teve problemas para ver o sorriso dele dessa vez.

— Você está perfeitamente segura comigo, Alice.

— Pode prometer isso? Dá sua palavra de cavalheiro de que estou perfeitamente segura?

Seu sorriso desapareceu e ele desviou o olhar. Ela viu sua petulância, como se ele fosse um garoto querendo cometer travessuras e alguém tivesse acabado de arruinar sua diversão. Com um suspiro quase inaudível, ele disse:

— Eu prometo que nada vai acontecer aqui que você não permita.

Ah, ele era astuto. Ela já estava no meio do caminho para permitir qualquer coisa, apenas sentada ali.

— Isso não é bom o suficiente. Prometa que não forçará sua vontade. Que você não vai... não vai...

— Arriscar engravidá-la? O ato final? — Ele forneceu as palavras para ela e sorriu novamente.

Isso foi mais seletivo do que ela gostaria, mas aguardou.

— Eu prometo, como um cavalheiro. A menos que você me peça, é claro.

— Não. Nem mesmo assim.

Ele bebeu um pouco de champanhe, como se precisasse pensar sobre isso.

Maldição. Ela realmente esperava que ele resistisse, mesmo que acabasse implorando que ele a tomasse? Não seria natural para um homem fazer isso.

O DUQUE DEVASSO

Ela estava muito adorável à luz fraca da lua. Seus lábios vermelhos pareciam proeminentes no brilho pálido e a luz mostrava faíscas misteriosas em seus olhos escuros. As pantalonas davam indício do formato de suas pernas e coxas. Apesar do que ela pensava, o linho da camisa mais do que sugeria o contorno de seus seios. Gabriel imaginou aqueles seios nus e as coxas afastadas enquanto ela implorava para o final que ambos desejavam.

Ela não era estúpida, mas sua cautela derivava de mais do que medo dele. Não confiava em *si mesma*. A menos que ele estivesse enganado, ela estava excitada por se sentar ali em sua companhia. Gabriel raramente cometia erros nessas coisas. O desejo de uma mulher afetava o ar, tornando-o pesado e carregado de forças invisíveis.

Ele tinha uma escolha. Dar a ela a maldita promessa ou mandá-la embora. Teve de rir de si mesmo como se fosse fazer o último. Isso estava fora de questão.

— Eu prometo.

Depois de uma ligeira hesitação, durante a qual ela o espiou através do ar noturno, recostou-se e tomou um gole de champanhe.

— Seu irmão não voltou?

— Se ele o fizer antes de setembro, ficarei surpreso.

— Ele não deve gostar da sociedade se vai embora quando chegam e retorna quando todos se vão.

— Ele não desgosta. Mas pode, no entanto, se sair muito bem sem eles.

— Se ele não participa da companhia da sociedade, o que faz quando está sozinho?

— Muito pouco além de estudar. Ele é mais feliz em uma biblioteca. É incomum assim.

— E você não é — ela disse como uma declaração de quem conhecia o que dizia. Soou como uma crítica. *Seu irmão é incomum e dedicado aos estudos, mas você é um hedonista previsível que não faz nada além de se divertir. Um duque decadente.*

Ele não estava sendo justo com ela. A bronca veio de outro lugar. Ouvia isso com bastante frequência, embora raramente fizesse referência ao seu irmão. Recentemente, ele ouvia isso em sua própria cabeça. Tudo culpa de Lady Farnsworth. Maldito artigo de revista.

Ele afastou seus pensamentos da irritação.

— E o que faz se não pode participar da sociedade? Duvido que faça algo além de cantar o dia todo.

— Eu escrevo cartas. Tenho uma caligrafia muito boa. E eu costuro. Também acompanho uma mulher mais velha por alguns dias.

— Você tem um emprego com ela? Aquele que tem medo de perder?

— Sim.

Ela estava mentindo, ou não dizia toda a verdade. Ele podia ver.

— E não — acrescentou. — Eu não moro com ela, se é isso que quis dizer.

— Onde você mora?

— Alice não pode responder, porque eu não confio nela. — Ela riu um pouco quando disse isso. — Gosto de ter outro nome aqui. É quase como ser uma pessoa diferente.

— Eu não estava bisbilhotando quando perguntei. No entanto, não gosto de pensar em você andando desde o outro lado da cidade para chegar aqui.

— Então você não deveria ter me atraído a fazê-lo. Não finja que não o fez. — Ela indicou o cômodo e depois a si mesma. — Estou aqui, mas você prometeu não me seduzir, então estou pelo menos tão segura quanto estaria nas ruas. Que desperdício de esforço de sua parte. Eu repito o que disse da última vez: com certeza você pode encontrar uma mulher de uma maneira mais fácil do que essa.

— De maneiras fáceis demais. Daí o fascínio por você.

— Se descobrir tudo sobre mim, isso passará. Contarei e estarei livre de você.

— Talvez.

— Certamente. Alice é muito mais interessante do que eu.

— Tenho certeza de que há coisas muito interessantes sobre você. Segredos que não compartilha. Desejos que não admite. Todo mundo tem.

Ela se ocupou em beber champanhe. Ele ficou com a garrafa na mão.

— Permita-me servir um pouco mais.

O Duque Devasso

Amanda quase pulou quando ele deu um passo.

— Obrigada, mas não. Talvez devêssemos nos beijar agora, para que eu possa acabar logo com isso e ir embora.

Acabar logo com isso? *Acabar logo com isso?*

Ele largou a garrafa.

— Então venha aqui, pastora, e vamos acabar com isso.

Ele avultou lá na penumbra. Parte humana, parte sombra. Todo homem.

Ela o havia irritado, pôde ouvir no tom dele e viu na tensão de sua forma. Foi um erro tratá-lo com desprezo. Só que ela precisava partir. Ele criou muito conforto nessa biblioteca. O escuro acrescentava intimidade. Era como conversar com um amigo. Ou flertar com um amante.

Ele não se sentou. Seu coração batia forte enquanto ela se levantava.

— Você não deve me tocar. As mesmas condições da última vez, você disse. Sem abraços, sem...

— Apenas venha aqui para que possamos acabar logo com isso.

Foram seis dos passos mais longos que ela já dera. Parou a um metro de distância. Se os dois se alongassem um pouco, poderiam...

— Chegue mais perto.

Suas pernas tremeram nos últimos dois passos. Eles a levaram para muito perto mesmo. Tão perto que ela quase podia senti-lo contra si. Seu corpo reagiu como se pudesse.

— Não se afaste. Se o fizer, todas as condições serão canceladas. E olhe para mim. Não estou interessado em beijar sua testa.

Ela tinha esquecido do quão alto ele era e do quão pequena ela se sentia perto dele assim. A última vez, no jardim, ele a dominou com sua masculinidade. Lembranças daquela indiscrição surgiram em sua mente, incentivando a estimulação física que ela havia experimentado.

Amanda se forçou a olhar para cima. Para a boca dele, o olhar, o rosto... mesmo naquela luz, ela tinha certeza de que podia ver como seus olhos eram azuis e como aqueles cachos grossos emolduravam sua cabeça de forma imprudente.

— Apenas um beijo rápido — disse ela.

— Eu nunca prometi que seria rápido.

Ela fechou os olhos e se preparou. Não podia permitir-se apreciar do jeito que fizera no jardim. Para esse beijo, ela devia permanecer uma combinação de ferro e gelo. Só que o primeiro toque de seus lábios derreteu o gelo. O ferro não acharia tão difícil manter o equilíbrio.

Não seria rápido. De modo nenhum. Ele sabia como fazer um beijo demorar, se adaptar e atraí-la para cumplicidade. O calor floresceu por ela — primeiro como um fio, então um córrego. Começou baixo e profundo, fazendo-a pulsar. Ele cumpriu sua palavra e não a tocou, mas logo ela desejou que tocasse.

Como os lábios de um homem podiam ser macios e firmes ao mesmo tempo? Como poderia um beijo persuadir e comandar? A maneira como o beijo não parou de se alterar e explorar a intrigou. Amanda percebeu como cada mudança afetava sua respiração e corpo e não se opôs quando a língua dele finalmente a invadiu.

Gabriel evocou arrepios junto a baixas e longas pontadas de prazer. O beijo o aproximou e o corpo dela continuou roçando no dele em uma série de carícias leves e provocadoras. A camisa de linho oferecia pouca proteção e seus seios ficaram pesados e rijos até que ela começou a esperar por mais carícias acidentais e tentadoras.

Como aquele beijo a mudou. Derrotou. Avivou. Suas reações não a chocaram. Em vez disso, ela acolheu cada excitação deliciosa. Amanda ficou tão incoerente que suas pernas perderam o equilíbrio. Ela cambaleou e quase caiu contra ele. Então ele a tocou nos ombros para firmá-la e movê-la.

Logo ela estava no divã ao lado dele, ainda sendo beijada. Apenas um beijo, como combinado? Definitivamente havia mais agora. Ele não poderia fazer o que fez com o pescoço dela se fosse apenas um beijo.

A excitação sensual se infiltrou, concentrou-se e se fixou. As mãos dele permaneceram na almofada do encosto do divã, mas seu corpo continuou tentando o dela com aquelas pequenas conexões e atritos. Amanda queria mais disso, muito mais. Queria mais beijos quentes em seu pescoço e peito. Mais do comando firme dele em sua boca. Mais do seu cheiro a cercando.

Gabriel beijou pelo decote da blusa dela, que passou a mão no cabelo dele e o segurou lá, para que o prazer não cessasse. A voz dele surgiu profunda e quieta.

— Eu também quero tocar em você. Vai me permitir? — Uma voz maravilhosa, ótima para o escuro.

Parecia justo, já que ela o tocara. E Amanda queria que ele a acariciasse. Desesperadamente. Ela sabia enquanto assentia que todas as condições e promessas não significariam mais nada...

Ele tocou o seio dela. Oh, como ela gostou disso. As pontas dos dedos dele brincaram com ele através do linho macio. Uma torrente de prazer estremeceu seu corpo. Amanda se deixou levar pela corrente até que apenas três coisas existiam em sua consciência. Ele, ela e o prazer.

A compreensão do motivo para ter feito tantos esforços para vê-la novamente aflorou no que restava da mente de Gabriel. Seus beijos sem artifícios o encantaram. Seus toques tentadores o inspiraram. Sua paixão suplicante o fez cerrar os dentes para manter o controle de si mesmo.

Mais. Tinha que haver mais. Ele desceu os beijos pelos seios dela e passou a ponta da língua pela blusa. A mão dela agarrou seu cabelo e um gemido adorável alcançou seu ouvido. Ela havia superado as restrições ou preocupações anteriores. Livre. Ele acariciou seu seio, tentando evocar mais daqueles gemidos até que seu timbre se tornasse carente e urgente.

Este divã nunca serviria para o que tinha em mente. Ele deslizou para o tapete, guiando-a com ele, e a deitou. Ela o abraçou e o segurou perto enquanto seu corpo se arqueava contra a mão e a boca dele.

— Eu preciso vê-la. — Ele desabotoou a camisa e afastou as bordas para o lado. Ela não se opôs. A luz da lua os envolvia, mostrando sua expressão de êxtase e sua pálida nudez. A respiração dela diminuiu e seus seios cheios se elevaram mais. Ele aproximou a boca, lambendo e mordiscando os bicos rijos até que ela não pôde conter seus gemidos.

Gabriel continuou enlouquecendo-a enquanto acariciava suas coxas, subindo mais a cada carícia até que ele encaixou a mão em seu sexo. Ela separou as pernas para permitir mais e pressionou contra o aperto dele. Uma onda de desejo selvagem se abateu sobre ele. Lembrou a si mesmo de que havia feito uma promessa. Tornou-se um cântico maldito em sua cabeça. Uma maldição. Ele ignorou e desabotoou as calças dela para poder acariciar seus quadris. Ela estava nua sob a pantalona e ele retirou a peça, empurrando-a para baixo. Amanda levantou os quadris para permitir.

Recuar tornou-se impossível. Desnecessário. Não era uma mulher enfadonha ou mesmo realmente seduzida. Ela estava com ele, igualando seu desejo com o dela. Gabriel se abaixou para tirar as calças da perna dela, para que ela se deitasse livre e aberta no tapete. Ele daria prazer e aceitaria, e se ela quisesse tudo...

A promessa se repetiu novamente, como um tutor irritante exigindo atenção.

Inferno.

Ele a beijou com força e moveu a mão para a umidade do seu sexo. Quando ele inseriu um dedo, os quadris dela subiram, levando-o para dentro. Ela segurou a cabeça dele naquele beijo, oferecendo sua resposta febril enquanto simulava a representação do ato. A cabeça dele se encheu de imagens de como realmente poderia ser, e sua fome se tornou feroz.

Amanda tocou o quadril dele e o puxou.

— Agora. Por favor, agora.

Quando ele resistiu, a mão dela foi para a protuberância onde o membro se esticava contra suas roupas. Ainda sem artifícios. Amanda procurou melhorar sua carícia. Funcionou. Um toque e a mente dele explodiu. Gabriel trincou a mandíbula, sem nem pensar, e a montou, completamente vestido, e pressionou-a em busca de algum alívio. Não veio logo, mas acabou por acontecer. Para ele, pelo menos.

Ele rolou de cima dela depois de se recuperar. Lá estava ela, ofegando, com as pernas dobradas, exposta. Uma pequena carranca franziu sua testa. Ele colocou a mão nela novamente. No primeiro toque, ela resistiu, mas ele se abaixou e beijou sua bochecha.

— Não me impeça. Você permitirá e ficará feliz por isso. Eu só estou sendo justo.

Ela agarrou seu ombro e lhe permitiu explorar e invadir até que sua entrega deixou-a gemendo e implorando. Então Amanda gritou na noite enquanto sua umidade fluía. Qualquer aborrecimento com a promessa dele diminuiu para nada enquanto a observava encontrar a perfeita libertação em seu êxtase. Era uma visão bonita, assim como a paz que se seguiu. Sem preocupações. Sem medos. Ele não perderia por nada o jeito que a transformou, nem mesmo por seu próprio prazer.

— Você manteve sua palavra. — Foram as primeiras palavras dela, ditas enquanto estavam abraçados no tapete. As pantalonas continuavam amontoadas perto de seus pés, deixando-a nua e bela.

Ele a beijou.

— Sou, acima de tudo, um cavalheiro, por mais inconveniente que isso possa ser às vezes. — Inconveniente era pouco para esta noite. Foi quase impossível manter sua palavra. Ele se surpreendeu. Fazia anos, uma vida, desde que fez uma coisa dessas. Ele nem conseguia se lembrar, devia ter menos de vinte anos.

Gabriel olhou para a mulher pálida e quente em seus braços. Os olhos dela permaneceram fechados e o rosto, relaxado. Seus lábios, escuros nessa luz, contrastavam fortemente com sua pele. Ele não devia nada a ela, nem sabia seu nome. Ninguém saberia se ele tivesse...

Exceto ele mesmo, é claro.

— Você foi muito gentil — disse ela. — No fim. Eu não percebi porque...

— Isso foi novo para você?

Ela assentiu.

— Não culpe seu antigo amante. A menos que alguém nos explique o potencial de uma mulher, os homens são muito estúpidos em relação a essas coisas.

— Quem explicou para você? — Ela se virou nos braços dele e deitou a cabeça em seu peito.

Ele teve que forçar sua memória.

— Uma mulher. Uma prostituta. Eu acho que tinha dezessete anos. Nessa idade, os rapazes são duros e rápidos, e ela me mostrou que havia outras maneiras de cuidar de...

Ele não tinha certeza de qual palavra usar. Normalmente nem falava sobre isso com uma mulher, fosse dama ou prostituta. Seu total contentamento no momento lhe permitiu isso.

— Cuidar de deixar as coisas justas?

— Sim.

— Obrigada por isso.

— Só isso? Não por manter minha palavra?

— Oh. Sim. Claro. Obrigada por isso também.

Ele riu e ela também.

— Inconveniente, no entanto, como você disse — acrescentou ela.

Ele a virou de costas e se apoiou em um braço para que pudesse olhá-la. Gabriel traçou seu pescoço com as pontas dos dedos, depois ao longo da lateral de um seio.

— Você é muito mais do que aceitável. Deveria saber disso. Não estou mentindo para bajulá-la.

As pálpebras dela abaixaram. Ele continuou suas carícias. A maneira como a luz mostrava sua forma o cativava.

— O que você teme? Está em você o tempo todo quando está comigo. Sinto o medo tentando interferir no seu contentamento mesmo agora.

Ela olhou para ele, mas não respondeu.

— Teme por sua segurança? Está... sendo maltratada de alguma maneira? — Ele sentiu que ela desejava se confidenciar. — Se está, eu posso ajudá-la. Você ficaria espantada com quanta influência um duque tem.

— Eu não ficaria surpresa. Presumo que seu poder seja incalculável.

— Vamos apenas dizer que as pessoas nos ouvem. Eu não gosto de pensar em você vivendo com medo de um parente abusivo ou de alguém que use ameaças para... — Forçá-la a algo. Ele não sabia por que essa noção entrou em sua cabeça. Talvez a maneira como ela abraçou a liberdade da paixão hoje tivesse plantado a ideia de que talvez ela fosse tão inexperiente por normalmente ser forçada.

— Nenhum homem está me forçando — ela disse calmamente. — Agora não. Exceto você. Esta noite.

A mensagem soou clara. *Somente esta noite.*

— Eu não a forcei ou seduzi. Lembra-se?

— Foi perto.

— Garanto-lhe que perto não é o mesmo. Liberte-me da minha promessa e terei prazer em mostrar o que quero dizer.

— Isso seria... imprudente. — Ele percebeu que ela quase disse algo mais afirmativo. Suas sobrancelhas se franziram novamente. — Você quer dizer que foi desagradável para você? Eu não imaginei que seria.

Ele riu e deu-lhe um beijo rápido.

O DUQUE DEVASSO

— Foi muito agradável. No entanto, também imperfeito porque foi incompleto.

— Você esperava perfeição? Duques têm padrões altos.

— Não há razão para fazer algo se você não fizer bem. Meu pai me ensinou isso. Claro que ele tinha outras coisas em mente.

— Coisas ducais, eu suponho.

— Todos os tipos de coisas. Só não isso. Pelo menos, acho que não. Vou ter que refletir a respeito. Nunca me ocorreu que era uma incitação irônica à perfeição sensual junto com as outras lições. Nesse caso, minha admiração pelo homem aumenta dez vezes.

Ele se sentou ao lado dela e a aconchegou. Depois de um momento de rigidez constrangedora, ela relaxou contra ele.

— Você é fascinante quando retira sua armadura, pastora.

— Eu pensei que meu nome fosse Alice. E espero que qualquer mulher seja mais fascinante nua do que vestida.

— Estranhamente, isso não é verdade. Muitas ficam conscientes demais de si quando estão nuas. Muito fechadas e cautelosas. Você, por outro lado, é livre e reveladora.

Ela se virou, se apoiou nos antebraços cruzados e olhou para ele.

— E o que eu revelei além do meu corpo?

Ele acariciou o rosto dela.

— Você esconde um coração doce por trás das barreiras criadas pelo seu medo. — Ele pegou o rosto dela e a beijou. — Não precisa ter medo de *mim*. Se confiou em mim nesta noite, deve saber que pode confiar para qualquer coisa.

A expressão dela suavizou-se em leve espanto. Gabriel sentou, pegou o casaco e procurou no bolso por uma bolsa de veludo. Deitou-se com ela novamente e a puxou de costas, então tirou o medalhão da bolsa. Não era realmente apropriado dar isso a ela, mas ele queria. Não achava que ela recebia muitos presentes de qualquer tipo em sua vida.

Gabriel colocou o medalhão no peito dela. Suas pálpebras abaixaram e ela olhou para o presente, pegou e segurou alto contra o luar. Listras prateadas dançaram na superfície da pedra. Amanda pareceu confusa.

— Isso é para você — disse ele.

— Um pagamento?

— Não há nada a pagar a não ser um bom teste da minha honra.

— Eu pensei tê-lo ouvido dizer que foi muito agradável.

Ele riu, pegou o medalhão e o colocou de volta no peito dela.

— E foi. No entanto, este é apenas um pequeno presente para uma mulher que divertiu um homem entediado. Você pode vendê-lo, se quiser. É dado com carinho, mas sem condições.

Ela cutucou o medalhão com a ponta do dedo.

— Eu não devo aceitar.

— Espero que aceite.

Ele a envolveu em um abraço e se acomodou.

— Amanhã eu vou te levar para casa. E este lugar que você tem... melhorará quando verem que um lorde se importa com você.

A sugestão acabou com a paz dela.

— Não quero que veja onde moro. Minha situação é muito pobre. Eu não quero que você veja.

— Então não verei ainda, se você insistir. — Ele beijou o topo de sua cabeça para acalmá-la. — No entanto, eu a levarei a algumas ruas de distância, para você não andar sozinha pela cidade. Não discuta. Não ouvirei nenhuma objeção.

Ela o sentiu adormecer. Mesmo depois disso, seu braço permaneceu sobre ela, e seu peso era possessivo. O medalhão ficou onde ele o colocou, brilhando acima de seus seios. Caro. De bom gosto. Ela provavelmente poderia viver por seis meses com o dinheiro que conseguiria por ele. Ela poderia precisar.

O abraço dele a confortou e protegeu. Manteve sob controle sua verdadeira situação por um longo tempo. Eventualmente, contudo, o perigo que ele representava voltou à sua mente sonolenta.

É dado com carinho. Ele quis dizer isso? Como poderia ter carinho por ela? Ele nem a conhecia.

Um lorde se importa com você. Ele a veria na prisão se soubesse com o que se importava.

Ainda não. Isso implicava mais encontros. Mais prazer. Mais envolvimento.

Subitamente, ela estava bem acordada, ouvindo a respiração dele em sua orelha, sentindo cada ponto em que seus corpos se tocavam. Um profundo desejo se espalhou até doer. Se apenas...

Amanda acariciou o rosto dele o mais suavemente possível, para não acordá-lo. Então ela deixou seus braços.

O sol o acordou, não Miles. A luz prateada da manhã brilhava na janela. Gabriel olhou para o teto, depois sentiu o tapete embaixo dele. Memórias da noite surgiram em sua mente. Ele se virou com um sorriso para onde esperava ver uma mulher dormindo ao seu alcance.

Um único raio de sol irrompeu no tapete. Uma pedra brilhava. O medalhão estava onde Alice deveria estar.

Ele o observou, levantou-se com as mãos nos quadris, e olhou em volta de uma biblioteca agora desprovida de qualquer evidência dela. Poderia ter sonhado tudo. Gabriel pegou o medalhão e o enfiou no bolso. Então amaldiçoou alto e profanamente.

O Duque Devasso

Amanda trabalhava nas contas do jornal em uma mesa na biblioteca do clube, enquanto as mulheres planejavam a próxima edição do *Parnassus*. Ela escutava descaradamente. E prestou mais atenção quando a discussão mudou o foco para os membros da sociedade. Ela não conhecia nenhuma das pessoas mencionadas, mas gostava das fofocas.

Depois de meia hora, um tópico tocou nos nomes que ela conhecia.

— Disseram-me que o projeto de reforma penal na Câmara dos Lordes está encontrando mais apoio — disse Lady Farnsworth.

— Não estou surpresa — opinou a sra. Galbreath. — Brentworth assumiu. Com o nome dele envolvido, muitos consideram melhor.

— Não nos esqueçamos de que não foi ele quem o apresentou. — Lady Farnsworth sorriu com intento. — Em vez disso, um de seus amigos mais antigos o fez. Disseram-me que Langford falou de maneira bastante eloquente sobre sua necessidade.

— Talvez você não deva pegar todo o crédito pela mudança de Langford. Seu ensaio foi publicado há quase um ano.

Na menção desse nome, Amanda corou. Ela curvou-se sobre a mesa para que ninguém notasse seu rosto quente. Ainda não havia se reconciliado com seu comportamento de quatro noites atrás. Por mais que tentasse castigar a si mesma, o único arrependimento que conseguia pensar era por saber que nunca mais conheceria aquela intimidade. Suas emoções permaneceram melancólicas e profundas. Memórias surgiram ao longo do dia, afetando sua mente e alma.

— Há evidências de que ele levou minhas palavras muito a sério. Muitas evidências. Ele se viu na minha descrição, tenho certeza. Quem sabe que benefícios para o reino e para si mesmo serão trazidos ao longo do tempo?

— Benefícios incalculáveis, tenho certeza. No entanto, é possível que algo mais o tenha inspirado nesse projeto — disse Lady Grace.

— Não consigo pensar em mais nada.

— Talvez ele conheça um criminoso cuja punição ele considerou excessiva.

Amanda quase quebrou a caneta. A tinta espirrou na página da conta. Ela apagou rapidamente e fingiu estar muito ocupada.

— Ele é hedonista e irresponsável, mas não anda com criminosos — retrucou Lady Farnsworth com uma risada. — Céus, que noção. Você tem alguma informação que o resto de nós não tem conhecimento? Caso contrário, implicar algo assim é precipitado.

— Apenas digo que talvez não devamos assumir que nosso pequeno jornal mudou completamente o caráter de um homem.

— O caráter dele mudou tanto assim? — perguntou a sra. Dalton.

Lady Grace não respondeu de imediato. Amanda se perguntou se ela iria e deu uma olhada no grupo. Lady Grace estava se refastelando com um bolo.

— Se quer saber — começou Lady Grace —, ele não é visto com uma mulher há algum tempo. Semanas.

— Isso não é muito tempo.

— É, para ele.

— Talvez ele esteja sendo discreto.

— Langford nunca é discreto. Ele exibe seus casos. Leva suas amantes para jantares e as cobre de joias.

— Pode ser apenas uma pequena mudança em seu personagem. — Amanda reconheceu a voz suave da sra. Clark, que raramente falava. — A discrição, quero dizer. Não a... devo dizer que ele provavelmente ainda aproveita a companhia feminina, só que não tão publicamente.

— Ele precisa se casar, é claro — disse Lady Farnsworth. — Mais um dever que ele negligenciou. Se morrer sem um filho, o título irá para aquele irmão dele que é quase um eremita.

— Você quer dizer que ele é distraído demais para se reconhecer em um ensaio destinado a repreendê-lo — opinou Galbreath.

Todas as mulheres riram. Exceto Lady Farnsworth, que tocou em alguma coisa para chamar atenção.

— Já chega. Vamos terminar. Dos dois tópicos do ensaio de história da sra. Dalton, quem é favorável à investigação sobre se havia mulheres druidas?

Uma pequena votação se seguiu e a sra. Galbreath encerrou a reunião recitando o calendário para as várias tarefas da próxima edição. Quando as damas se dispersaram, Amanda sentiu uma presença ao seu lado.

MADELINE HUNTER

— Não acredito no quão rápida você é, srta. Waverly. Você me deixa envergonhada. — A senhora Galbreath olhava por cima de seu ombro.

— É fácil para mim ser rápida. Suas contas estão em excelente ordem.

— Ela realmente se apressou para que os comerciantes fossem pagos em tempo hábil. Quando começou, algumas contas estavam em atraso. Ela se sentiu mal por aqueles que tiveram que esperar pelo pagamento devido ao descuido.

Amanda também queria essas contas atualizadas, porque provavelmente as deixaria para a sra. Galbreath em breve. Ou alguma substituta que o clube encontraria.

— Se tiver terminado, poderia vir comigo? Eu quero lhe mostrar uma coisa.

Amanda guardou a tinta e a caneta e seguiu a sra. Galbreath para fora da biblioteca. Eles subiram as escadas. A sra. Galbreath abriu uma porta e liderou o caminho para um quarto de dormir.

— Lady Farnsworth confidenciou que se preocupa com a sua situação doméstica. Ela a imagina em algum quarto triste e sem aquecimento.

— Eu tenho aquecimento. — *Quando compro combustível.* Ela nunca disse a Lady Farnsworth onde ou como ela morava. A boa mulher havia imaginado a verdade apenas usando sua imaginação.

— A duquesa sugeriu que eu convidasse você para morar aqui. Este quarto seria apenas seu. Ninguém interferiria com você e suas atividades. Não queremos tratá-la como uma criança ou colocá-la sob supervisão.

Amanda sequer considerou que elas poderiam tentar fazer isso. A sra. Galbreath talvez tenha falado a partir de sua própria experiência. Amanda passeou pelo cômodo. Embora de tamanho modesto, ela achou perfeito. Os móveis possuíam qualidade, mas não luxo. A perspectiva das janelas permitia uma visão da atividade e das árvores na praça. No minúsculo closet, caberia um guarda-roupa muito maior do que o dela.

Isso a lembrou de seu quarto na escola, só que maior e muito melhor. Ela se imaginou lendo na cadeira durante o inverno, em frente à bela lareira. Se imaginou dormindo na cama com as cortinas fechadas. Poderia até ter a sra. Galbreath como amiga se morasse ali. Ou, pelo menos, um ou dois dos criados. Ela poderia ter um lar de verdade.

Seu coração doía para dizer sim. Odiava todas as razões pelas quais não podia.

— Você e a duquesa são muito gentis. Penso, no entanto, que continuarei onde estou. É mais perto de Lady Farnsworth e não muito longe da Praça Leicester. Estou emocionada com a generosidade desta oferta e espero que entenda se eu recusar.

— Eu disse a Clara, a duquesa, que você valoriza demais sua independência para abandoná-la. Eu entendo, srta. Waverly. Por favor, saiba que você é bem-vinda aqui, caso mude de ideia.

Amanda seguiu a sra. Galbreath para fora do quarto, olhando para trás uma última vez antes de fechar a porta.

Gabriel conferiu o relógio de bolso e depois o guardou. Ao lado dele, Stratton fez exatamente a mesma coisa ao mesmo tempo.

— Ela está bem. Seu filho também — disse Gabriel depois que pediu as cartas. — Temos pelo menos uma hora antes que eu possa deixar você voltar.

Ele arrastou Stratton para este salão de jogos a pedido da nova mãe. *Peço-lhe que o tire de casa por uma noite*, dizia o bilhete dela. *Sequestre-o, se necessário. Sua vigilância constante está me deixando louca.*

— Ela pode precisar de mim.

— Ela só precisa que você fique longe, para que ela tenha algumas horas de paz.

— Eu me recuso a acreditar que ela te disse isso. Vou perguntar a ela, e se você mentiu para ter companhia para aliviar seu tédio...

— A paternidade fez de você um idiota? Ela não queria que você soubesse. E não teria sabido se não tivesse frustrado todo tipo de persuasão que eu pude pensar. Informá-lo do pedido dela foi uma confidência entre amigos e você jurou segredo.

— Eu não jurei nada.

— Então faça isso agora, para não correr o risco de tê-la zangada comigo. Ela me assusta, para ser sincero. Eu tenho uma lista de pessoas que nunca quero ter como inimigos e ela está entre os primeiros.

Stratton riu disso.

— Confesso que ela também está no topo da minha.

— Então jure, para que você não faça algo que nos deixe na lista negra dela.

— Eu não estava brincando. Jure. Ou, pelo menos, prometa.

Stratton jogou suas cartas e suspirou dramaticamente.

— Eu dou minha palavra de cavalheiro que não vou deixá-la saber que você revelou o plano dela.

Minha palavra de cavalheiro. A frase trouxe à tona memórias que ele esperava escapar hoje à noite. A irritação aumentou na hora. A pastora desapareceu na noite novamente. Ele pensou que ela não o faria dessa vez. Não gostava de ser tratado como um conhecido dispensável, especialmente depois de mostrar uma restrição heroica com ela.

Ela também havia deixado o medalhão. Ele relutantemente reconheceu que isso pode ter indicado bom caráter. Se ela não pretendia mais contato com ele, era isso. Em tal situação, muitas mulheres pensariam que um presente era só um presente e o aceitariam. Ainda assim, também demonstrava falta de gratidão, parecia-lhe. Ou não. Gabriel não conseguiu decidir, tinha dificuldade de pensar claramente devido à maneira como o episódio inteiro o havia deixado... insatisfeito de várias maneiras.

Uma imagem veio à mente dele, do corpo dela nu e pálido ao luar. De seu êxtase espantado e seus lábios escuros entreabertos quando ela gritou sua libertação. Do jeito que ela não conteve nada por um breve período antes que seus medos a fechassem novamente. O que causou aquela sombra? Algo real. Ele se preocupava com ela e com a segurança dela, embora se sentisse um tolo por fazê-lo. Ela rejeitou a ajuda dele. Deveria esquecê-la.

— No que está pensando? Essa carranca é bastante profunda — disse Stratton, olhando por cima da mesa enquanto o crupiê empurrava os ganhos para ele.

— Estou me perguntando por que você continua ganhando e eu continuo perdendo.

— Talvez eu viva do jeito correto e você não.

— Não tenho motivos para acreditar que viver do jeito correto traga benefícios, então não acho que esse seja o motivo.

— Você tentou recentemente e ficou decepcionado?

— Digamos que enfiei um pé no lago dos justos e achei a água muito fria.

— Dê-me alguns minutos e eu entenderei. — Foi a vez de Stratton refletir.

— Acho que não. Eu não te disse nada.

— Como se trata de você, já me contou o suficiente. — Ele acenou para o crupiê sair, apoiou o cotovelo na mesa, a cabeça na mão e examinou Gabriel.

Gabriel se recusou a sofrer. Chamou o crupiê de volta e gesticulou para outra mão.

— Que absurdo. Como se você conhecesse a mim ou qualquer um, para apenas com um olhar determinar o que a pessoa quis dizer...

— Tem a ver com uma mulher, é claro. Com você, geralmente tem.

Gabriel tentou ignorá-lo e pegou suas cartas. E que sorte a dele, era uma mão ruim. As chances de ganhar eram praticamente nulas.

— Se estava tentando ser correto no que diz respeito a uma mulher, presumo que isso signifique que não a seduziu, mesmo que tenha pensado em fazê-lo.

Gabriel jogou duas cartas e recebeu mais duas.

— Como não houve fofocas recentes sobre suas aventuras, presumo que essa é uma busca secreta. Sua pastora?

Ele estudou suas cartas, mesmo sabendo que tinha mais do que vinte e um.

— Vejo que acertei.

— Você não vê nada, muito menos isso.

— Sim, eu vejo. Quando você é pego, seus olhos se estreitam.

— Eu estava olhando minhas cartas sob essa luz ruim.

— Então viu sua pastora. Eu não acho que você iria adormecer novamente, então se... Já sei. Você conteve seus impulsos. E ela não ficou impressionada com o seu comportamento.

Maldito Stratton.

— Ela ficou muito impressionada.

— Apesar disso, não haverá mais encontros. Daí a água fria na sua tentativa de vida correta.

— Eu não disse que não haveria mais encontros. A referência à água fria era sobre conter meus impulsos.

— Você já sabe o nome dela?

Gabriel jogou as cartas na mesa e se levantou.

Stratton puxou o relógio de bolso novamente.

— Quanto tempo disse que me afastaria?

— Mais tempo do que isso, mas vá agora.

— Eu devo? Não queremos que Clara fique brava com você.

— Parta daqui, eu insisto.

— Eu posso enrolar por mais uma hora, se for apropriado.

— Vá para casa. Vá para o inferno. Vá para qualquer lugar antes que eu te dê um soco.

***

Duas noites depois, Gabriel entrou na casa de seu irmão. O criado não dormia mais perto da porta. Em vez disso, ficava ereto na cadeira, provavelmente esperando exatamente essa visita e a moeda que receberia para desaparecer dali.

Assim que viu Gabriel, ele ficou de pé.

— Ao amanhecer como sempre, Sua Graça?

Gabriel entregou o dinheiro.

— Não. Espere aqui. Se eu não voltar às dez e meia, então vá embora até o amanhecer.

O sujeito inclinou a cabeça com curiosidade, mas aceitou a mudança.

— Oh, eu provavelmente deveria contar. Lorde Harold escreveu que voltará nos próximos dias.

— Isso não demorou muito. Imagino por que ele teve o trabalho de partir.

— Ele não vai ficar. Apenas visitará e depois voltará para o campo.

Por que Harry precisaria visitar a cidade? Gabriel não se perguntou por muito tempo. Havia parado de tentar compreender Harry anos atrás.

Ele desceu e abriu a porta do jardim. Então subiu as escadas para a biblioteca. Ficou à vontade, tirou o relógio de bolso e o colocou no divã ao lado dele.

Ele colocara outro aviso no jornal. *Pastora, na mesma hora, no mesmo local, em 10 de junho.* Em vinte minutos, ele saberia se ela vira e se iria comparecer.

Não havia trazido champanhe esta noite. Isso servia como prova de que, no fundo de sua alma, ele acreditava que ela não viria. Havia um caráter definitivo sobre o jeito como ela escapou da última vez. Ainda assim....

O tempo passou devagar. Ele não conseguia se distrair com pensamentos sobre o projeto de lei ou lembranças de conquistas anteriores. Forçou-se a não encarar o relógio, mas acabou olhando a cada cinco minutos da mesma forma.

As dez horas chegaram e passaram.

Às dez e dez, uma tábua rangeu. Seu coração se agitou. Ele quase ficou de pé também. Mas nenhuma forma se materializou nas sombras. Era apenas um daqueles sons que as casas fazem à noite. Às dez e vinte, ele aceitou que ela não viria. A profundidade de sua decepção o surpreendeu.

Às dez e vinte e cinco, ele caminhou até a porta de entrada.

— Tranque assim que eu sair — disse ao criado. — Então desça e tranque a porta do jardim também.

Gabriel saiu para a noite úmida. *Maldição. Você é um tolo, Langford.*

Amanda entrou na gráfica do sr. Peterson no The Strand e sacudiu a chuva de sua capa. Apesar da garoa constante, não se atreveu a pular esse desvio diário a caminho de casa. Seu humor combinava com o dia sombrio. O último anúncio de Langford a havia perturbado desde a noite anterior, quando, dolorosamente consciente do que rejeitou, não foi encontrá-lo outra vez.

A decisão não foi fácil. Ansiou por responder ao novo anúncio, ficava lisonjeada pelo duque continuar a persegui-la. Não mentia para si mesma sobre o interesse dele. No momento, ela era uma novidade para um homem entediado pelos anos de aventuras com mulheres. Mesmo assim, a atração por ele tinha sido forte. Ele pode não ter experimentado nada verdadeiramente profundo naquele último encontro, mas ela conhecera uma conexão calorosa que lhe fora negada a maior parte de sua vida.

Ela quase foi. *Que mal faria? Você deve isso a si mesma.* Assim foi seu debate interior. Por outro lado, seu coração pesava, lembrando-lhe que mais intimidade só causaria dor quando ela tivesse que se afastar completamente.

Então, Amanda declinou da noite passada. Ela ficou sentada em seu quarto no porão, imaginando o que estava perdendo, ouvindo o duque diverti-la com suas brincadeiras, sentindo o prazer que ele sabia muito bem proporcionar. Ela imaginou novamente sua armadura caindo até sua vulnerabilidade vacilar e a presença dele derreter-se junto a ela.

Amanda se aproximou do balcão. O sr. Peterson a conhecia de vista, já que ela ia ali há anos, mas ainda esperava que ela pedisse as cartas deixadas para seu nome falso de sra. Bootlescamp. Ele procurou numa caixa fora da vista embaixo do balcão, levantou uma carta e a entregou.

Ela pegou a carta e olhou. Demorou o suficiente para chegar, e até começou a se perguntar se chegaria. Normalmente, esperaria até voltar para casa para lê-la ou, pelo menos, deixaria a loja primeiro. Hoje ela fingiu espiar dentro de uma lixeira enquanto quebrava o selo.

O endereço da sra. Bootlescamp não estava na letra de sua mãe, nem as poucas linhas da carta. Outra pessoa escreveu.

Embrulhe com cuidado e segurança. Deixe com o proprietário na Mercearia Morris, na Rua Great Sutton, perto da Praça Red Lion, em 24 de junho, para ser recolhido pelo sr. Trenholm.

Isso foi tudo. Não havia garantias de que sua mãe seria libertada ou mesmo de que permanecia em boa saúde. O fato de o sequestrador provavelmente ter escrito isso, e não a mãe, a preocupava.

Mercearia Morris. Um novo lugar. Ela não gostou disso. Por que não eram as mesmas instruções do broche? E por que demorou tanto antes da entrega?

Mama nunca teria aconselhado tal descuido. *É importante mover as mercadorias rapidamente. Não pode ser pega com elas.* Obviamente, o perigo não ameaçava seu captor. Amanda seria a pessoa que manteria bens roubados o tempo todo. Talvez Mama tivesse se recusado a escrever a carta por causa disso.

Ela viu apenas uma coisa boa sobre as instruções: poderia usar o tempo para outro propósito e planejar seu próprio plano cuidadosamente, com medidas para assegurar seu sucesso. Amanda traçou seu curso enquanto caminhava para casa na chuva. Ao entrar no prédio, encontrou Katherine fungando nas escadas para a adega.

— Você tem combustível? — perguntou Katherine. — Estou com calafrios e sinto como se a umidade estivesse em meus ossos. Fui à taverna e o patrão me mandou para casa. Muito doente, ele disse. Seus clientes iriam reclamar.

Amanda a chamou para entrar, colocou uma cadeira perto da lareira e acendeu um fogo baixo.

— Você não dorme ou come o suficiente. É por isso que está com febre de verão. — Ela pegou um de seus xales de tricô e colocou-o nos ombros de Katherine.

— Preciso trabalhar até tarde, se houver cerveja para servir, não é? Eu nunca aprendi a dormir durante o dia na cidade. Há barulho demais. Em casa, em uma manhã de verão, eu nunca queria sair da cama, mas tinha tarefas para fazer. As coisas nunca parecem combinar.

— Você está com febre, com certeza. — Amanda tocou a testa de Katherine. — Assim que passar, se sentirá melhor de uma maneira e pior de outra.

— Se passar.

Amanda optou por não pensar nas febres que nunca passavam. Katherine não parecia especialmente fraca ainda, nem sentia tanto calor. Ela começou a aquecer a sopa no gancho da lareira.

— Você nunca me contou sobre seu encontro com o lorde — falou Katherine.

Amanda se ocupou com o jantar enquanto decidia o que dizer.

— Não que você tenha que me contar — acrescentou Katherine.

— Não há muito o que contar. Nos encontramos, eu parti e não o vejo desde então.

— Ele era um cavalheiro, afinal?

Amanda pegou duas tigelas de uma prateleira para ficar de costas para Katherine não poder ver sua expressão.

— Sim. Muito cavalheiro.

— Oh. Que decepção.

Amanda riu, porque *havia* sido decepcionante.

— Nem mesmo um beijo? — Katherine perguntou. — Há algo de errado com ele se nem sequer tentou um beijo.

— Houve um beijo — admitiu Amanda. — Um beijo muito longo. — Mais de um, mas ela nunca esqueceria o quase interminável primeiro beijo. Ou o doce e tocante último beijo. Ou aquele em que ele quase engoliu o grito dela quando a fez se despedaçar de prazer. Ou...

— Você gosta dele, não é? A maneira como disse *um beijo muito longo* soou como se gostasse. Se assim for, é triste se não o verá novamente. Ele não iria querer nada respeitável, mas há coisas piores do que ter um cavalheiro cuidando de você. — Ela olhou ao redor do porão.

— Não faria sentido descobrir. Eu vou partir em breve, você sabe. Sairei de Londres.

A expressão de Katherine foi de tristeza.

— Por quê? Você tem uma boa situação onde está. Essa senhora é generosa. Se for este quarto, você poderia ir para um melhor, tenho certeza, ou até morar com ela, talvez.

— Eu tenho uma situação melhor esperando em outro lugar.

— Melhor do que a dama? Não consigo imaginar nada melhor do que isso. — Ela puxou o xale e olhou para o fogo. — Você é minha melhor amiga aqui. A única, na verdade, já que não confio nas outras que se consideram como tal. Acho que nenhuma delas queimaria seu próprio combustível se eu estivesse com calafrios ou precisando de um banho.

Amanda se ajoelhou ao lado da cadeira e colocou o braço em volta de Katherine.

— Também sentirei sua falta. Eu estava sozinha até aquele dia que a ouvi xingando no banho. Vou deixar qualquer combustível que me reste para que você possa desfrutar de alguns banhos em meu nome. Talvez possa morar aqui depois que eu for. É muito mais silencioso durante o dia. Poderia dormir melhor.

O DUQUE DEVASSO

— Receio que nunca veria a luz se dormisse aqui embaixo. É gentil da sua parte deixar-me combustível.

— Vou ter que deixar algumas outras coisas também. Não posso levar todos os vestidos. Você pode ficar com eles, se quiser, para refazer ou vender.

— Eu vou usar um pelo menos. — Katherine se animou. — Já faz mais de um ano que não tenho um vestido novo. — Sua animação se desfez novamente com a mesma rapidez. — Quando você irá?

— Antes do final do mês. — Ela se levantou. — A sopa está aquecida. Fique aí e eu trarei um pouco para você.

O Duque Devasso

Nove

Gabriel estava sentado à mesa de seu escritório, um cômodo que só recentemente ele começara a usar com frequência. Apenas sentar-se ali já simbolizava mudanças em sua vida que ele não tinha certeza se gostava. Mesmo assim, leu a correspondência referente ao projeto de reforma penal, anotando suas respostas. Pelo que parecia, ele teria que dedicar um dia inteiro para escrevê-las. Faria tudo isso em uma longa sessão com seu secretário, Thadius. Ou seria Tacitus? Maldito fosse se ele conseguisse se lembrar do primeiro nome do sr. Crawley.

Ele havia se comprometido com essas tarefas nos últimos dias. Isso ajudou a manter sua mente longe de sua mulher misteriosa. Também o distraiu de seu orgulho ferido. Ambos invadiam seus pensamentos inesperadamente, fundindo-se em uma combinação de memórias vívidas, excitação latente e ressentimento petulante. Haviam acabado de fazer isso, interferindo em sua concentração. Quem pensaria que ele, dentre todos os homens, seria submetido a esse tratamento por uma mulher? O fato de ela ter conseguido permanecer anônima esse tempo todo o fez se sentir mais idiota.

Depois de convocar cada grama de honra em seu nome, para ser descartado dessa maneira, não, não descartado, lembrou a si mesmo: você não pode ser descartado se não houver uma ligação real. Exceto que, de certa maneira, ele tinha sido deixado assim mesmo. Ao menos, ele sentia como se tivesse sido. Antes de adormecerem, achou que havia um entendimento. Um acordo de que ela ainda estaria ao seu lado ao amanhecer.

Gabriel engoliu o aborrecimento que os pensamentos reviveram e se forçou a ler as malditas cartas. No meio da tarefa, enquanto se amaldiçoava por ter se envolvido no projeto, já que exigia tanto trabalho maçante, a porta do escritório se abriu e o irmão entrou. Feliz por ter uma desculpa para parar, Gabriel colocou a caneta no suporte e recostou-se.

— Seu retorno é bem-vindo, mas surpreendente, Harry. A temporada ainda não acabou, mas algumas famílias já estão partindo, indo para o campo que você abandonou inexplicavelmente.

— Eu tive que voltar. Quanto ao motivo, estou aqui para vê-lo por causa dele.

— Você está sendo deliberadamente intrigante? Não é típico do seu comportamento.

O DUQUE DEVASSO

Harry virou a cadeira que o secretário normalmente usava e sentou nela.

— Recebi a notícia de que deveria voltar e verificar minha casa. Houve um roubo por perto. As notícias se espalharam e todas as famílias da área estão fazendo inventário.

— Você completou o seu? Devo dizer que visitei a casa algumas vezes, por isso, se alguns itens estiverem fora do lugar, pode ter sido eu. No entanto, não vi nada faltando.

— Nada saiu da minha casa, embora eu aprecie você me contar que esteve lá, pois algumas coisas foram mudadas. O roubo ocorreu ao lado, na casa de Sir Malcolm.

— Só consigo imaginar o interior daquela casa, entulhado como deve ser de gerações de acumulação. Como alguém saberia que algo foi levado?

— Não tenho certeza, mas a evidência era clara o suficiente. De qualquer forma, pelo próximo mês, mais ou menos, preciso estar mais vigilante.

— Harry, não quero criticar sua casa, mas não há muitos ladrões interessados em tomos históricos antigos ou artefatos de culturas bárbaras. Acho que você está bem seguro.

— Eu confio que estou. Ainda assim, vim para pedir emprestado alguns de seus lacaios. Somente durante a noite. Suspeito que o velho Gerard adormece e não ouviria ladrões, mesmo que passassem por ele.

— Pode levar o número de lacaios que achar necessário.

Harry parecia contente com isso. Ele não saiu, no entanto, só descruzou as pernas, depois as cruzou novamente. Esforçou-se para parecer um irmão tendo uma conversa amigável e nada mais.

— Você viu Emilia enquanto eu estive fora?

— Algumas vezes. Não me lembro quantas. — Ele se lembrava perfeitamente. Três vezes em festas e bailes e duas na casa da irmã. Além do dia do nascimento da criança, houve um encontro muito breve dois dias atrás, quando a duquesa deixou seus aposentos pela primeira desde que se retirou para o parto.

— Ela falou de mim? — perguntou ele, muito casualmente, como se isso não importasse. O que significava que ainda importava.

— Brevemente. Ela perguntou sobre você. Não faça muito caso

disso. Ela mal podia fingir que eu não sou seu irmão. — Gabriel se levantou e pegou conhaque em uma seção fechada das estantes. Ele serviu dois copos e entregou um a Harry. — É um grande erro pensar em todas as mulheres como mais do que diversões que vêm e vão. Você deve treinar sua mente para aceitar isso.

— Algum dia, você terá que se casar. É isso que sua duquesa será? Uma diversão passageira?

— Lamentavelmente, ela não partirá depois que chegar, mas a diversão provavelmente passará muito rápido de qualquer maneira.

— Você é muito cínico.

— Eu sou a voz da experiência que, por algum motivo, você escolhe ignorar. Agora, chega de flertes antigos. Como está indo o livro?

Harry largou o copo e começou a descrever o progresso em seu livro em palavras e tons entusiasmados.

Gabriel olhou para as cartas. Harry parou no meio da frase.

— Você está ocupado. Pior, estou entediando você.

— Nada me aborrece tanto quanto a política, então o que você tiver a dizer é uma trégua. Por favor, continue.

Amanda juntou as cartas que havia escrito. Havia demorado mais do que o normal. Durante todo o dia, enquanto trabalhava, ela também havia repassado seu futuro imediato em sua mente. Até cantar para si mesma, o que normalmente ajudava sua concentração, provou ser inútil.

O plano dela era simples. Ela se despediria dessa situação. Iria se mudar de seu porão, pegaria a fivela e a entregaria na Mercearia Morris. Então esperaria na rua para ver quem sairia com o pacote e o seguiria. Uma vez que soubesse onde ele morava, providenciaria para vigiar quem o visitava. Se ninguém o fizesse e ele saísse novamente com o pacote, ela o seguiria outra vez. Se ele deixasse a cidade, e ela esperava que sim, talvez a levasse até a mãe. No mínimo, ela esperava descobrir quem mantinha sua mãe cativa.

O primeiro passo seria dado hoje quando ela informasse Lady Farnsworth de que não poderia mais servir como secretária. Ela não estava ansiosa por esta parte. A senhora poderia fazer perguntas que a forçariam a mentir. Amanda levou as cartas para o escritório de Lady Farnsworth. Hoje, a dama trabalhava em seu artigo para a próxima edição do *Parnassus*. Ela não olhou quando Amanda entrou, mas gesticulou para uma mesa.

— Apenas deixe-as ali. Eu lhes darei atenção no devido tempo.

Amanda colocou as cartas na mesa.

— Se eu puder falar com a senhora por um momento...

— Amanhã, por favor. As palavras estão derramando, e não ouso interferir em seu fluxo.

— Peço desculpas, mas isso é muito importante.

Com um suspiro dramático, Lady Farnsworth virou-se para olhá-la.

— Então o que é, srta. Waverly? Presumo que seja realmente muito importante. — O tom dela implicava que nada poderia ser importante o suficiente.

Amanda engoliu em seco. Ela apreciava muito sua situação aqui. Admirava Lady Farnsworth. Gostava da Amanda que havia conseguido esse emprego e, eventualmente, ajudou o *Parnassus* e foi recebida naquele clube.

— Eu preciso informar que vou deixar minha posição aqui. Fui chamada para fora da cidade por questões familiares, e não há como dizer quanto tempo vou precisar ficar fora.

Aquilo conseguiu a completa atenção de Lady Farnsworth. Ela largou a caneta e virou-se na cadeira, apontando para um banco adamascado contra a parede próxima.

— Por favor, sente-se e explique-se melhor. Sua partida será muito inconveniente. Qual é o problema de família que te chama para longe?

— Minha mãe precisa de mim. Ela exige minha presença em sua condição atual. Não posso recusá-la.

A expressão de Lady Farnsworth suavizou.

— Você raramente fala da sua família. Eu assumi que eles estavam todos... eu apenas pensei...

— Meu pai se foi, mas minha mãe não.

— Entendo. Sim, sim, se ela precisa de você, o que mais você pode fazer além de procurá-la? Mas, srta. Waverly, tem certeza de que não pode voltar em tempo hábil? É tão sério assim?

— Eu ainda não sei. Contudo, acho que seria melhor se procurasse uma substituta para mim. Não seria justo com a senhora eu partir sem ter ideia de quando retornaria ao meu posto. Vou explicar o mesmo para a sra. Galbreath no jornal. Deixei suas contas organizadas pelos últimos seis meses, para que qualquer outra pessoa tenha um início limpo.

— Oh, danem-se as contas. Minha preocupação é com você, não com nossas contas. Você tem o que precisa para viajar para encontrar sua mãe? Posso ajudá-la de alguma forma?

A consideração da dama comoveu Amanda.

— Eu tenho o que preciso, obrigada.

— Bem, então está bem. Eu não tentaria convencê-la a permanecer nessas circunstâncias. Quando você deve partir?

— Daqui a três dias. Quinta-feira deve ser meu último dia aqui.

— Então amanhã à noite iremos ao teatro. Você será minha convidada. Vamos jantar aqui e depois usar meu camarote.

— É muita gentileza, mas...

— Nem uma palavra de objeção, srta. Waverly. Insisto em me despedir em grande estilo, para expressar seu grande valor para mim. — Ela voltou às suas páginas. — É claro que vou escrever uma carta de referência que explicite suas habilidades e seu caráter. Você pode levá-la quando partir na quinta-feira.

Amanda pediu licença. Duvidava que Lady Farnsworth a tivesse ouvido sair. A caneta já se movia pelo papel como se o inferno a perseguisse.

<hr />

O final de junho dava às festividades da temporada uma qualidade agridoce. Um conjunto de atividades chegava ao fim e outras muito diferentes em breve tomariam seu lugar. Algumas pessoas esperavam ansiosamente pela mudança, com muitos negócios de verão lhes aguardando.

Gabriel sentia a nostalgia e o alívio pendentes enquanto passeava pelo salão do teatro ao lado de Brentworth. As pessoas socializavam menos, o tendo feito demais nas últimas semanas. Um clima moderado permeava a grande câmara.

— Pensei tê-lo ouvido dizer que Stratton se juntaria a nós — disse a Brentworth. — A peça está pela metade e ele ainda não apareceu.

— Ele me escreveu uma nota dizendo que chegaria atrasado. A duquesa decidiu se juntar a ele.

— Tão cedo?

— É cedo, mas Clara nunca se curvou às expectativas da sociedade. Se as senhoras fofocarem sobre isso, ela não se importará mais do que com qualquer outra fofoca sobre ela.

Essa foi a maneira discreta de Brentworth dizer que a esposa de Stratton nunca tinha sido em sua vida outra coisa senão uma mente independente. Se ela quisesse ir ao teatro hoje à noite, faria isso com ou sem a aprovação de Stratton.

Quando eles se dirigiram para os camarotes, ela chegou de braço dado com o marido. A conversa no salão parou visivelmente quando ela entrou. Ela parecia adorável, revigorada e muito saudável enquanto cumprimentava algumas mulheres que a abordavam para parabenizá-la pelo filho.

— Parece que haverá pouca fofoca — concluiu Gabriel. — O fato de ela ter produzido um herdeiro conquistará grande aprovação das harpias.

— Exatamente como deveria.

— Você o inveja pelo herdeiro, Brentworth?

— Pelo herdeiro, sim. O resto, nem tanto. — Ele suspirou. — Chegou a hora, no entanto. Para nós dois.

— Fale por você.

— Você sabe que estou certo. Nós dois evitamos o matrimônio por muito tempo. Você não deve se importar em sucumbir à chamada do dever. Vai se encaixar perfeitamente com suas outras mudanças de comportamento.

— Pelo menos comigo a mulher saberá o que está recebendo. Com você, uma pobre garota sofrerá um grande choque.

Eles alcançaram Stratton e a duquesa. Como os dois a viram depois do nascimento do herdeiro, nenhum deles comentou sobre isso. Em vez disso, conversaram sobre coisas menos significativas.

— Quero visitar alguns camarotes — anunciou a duquesa. — Por favor, juntem-se a mim se quiserem.

Gabriel não tinha nada melhor para fazer, e isso lhe deu a chance de conversar com Stratton. Brentworth também acompanhou. Eles visitaram três camarotes, onde as mulheres se preocupavam com a duquesa e perguntavam pela criança. Gabriel se questionou se Stratton e Clara se cansariam de responder às mesmas perguntas. A duquesa pode ter comparecido hoje à noite para tirar um pouco da repetição de seu caminho.

— Ah, vejo que Lady Farnsworth está aqui hoje à noite — disse a duquesa em pé na frente de um camarote. — Eu preciso falar com ela.

— De fato, você deve — concordou Gabriel. — Essa é uma mulher que você não quer menosprezar por qualquer demonstração de indiferença. Ela pode espetá-la com a caneta.

— Ainda está sofrendo com esse artigo, Langford? — perguntou Stratton. A duquesa olhou para ele com olhos brilhantes, curiosa também.

— De modo nenhum. Se algum jornal obscuro quer desperdiçar seu papel e tinta em tais divagações de uma mulher excêntrica e arrogante, isso não é da minha conta.

— Não é mais tão obscuro — provocou a duquesa. — Amigos me disseram que ele prospera e muitos na sociedade se tornaram assinantes.

— Não consigo imaginar o porquê.

— Não mesmo? — Ela liderou o caminho para fora do camarote, abrindo espaço para os outros entrarem.

Eles caminharam pelo salão até chegarem ao camarote de Lady Farnsworth. Ela não estava sozinha. Lady Grace estava visitando e outra mulher sentava-se em uma cadeira ao lado da dona do camarote.

— Ah, a srta. Waverly está aqui. Que bom — murmurou a duquesa. Ela se virou para Gabriel e Brentworth. — Ela é secretária de Lady Farnsworth. Uma grande inovação.

Gabriel a seguiu para dentro.

— Como eu disse, excêntrica — ele murmurou para Brentworth.

Stratton ouviu.

— Uma mulher como secretária é incomum, mas não há razão para empregá-la ser algo excêntrico. Imagino que uma mulher possa cumprir o dever tão bem quanto um homem.

— Talvez melhor — disse Brentworth. — Eu consideraria uma, exceto que as más línguas se contorceriam.

— Fofoca sobre o duque mais ducal de todos? Estou chocado.

— Você, por outro lado, não se importa com isso, Langford — retrucou Stratton. — Poderia empregar uma.

— Imagino que a correspondência política se torne menos tediosa se uma mulher bonita se sentar naquela outra cadeira, e não... seja lá o nome dele.

— Talvez você até se lembrasse do nome dela — disse Brentworth.

— A menos que tenha desenvolvido um gosto por mulheres cujos nomes nunca sabe.

Gabriel teria dado uma forte cotovelada em Brentworth, exceto que naquele momento o grupo no camarote prendeu sua atenção. Ou melhor, um membro em especial.

A srta. Waverly, a convidada de Lady Farnsworth, levantou-se para cumprimentar a duquesa. O que significava que ela agora estava de frente para Gabriel. Assim que ele viu o rosto dela, um fio de reconhecimento tomou sua consciência.

Certamente não. E, no entanto, ele se moveu para o lado do camarote, onde poderia vê-la melhor.

Ela usava um vestido de tecido caro, mas bastante sem graça, que brilhava apenas o suficiente para fazer o estilo simples não combinar. Seu cabelo escuro, penteado com simplicidade, contrastava com a pele muito pálida. Seus olhos pareciam piscinas escuras nas quais a água brilhava. Os lábios escuros se destacavam contra a pele pálida.

A luz estava fraca, mas não da mesma maneira que na casa de Harry. Ainda assim, essa secretária parecia muito com Alice. Gabriel a olhou fixamente enquanto ela falava com a duquesa. Lady Farnsworth, vestida com seu vestido estranhamente fora de moda e envolta como um senador romano em um xale extravagante, sorria como uma mãe orgulhosa.

— Eu confio que é a secretária, e não Lady Farnsworth, quem você examina com esses olhos de lobo — disse Brentworth depois de se aproximar.

— Eu acho que a conheço.

— A secretária? Improvável, você não acha? Ela quase não participa de festas e bailes... — Ele se deu conta. — *Oh.* Você quer dizer a pastora. Ele afiou o próprio olhar para cima dela. — Droga, tão pouco dela era visível naquela noite. Pelo menos no rosto. Suponho que seria rude pedir a ela para descobrir o seu decote, para que possamos ver se essa parte é reconhecível.

— Eu posso não ter certeza sobre ela, mas ela deve ter certeza sobre mim. Acho que conversarei com Lady Farnsworth por alguns minutos.

— Homem corajoso — elogiou Brentworth enquanto Gabriel se afastava.

Ele se aproximou de Lady Farnsworth e esperou ser reconhecido. O tempo todo, ele mantinha o olhar fixo na senhorita Waverly. Ele queria ver a reação dela quando o visse. A duquesa saiu e Lady Farnsworth concentrou sua atenção nele. Ela sorriu de forma conspiratória, como se eles compartilhassem um segredo.

— Langford. Tão bonito como sempre, eu vejo. Faz muito tempo desde que conversamos.

Ele fez uma reverência, sem desviar o olhar da secretária, cuja atenção havia sido momentaneamente distraída por Lady Grace, que se inclinara para dizer algo.

— Ouvi dizer que você fez um excelente discurso na Câmara dos Lordes — disse Lady Farnsworth.

— Foi uma coisa pequena. Um capricho passageiro.

— Esse capricho o levou a uma grande eloquência, me disseram. Estou muito satisfeita por vê-lo ocupando seu devido lugar nas discussões nacionais. Confio que ouviremos mais de você.

— Imagino que, daqui a uma década, eu possa estar tão disposto novamente.

Lady Grace partiu e eram apenas os três no camarote. A srta. Waverly deu meia volta na direção dele. Seus olhares se encontraram. Gabriel viu o choque do reconhecimento. Só durou um segundo antes que ela se recuperasse, mas era inconfundível. Perto assim, ele podia ver com mais clareza o rosto que conhecera ao luar.

Ele finalmente encontrou sua mulher misteriosa.

Amanda manteve a calma exterior, mas o choque quase a imobilizou. O terror de descoberta misturou-se à alegria de vê-lo novamente. Quão bonito ele ficava em sua casaca escura e gravata branca como a neve. O duque parecia tão bonito quanto o diabo se ele se materializasse em forma humana.

Os modos dele com Lady Farnsworth tinham formalidade misturada com um toque de familiaridade. Ele se manteve um pouco distante, com seu comportamento apenas suavizado por um sorriso vago e travesso.

Ele a reconheceu. Amanda tinha certeza disso. Seus olhos azuis se estreitaram sobre ela, mesmo enquanto ele brincava com Lady Farnsworth.

— Oh, meu Deus — disse Lady Farnsworth. — As apresentações são necessárias. — Ela apresentou Amanda ao duque. — Esta é a minha secretária. Tem a melhor caligrafia que você verá e é inteligente nas contas. É minha mão direita. — A dama colocou um braço indulgente em volta dos ombros de Amanda. — Desde que ela se juntou a mim, descobri que tenho o dobro do tempo para me dedicar aos meus escritos e interesses.

— A senhora tem a sorte de ter descoberto uma mulher tão talentosa para ajudá-la — falou Langford. — Onde estaria a Inglaterra se a senhora não tivesse tempo suficiente para criticar o mundo e seus habitantes?

— Seria apreciado se o mundo prestasse mais atenção. Estou satisfeita sempre que uma pequena parcela o faz. — Lady Farnsworth favoreceu o duque com um sorriso cheio de significados.

— Vamos torcer para que sinta mais dessa gratidão em breve. — Ele se virou levemente. — Srta. Waverly, está gostando da peça?

— Muito, obrigada. É um prazer para mim.

— Então eu vou deixá-las para que apreciem a sua conclusão.

Com isso, ele se despediu e seguiu os outros para fora do camarote. Um farfalhar indicou que o público retornava aos seus lugares para se preparar para a retomada da peça.

— Srta. Waverly, devo deixá-la por um momento. Tenho algo importante para contar à duquesa sobre o jornal — anunciou Lady Farnsworth. — Eu não podia compartilhar enquanto ela estava aqui. Acho que Brentworth ainda não sabe sobre seu patrocínio ao *Parnassus*. Estou certo de que Langford não sabe. — Ela se levantou. — Voltarei em breve. Se me atrasar, espere aqui quando a peça terminar e eu virei buscá-la.

Sua partida deixou Amanda sozinha no camarote, e ela finalmente expirou. Que falta de sorte o duque ter aparecido. Lady Farnsworth nunca indicou que tinha uma amizade com ele. A conversa também não demonstrou isso, pelo contrário, o que poderia explicar sua expressão severa. Ou a dureza poderia ter sido só para ela. O que quer que ele tenha pensado dela, duvidava que desconfiasse que ela estava em serviço.

O duque concluiria que era por isso que ela tinha sido tão vaga e tão indisposta a permitir uma ligação? Ela esperava que sim. Esse motivo era muito melhor do que a realidade.

As portas do salão se fecharam, e Amanda prestou atenção ao palco. Esperava que o retorno dos atores a distraísse de pensar em como seu coração pulou ao ver Langford parado bem na frente dela com a luz do reconhecimento em seus profundos olhos azuis. Por um instante, ela estava de novo de costas no chão daquela biblioteca, olhando para ele.

A peça a distraiu. Ela se acalmou e se perdeu na história. Então, de repente, um aperto firme em seu braço a fez pular de surpresa.

Essa mão a levantou da cadeira e a levou em direção à parte de trás do camarote. Ela só recuperou seu senso quando ele a liberou, então sentiu a parede ao longo de suas costas. Na sua frente, pairava o duque de Langford.

Ele estava todo obscuro agora, como havia sido no primeiro encontro na casa de lorde Harold. Só que ele ficou muito perto, tornando-a invisível no canto para o caso de alguém olhar de outro camarote. Uma mão pressionou a parede ao lado de sua cabeça enquanto seu rosto se aproximava ainda mais.

— Então é srta. Waverly, não Alice Waverly, tenho certeza.

— A... Amanda.

— Eu estava tão perto. Tudo faz sentido agora. O xale que você perdeu é tal qual algo que sua dama pode ter usado. E o vestido de pastora. Até isso pode ter vindo dela. Será que ela sabe que você foge à noite para flertar com homens em bailes de máscaras?

— Ela não sabe nada sobre minha vida além do que vê enquanto escrevo suas cartas e artigos.

— Tenho certeza de que ela não sabe. Daí o seu medo de ser descoberta.

Ela não discordou. Ele que pensasse isso.

— Você fugiu de mim com muita frequência, srta. Waverly. Conto a última vez como um insulto. Ou outro desafio.

— Eu não procurei intrigá-lo ainda mais ao partir. Certamente você não pode acreditar em uma coisa dessas. Olhe para a minha situação. Se soubessem que eu... que nós... eu estaria arruinada e não tenho família para me acolher como o seu tipo de mulher arruinada tem. Se eu for vista como desonrosa, acabarei indigente.

— Eu nunca permitiria que isso acontecesse.

— Você não tem poder para impedir tal situação.

— Eu vou achar um jeito. Vou fazer arranjos.

— Não quero arranjos. Eu quero que me deixe em paz.

— Não rejeite o que não ouviu ainda. — Ele beijou seus lábios. Que Deus a ajudasse, ela cedeu, mulher estúpida que ela era. — Vê? Você não quer realmente que eu te deixe em paz. Está feliz que eu te encontrei. Vou tratar sua reputação com muito cuidado, Amanda. Você verá, não deve se preocupar mais. Estará livre novamente em meus braços muito em breve.

Ele a beijou de novo, com força e demora, despertando sua própria paixão com uma demanda selvagem. Então ele sumiu nas sombras, deixando-a tremendo contra a parede.

O Duque Devasso

Dez

— Langford está planejando algo — adivinhou Brentworth, inclinando a cabeça na direção do amigo em questão. — Sobrancelha franzida. Olhos brilhantes. Boca firme. Ele viu sua presa e agora calcula o método de ataque.

Stratton riu. Estavam sentados a uma sala superior do clube que eles usavam há anos. Não era o dia da reunião mensal, mas, depois do teatro, a duquesa havia ido para casa sozinha, para que o marido passasse algumas horas sem que a domesticidade o perseguisse.

— Eu devia estar em outro lugar quando a presa em questão foi descoberta — lamentou Stratton. — Quem é ela, Langford?

Gabriel o ignorou.

— Senhorita Waverly — Brentworth sussurrou muito baixo.

— *Não!* A secretária? — Stratton considerou isso. — Ela era certamente atraente de uma maneira fora de moda. Mas, com um bom cabeleireiro e roupas melhores, ela seria adorável.

— Ele a viu em trajes diferentes. Os de uma pastora. Ela é a mulher do baile de máscaras.

— É isso mesmo, Langford? Maldito seja.

— Vocês dois são muito irritantes.

— Pelo menos agora você sabe quem ela é — ponderou Brentworth. — Embora, se o relacionamento dela com Lady Farnsworth não o desanimar, eu o considerarei um idiota. Essa senhora esteve afiando uma faca para você. Seduza sua empregada preferida e ela pode usá-la de maneiras chocantes.

— Não serei intimidado pela peculiar Lady Farnsworth. Quanto a seduzir... — Ele enfrentou os resultados lamentáveis de sua longa contemplação. — Isso seria complicado de várias maneiras.

— Graças a Deus você vê isso — disse Brentworth.

— Tanto é assim que acho que preciso do seu conselho, cavalheiros.

Seus amigos o encararam. Por fim, Stratton falou.

— Talvez eu tenha ouvido errado. Você, o mestre da sedução, está pedindo nosso conselho?

— Sim. Mas não na parte da sedução.

— Claro.

— Outras coisas.

— Tais como?

— Vou precisar ser absolutamente discreto. — Ele olhou para Brentworth. — Como diabos você consegue isso?

— Primeiro de tudo, eu mantenho minha boca fechada. — Ele pausou. — Mesmo com você.

— Estou ciente disso, por mais irritante que seja.

— Eu mantenho minha boca fechada, porque você não mantém bem as confidências dessa natureza. Falar com você é o mesmo que anunciar um caso para o mundo.

— Eu não fofoco sobre suas amantes.

— Não, você não o faz. Porque eu raramente falo sobre elas.

— É um inferno que eu tenha que tolerar sua presunção, mas você é tudo o que tenho no momento. Você disse 'primeiro de tudo'. O que é o segundo de tudo?

— Exijo que a dama também não fale disso com os amigos.

— Isso funciona?

— Talvez metade das vezes, na melhor das hipóteses. Normalmente, reduz o número de amigos a quem ela confia, para que a sociedade inteira não seja informada dentro de um dia ou mais. E ela os faz jurar segredo, do mesmo jeito que eles fazem quando passam adiante. Isso significa que, enquanto circula, nunca é realmente discutido.

— Esperto. Acho. Eu, no entanto, realmente preciso que seja desconhecido, não apenas não dito.

— Como você disse, isso é complicado. Se a dama concordar com a necessidade de tal discrição, ela de fato não contará aos amigos. No entanto, vocês nunca devem ser vistos juntos. Você não entra na casa dela e nem ela na sua, mesmo em uma visita. Também não dança com ela nos bailes. Encontram-se longe de Mayfair. Isso vai exigir uma segunda residência. Uma com poucos criados e apenas os mais confiáveis. Na minha opinião, essas medidas drásticas só valem a pena para a mulher mais extraordinária.

Stratton olhou de Brentworth para Gabriel e de volta.

— Se uma mulher vale todo esse problema e é tão extraordinária, e ela não tem marido, por que não simplesmente se casar com ela?

— Você é encantador, Stratton. Ele não é encantador, Langford?

Stratton se irritou.

— Langford está falando de uma empregada — explicou Brentworth. — Ele não vai se casar com uma mulher de origem e família desconhecidas. Você não o fez, então por que ele o faria? Nós dois chegaremos ao altar, Stratton, mas faremos o que você fez, conforme nosso dever exige, e nos casaremos corretamente por nossas posições e títulos.

— Você não é obrigado a fazê-lo.

— Não somos? Que noção surpreendente. Você está se tornando um radical, Stratton?

Gabriel voltou a conversa para o assunto em questão.

— Outra residência deve ser fácil. — Algo parecido com o que ele fez temporariamente na casa de Harry. Só que o irmão havia retornado. — Envolvimento limitado de criados provavelmente posso arranjar. Não gostarei se tiver que fingir que ela não é nada para mim quando em público. Isso parece rude.

— A alternativa é que toda mulher que ver os dois vai adivinhar a verdade. Não tenha ilusão de que elas não podem notar. É um sentimento extra com o qual nascem — disse Brentworth.

Era o caminho mais seguro, mas ele ainda não gostava. Não queria que Alice — *Amanda* — pensasse que a considerava um embaraço. Se pudesse fazer as coisas do seu jeito, Gabriel a envolveria em seda e a abraçaria no parque, nas festas, e o mundo que se danasse.

De qualquer forma, ela não podia arriscar isso. Não era uma viúva da sociedade ou a esposa entediada de algum cavalheiro. Ela era uma mulher solteira a serviço de Lady Farnsworth. Qualquer indício de impropriedade e ela seria despedida, sem ter para onde ir e sem referência. Intocável por qualquer família decente. Indigente, como ela havia dito no teatro.

— Você sempre pode poupar a mulher de qualquer risco e simplesmente optar por não a perseguir — opinou Stratton. — Retroceder é o caminho da honra, às vezes.

— Isso é verdade. Eu poderia fazer isso. Obrigado por me lembrar.

— Mas você não vai fazer, vai?

Claro que ele não o faria. Impossível agora. Ela estava passando tempo demais em sua cabeça. Gabriel a teria, mas também cuidaria de seu contentamento, reputação e segurança. Era um cavalheiro, afinal.

A carruagem deixou Lady Farnsworth em casa e continuou com Amanda dentro. Por fim, ficou feliz por estar sozinha e livre da alegria forçada das últimas duas horas. Ela precisava pensar. A descoberta de Langford de sua identidade a preocupava. O que isso significava? Ele poderia descobrir o que ela estava fazendo? Poderia interferir no plano dela? As perguntas se amontoaram, criando um pequeno pânico.

Ela forçou certa compostura e tentou examinar essa virada de eventos com a cabeça limpa. Ele sabia muito pouco agora, mas, se continuasse com suas intenções, poderia descobrir mais. Quem sabia o que um duque poderia descobrir se ele começasse a perguntar sobre alguém?

Ela precisava parar de ser tola. O duque ainda estava interessado nela, mas agora que ela não apresentava mais um mistério, isso passaria. Rapidamente. Uma misteriosa pastora poderia chamar sua atenção, mas Amanda Waverly nunca a manteria.

Além disso, ela desapareceria em dois dias. Na quinta-feira, se despediria de Lady Farnsworth. No dia seguinte, se afastaria de sua casa e encontraria uma moradia diferente. Mesmo se ele persistisse em buscar uma ligação com ela, não saberia onde encontrá-la. Isso a tranquilizou. E também a entristeceu. Amanda não queria admitir essa emoção, mas esta se alojou em seu coração, impossível de ignorar. Ela olhou a noite pela janela e admitiu que desejava ser livre para, pelo menos, considerar os arranjos dele, por mais desonrosos que fossem.

O sangue dela se agitou ao vê-lo esta noite. Mesmo o medo de alguém descobrir seus crimes não podia competir com a alegria que a invadira. E aquele beijo... ela fechou os olhos e experimentou a sensação novamente. Uma tentadora excitação agitou-se poderosamente em seu íntimo.

Algo que ela queria muito estava lá para ser pego e não podia ter. Sentir-se tão viva em seus braços, tão excitada e tão livre... para ser envolvida em uma intimidade que ia além dos nomes e das histórias, mas, em vez disso, era tecida de uma familiaridade mais essencial....

Era o tipo de paixão que poderia durar a vida inteira de uma mulher. Ela quase chorou de frustração por não poder experimentar isso nem por mais uma noite. Ou será que poderia? Uma noite era exatamente isso e nada mais. Depois, ela desapareceria.

O sonho o acordou de repente. Suas imagens o pressionaram, dispersas e vívidas, e imediatamente começaram a desaparecer. Ele estivera na prisão de Newgate com alguém. Brentworth? Não, Stratton. Por que Stratton estaria lá? Ele nunca arriscaria levar as doenças de Newgate para o seu bebê. No entanto, era ele, junto com um guarda, que olhava para uma cela onde três garotos definhavam.

Ele reconheceu os meninos. Ele os vira três meses atrás, quando Sir James Mackintosh, outro membro do Parlamento, se ofereceu para levar quaisquer lordes interessados na prisão. Sir James ficou surpreso que o único colega que o encontrou do lado de fora foi o duque de Langford.

Gabriel não sabia por que tinha ido. Curiosidade, talvez. Uma vaga consciência de que muitas pessoas sofriam punições severas demais pelos crimes cometidos. Então, ele seguiu Sir James pela prisão e viu aqueles garotos que, como foi explicado, eram batedores de carteira. Um levou cinco moedas de um centavo.

Sir James não estava no sonho, no entanto, Stratton estava. E, de repente, enquanto eles estavam lá, a cela não segurava mais meninos, mas mulheres. Havia idosas, jovens... todas pobres, algumas doentes. Uma por uma, elas chegaram à porta da cela e olharam para ele.

Uma velha o chamou para olhar mais de perto. Ele ainda conseguia sentir seu cheiro em sua mente; ela fedia tanto. Ele havia feito o que ela indicara e ali, contra a parede dos fundos, pálida sob os poucos raios de luz, nua da cabeça aos pés, estava a senhorita Waverly.

Ele forçou a mente para ver aquela imagem dela novamente, mas, como a maioria dos sonhos, ela já se partira, algumas peças desaparecendo e outras não, e tudo o que viu foi aquela velhota chamando-o com o dedo. Gabriel abandonou a memória fantasma. Supôs que este era outro castigo por cumprir seu dever. Agora sonhava com prisões em vez de prazer, e as únicas mulheres nuas estavam atrás das grades, fora de alcance.

Virou-se de costas e começou a adormecer novamente. Seu último pensamento claro foi que no dia seguinte ele encontraria uma casa ao norte da Praça Hanover.

Mas algo interferiu em sua deriva total ao sono. Não era um sonho desta vez. Um barulho. Uma respiração. Uma presença.

Uma pressão no colchão o deixou alerta. Um rosto pairou sobre o seu. O rosto de uma mulher. Ela o beijou. Sabia quem era. Encantado, ele a deixou fazer o que quisesse. Então a puxou sobre ele para poder abraçá-la. Ela estava nua, chegou e se despiu sem fazer barulho. Antes que o desejo o reivindicasse completamente, ele se perguntou vagamente como ela havia feito aquilo.

— Outro encontro noturno — disse entre beijos enquanto suas mãos acariciavam seu corpo. — Algum dia, eu quero vê-la sob a luz do dia.

— Talvez um dia você veja — murmurou ela.

— Considerando que não veste roupas e invadiu minha cama, presumo que estou aliviado de qualquer promessa inconveniente hoje à noite.

— Eu revogo a mais inconveniente, mas confio que ainda será um cavalheiro.

— Não apenas um cavalheiro, mas um dos mais discretos. Essa é uma nova promessa em que pode confiar tanto quanto a última, Amanda. — Ele a virou de costas. — Se vamos fazer isso, devemos fazê-lo corretamente. — Ele se sentou e tirou o pijama, descartou-o para o chão e deitou-se com ela para poder sentir o calor dela em sua pele.

— Minha experiência é limitada — revelou ela, como se ele não soubesse. — Talvez eu não saiba o que significa esse corretamente.

— A minha não é, então estamos seguros. Agora me beije de novo. Acho seus beijos mais doces do que qualquer um que já conheci.

Ela colocou os braços em volta do pescoço dele e o beijou com cuidado, depois mais apaixonadamente. Gabriel assumiu e liberou o desejo reprimido que o torturava desde aquele baile. Este anseio invadiu sua mente e essência, provocando uma fome mais forte do que qualquer coisa que ele sentira em anos.

Amanda renunciou ao controle para ele. Controle dos beijos, da paixão, de si mesma. Ela não tinha escolha real. Suas carícias exigiam isso. Ele a guiou por um prazer crescente, um lugar de febre selvagem. Ela o seguiu para lá, obedecendo aos seus comandos tranquilos para os quais ela se liberou completamente.

Tamanho prazer. Delicioso, depois imperativo e frenético, então excruciante e torturante. Ele usou as mãos e a boca para fazer mais. Melhor. Maravilhoso. Ela se perdeu tão rápido que pensou que terminaria rapidamente. Não foi o que aconteceu. Gabriel a elevou ainda mais à loucura, o que apagou todos os seus sentidos, exceto os físicos que gritavam por alívio, enquanto ela rezava para que isso nunca acabasse.

Mais? A questão flutuava em sua cabeça de novo e de novo. A voz dele ou seus pensamentos, ela não sabia qual era. *Sim, oh, sim. Mais.* E houve mais, como se suas mentes falassem, mais provocações tentadoras em seus seios, carícias mais firmes em seu corpo, toques mais devastadores que a deixavam quase chorando.

Ele mostrou a ela como fazê-lo corretamente também. Da névoa de sua loucura, as lições vieram. *Toque-me. Sim, assim.*

Com as restrições derrubadas desde o início, ela assistiu ao que fazia com ele, e ao que ele fazia com ela. Amanda observou seu corpo quando a mão dele passou entre suas coxas e a acariciou de maneiras que a fizeram gritar. *Mais?*

Oh, sim. Como da última vez, por favor. Eu vou morrer se não me der mais.

Agora não. Ainda não. Confie em mim.

Ela agarrou seus ombros porque realmente pensou que iria morrer. Seu corpo não podia conter o que estava acontecendo e queria acabar com a tortura agora. Ela precisava de um tipo diferente de mais.

Gabriel sabia. Ele se encaixou entre seus braços e cobriu seu corpo. Dobrou as pernas dela e elevou-se sobre os braços tensos e esticados, de modo que pairou sobre ela. Amanda olhou para a brecha entre seus corpos e viu quando ele começou a penetrá-la. Sua respiração ficou presa com a sensação. Sim, isso. Agora. Sua consciência estava centrada no novo prazer, tão perfeito e necessário. A plenitude a aliviou como nada mais poderia. Ele foi devagar e ela saboreou cada momento.

A loucura acenou novamente, mas ela resistiu. Queria se lembrar disso, não perdê-lo em um borrão de paixão. Amanda se agarrava à realidade que podia sustentar, o que significava que se apegava a ele. Ela olhou para o homem acima dela e, mesmo no escuro, pôde ver sua expressão tensa, boca e mandíbula duras. Ela pensou ter visto nos olhos dele a mesma admiração que sentia.

Perfeito. Lindo. Ele se moveu, surpreendendo-a ainda mais. Primeiro lentamente, criando arrepios e sensações deliciosas. Então, mais rápido, exatamente quando ela queria mais, como se ele pudesse adivinhar. Então, com ainda mais força, para que ela se perdesse mais uma vez e ele comandasse a resposta de seu corpo, ao mesmo tempo que respondia à sua necessidade. A escalada desesperada começou de novo, em uma névoa sensual de beijos ardentes e demanda crescente, até que, fiel à sua palavra, ele a levou à felicidade que prometera.

⁕

— Estou muito feliz que um de nós sabia como fazer corretamente.

A voz dela o chamou de volta ao mundo. Gabriel se recompôs, ressentindo-se um pouco, pois significava perder o contentamento absoluto de estar isolado da realidade, sozinho com ela nos braços.

Corretamente mal se encaixava no que havia acontecido. Ele não conseguia decidir se estava feliz por ela não ter a experiência necessária para saber disso ou se desejava que ela fosse mais mundana para que compreendesse adequadamente o poder desse tipo extremo de *corretamente*. O primeiro dela, ele concluiu. Gabriel não gostava de pensar nela acumulando experiência para saber a diferença.

Ele nunca se importou com isso antes. Jamais. Raramente conhecia ciúmes, muito menos a história de uma mulher. Saiu de cima dela e a puxou para um abraço.

— O patife mentiroso não gastou o tempo com você?

Ela balançou a cabeça.

— Acho que ele não tinha muita prática. Exceto com a esposa.

— Ele era casado?

— Acabou que sim, ele era.

— Você tem que tomar cuidado com os charmosos.

— Ele não era o que você está imaginando. Ele lidava com

construções. Charmoso, sim, mas também trabalhador e sensível. Não era um sedutor arrojado.

Não como você.

— Ele só deixou de me dizer que tinha uma família. Coloquei mais esperanças nele do que deveria. Ele nunca me prometeu casamento diretamente. Apenas deu a entender.

— Espero que não esteja se culpando pela mentira dele. Confie em mim, ele sabia exatamente o que estava fazendo.

— Só me culpo por ser estúpida. Não o desculpo. — A cabeça dela repousou no peito dele, se virou e se ajeitou para encará-lo. — Eu gosto que você tenha sido honesto comigo. — Esticou-se para beijá-lo. — E justo. Fico feliz por ter decidido vir aqui hoje à noite.

Ele não ligou para o que ela disse. Soou como se ela assumisse que ambos não queriam nada mais do que um encontro mutuamente satisfatório, devidamente executado. Verdade seja dita, ele se sentiu um pouco usado.

Gabriel quase riu de sua reação. *Inferno, às vezes, você é mesmo um imbecil, Langford.*

— Diga-me como você acabou trabalhando para Lady Farnsworth — pediu, buscando uma mudança de tópico.

Ela contou sobre o serviço prestado a duas mulheres no campo, depois a outra na cidade, e como havia decidido se candidatar a uma posição de secretária quando Lady Farnsworth procurou por alguém.

— A mulher que é dona da agência de emprego não quis encaminhar meu nome, já que eu sou mulher, então abordei Lady Farnsworth pessoalmente.

— Como você fez isso?

— Eu a visitei. Não achava que tinha muitas chances de obter sucesso, mas não tinha nada a perder. Eu disse ao mordomo que viera pela vaga. Minha ousadia a intrigou o suficiente para que me recebesse.

— Tem sorte que ela seja excêntrica. É bom que pelo menos alguém tenha se beneficiado de seu temperamento.

— Você parece não gostar dela. No teatro, também pareceu, embora ela parecesse lhe favorecer bastante.

— Eu sou um experimento para ela, nada mais. Ela procura provar que pode influenciar alguém como eu. — Ele contou sobre o artigo de jornal. — Como se eu fosse mudar devido à repreensão pública dessa mulher. Está fora de qualquer limite. Agora ela vigia para ver se faço alguma coisa pela qual possa reivindicar crédito. É muito irritante.

— Ela provavelmente escreveu sobre outra pessoa. Ou ninguém em especial. Pode apenas ter discriminado as coisas que viu em toda a sociedade e que exigiram comentários.

— Sim, provavelmente. Não devo criar caso em cima disso. — Só que ele não pensava nem por um minuto que o artigo tratava de um conjunto coletivo de comportamentos extraídos de toda a nobreza.

— Ela é muito gentil comigo. Muito generosa.

— Então eu pensarei melhor dela só por isso. Ela se oporia a uma ligação comigo, no entanto. Com qualquer homem. Ela não é liberal em suas opiniões sobre isso, tenho certeza. Poucas mulheres são quando se trata de outras mulheres. Você sabe disso, eu acho. Daí a sua preocupação e medo de ser descoberta comigo. Ainda assim, não ceda à tentação de não confiar em ninguém. Devemos ser vigilantes sobre nossa discrição, pelo seu bem.

— Eu nunca confio minha vida a outras pessoas. — Ela se aninhou de volta em seu abraço.

Eles ficaram lá até ele se sentir sonolento.

— Devo me atrever a dormir, Amanda? Posso confiar que estará aqui quando eu acordar? Tenho coisas para lhe contar sobre os arranjos que estou fazendo.

Não houve resposta. Ela já havia adormecido.

O Duque Devasso

Onze

Amanda acordou abruptamente ao amanhecer, sentindo-se completamente renovada. Ela não conseguia se lembrar da última vez que dormira tão profundamente. Deu o crédito à deliciosa cama grande, com colchões e lençóis luxuosos. É claro que a adorável sensualidade da noite passada também poderia ter algo a ver com isso.

Passaram cerca de quinze minutos antes que os próximos eventos do dia a pressionassem, levando-a à ação. Ela tinha que terminar seus deveres com Lady Farnsworth hoje, para poder sair no dia seguinte com a consciência limpa. Também não podia ser vista pelos servos de Langford. Eles já deviam estar acordados. Ela teria que partir cuidadosamente.

Com um longo olhar para seu amante, ela deslizou para a beira da cama. Estava com um pé no chão quando uma mão agarrou seu outro tornozelo. Ela ficou chocada ao ver Langford sentado, segurando-a.

— Aonde você vai?

— Eu tenho uma empregadora, lembra-se? Não consigo dormir até o meio-dia como o seu tipo dorme.

— Não são nem sete horas. Quando ela espera por você?

— Às oito.

Ele a puxou até que ela caiu de volta na cama.

— A casa dela fica a algumas ruas daqui, então não precisa sair por quase uma hora. — Ele a pressionou contra o colchão e empurrou os lençóis. — Eu disse que queria vê-la na clara luz do dia.

Sua mente listou os defeitos que a noite escondia e ele iria ver agora. Além disso, Amanda logo descobriu que estar nua com um homem no escuro era bem diferente de estar naquele estado com o sol brilhando. Não apenas ela se sentia estranha e vulnerável, mas ele também estava nu. Instintivamente, desviou o olhar e pressionou um braço sobre os seios.

Gabriel afastou o braço dela gentilmente.

— Não fique envergonhada. Você é linda. Entregou-se a mim ontem à noite, então é minha agora, quero vê-la.

— Eu deveria ir agora, antes que todos estejam acordados. Preciso voltar para casa e me lavar...

Ele se ajeitou em cima dela, seus quadris aninhados entre suas coxas.

— Cuidarei para que não seja vista e pode se lavar aqui. — Ele desceu a mão e acariciou-a. A respiração dela ficou presa quando a excitação da noite passada reviveu como se nunca tivesse terminado. Gabriel pressionou a entrada de seu sexo e eles apenas ficaram assim, com seu volume tentando-a. Ele olhou para baixo enquanto passava os dedos em mechas do cabelo dela que escaparam dos grampos.

— Vou procurar uma casa para alugar, onde possamos nos encontrar. — Ele se retirou e a penetrou novamente. Sua expressão ficou tensa. Ela não sabia o que ele pensava do que via à luz do dia, mas ela via um homem tão bonito que seu coração doía, com um rosto rígido e sensível devido à paixão.

— Ficaria feliz em mantê-la e ao inferno com a discrição, se você permitir. No entanto, guardarei muito sua reputação, se assim o desejar. Isso significa que não podemos ser vistos juntos, exceto como estranhos. Essa é a sua preferência?

— Sim, isso seria melhor. — Ela não sabia o que dizer. A verdade nunca serviria e mentiras arruinariam as memórias.

Gabriel assentiu e se moveu novamente, e ela estremeceu de prazer. Outra arremetida sensual, então ele a beijou com força.

— Eu poderia fazer isso a manhã toda, mas você deve ir.

Não demorou a manhã toda, mas foi longo o suficiente. Diferente desta vez. Lento e emotivo, com eles olhando um para o outro à luz do dia. Gabriel foi o primeiro a sair da cama, caminhou até uma porta, abriu-a e falou em voz baixa. Quando voltou, foi em sua direção. Ela o observou se mover, admirando seu corpo, que exibia a beleza dura de um homem jovem e ativo.

— Você pode usar a sala de vestir. Tem água e tudo o que precisa. — Ele pegou seu banyan, o robe noturno que usava em seus aposentos. — Haverá comida aqui quando você terminar.

A sala de vestir era maior do que algumas casas, com divãs e cadeiras, além dos itens de sempre. Ela encontrou o equipamento necessário e se lavou com um sabão que cheirava como o duque. Amanda secou-se com uma toalha tão macia que se perguntou como tinha sido feita. Depois levou um momento para inspecionar as escovas dele, que eram melhores do que ela jamais imaginara uma escova.

Porém, não se atreveu a usar uma, então ajeitou o cabelo usando apenas os dedos e os grampos. Ela havia levado suas roupas, então as vestiu. Um olhar no espelho acabou com sua alegria. De repente, ela era Amanda Waverly novamente, não a deusa que esse duque a fizera ser. Ele ofereceu a ela uma escolha. Um caso discreto, ou ser sua amante. Encerrar a ligação entre eles não estava dentre as opções. Era assim que tinha que ser, no entanto. Ela achava que não tinha coragem de contar isso hoje de manhã.

O café da manhã realmente a esperava quando ela voltou para o quarto. Eles sentaram juntos para comer. Quando ele viu como ela saboreava o chá, serviu mais até que ela bebeu a maior parte do bule. Ele parecia jovial e rude com uma sombra de barba no rosto e seus cachos grossos desgrenhados e selvagens. O banyan de brocado verde-jade provavelmente custou mais do que ela ganhava em meio ano. Amanda se banqueteou com a imagem dele, do peito parcialmente visível acima do colarinho desabotoado da peça e as pernas bem formadas que apareciam quando ele se sentava e as estendia.

— Como vou sair? — ela questionou quando terminou a refeição.

— Como você entrou?

Uma pergunta infeliz.

— Pela porta do jardim. Deixaram destrancada.

O olhar dele se fixou nela com ceticismo.

— Duvido disso. A governanta é muito rigorosa, ela mesma checa essa porta.

Ela enrubesceu.

— Se não rir, vou dizer a verdade. Eu entrei por uma janela. Sua governanta não é tão cuidadosa com elas.

— Estou imaginando isso. — Ele riu. — Você não pode sair dessa maneira. Vou descer e pedir que todos desapareçam, sob pena de morte. Então você sairá por qualquer porta que escolher. — Ele pegou a mão dela. — Se eu deixar a porta do jardim destrancada hoje à noite, você vai voltar?

— Não esta noite.

— Na próxima, então.

Ela não se atreveria a voltar para este quarto e esta cama. Não poderia arriscar cair no sono novamente. Os motivos pelos quais não deveria e o futuro que a esperava gritavam que esse idílio deveria terminar. Ela deveria deixá-lo, sair e nunca mais encontrá-lo. Só precisava lhe dar a mesma desculpa que usara com Lady Farnsworth ou a que dera a Katherine.

Amanda só não conseguiu encontrar forças para fazer isso ainda. Mais uma vez, talvez. Um último pedaço do céu antes de Amanda Waverly desaparecer.

— Não devo arriscar entrar nesta casa novamente. No entanto, amanhã à noite, vou tentar encontrá-lo no jardim, se isso servir.

Ele beijou a mão dela.

— Vamos fazer do jeito que você quiser, Amanda.

Gabriel cumpriu sua palavra e ajudou Amanda a partir sem que ninguém a visse. Não era a primeira vez que ele exigia que os criados desaparecessem para que uma mulher pudesse evitar fofocas. Depois que ela se foi, ele se lavou e se vestiu. Enquanto vestia as roupas que Miles havia escolhido, ele enviou o valete para chamar um criado chamado Vincent. O jovem de cabelos louros apareceu na porta da sala de vestir.

Gabriel lhe disse para entrar enquanto terminava.

— A vigília na casa do meu irmão continua?

— Estamos revezando, Sua Graça. Um homem está lá todas as noites.

— Ele está ciente de você? — Harry pediu para a vigilância começar depois que ele voltou ao campo. Gabriel não conseguia imaginar o irmão enfrentando um intruso, então enviou os lacaios, mas disse para ficarem na rua e permanecerem escondidos do irmão.

— Acho que ele não sabe, senhor.

— Ótimo. Agora, tenho outra pequena tarefa de natureza semelhante. Acha que você e os outros podem lidar com as duas?

Vincent sorriu.

— Acho que os rapazes estão gostando de estar pelas ruas nas noites de verão. Eles competem pela tarefa, pois é muito diferente e dormem de manhã.

— Esta não levará a noite toda, nem mesmo parte dela. Há uma mulher que trabalha para Lady Farnsworth. Cabelos escuros, talvez vinte e três anos ou mais. Tenho motivos para acreditar que ela volta para casa sozinha. Sabemos que não é sensato uma mulher estar sozinha nas ruas.

— Não é sensato mesmo, senhor.

— Quero que a siga quando ela sair da casa da senhora para garantir que ninguém a importune. Na parte da manhã, você deve chegar à casa dela antes das sete horas e segui-la novamente enquanto ela volta para Mayfair. Não deve permitir que ela o veja. Não posso deixar isso claro o suficiente. Ela não deve saber.

Vincent assumiu uma expressão séria.

— E se alguém a importunar?

— Espero que o desencoraje de tentar novamente.

— Será um prazer, senhor.

— Não se empolgue.

— Claro que não, senhor. Um desencorajamento leve deve funcionar bem o suficiente. Vou garantir que os rapazes entendam isso.

— Cuide disso, então. Todos os dias até que eu diga o contrário.

Vincent foi embora. Gabriel prendeu o relógio de bolso e foi ao escritório para obter um portfólio. Amanda se oporia se soubesse que ele havia colocado lacaios para observá-la. Ela provavelmente diria que se cuidava há tempo suficiente para não precisar deles. Talvez estivesse certa, mas ele sentiu a necessidade de protegê-la agora. Ele tinha uma responsabilidade em relação a ela, gostasse ela ou não.

Gabriel andou pela modesta sala de estar. Ele supôs que não era tão pequena quanto lhe parecera a princípio. Sua experiência não lhe dava um bom ponto de comparação.

— Precisará de móveis novos, mas ela cuidará disso.

Ele se virou para onde Stratton falava enquanto espiava a paisagem pelas janelas.

— Ela não vai morar aqui, Stratton. Por que iria querer móveis novos?

— Não é o plano que ela more aqui, mas eventualmente o fará. — Stratton afastou uma cortina e espiou pela janela.

Gabriel começou a se arrepender de ter levado Stratton. Ele o viu cavalgando e o convidou por impulso. A duquesa esperava visitas de outras damas, e a babá havia trancado a porta contra visitas, de modo que Stratton não tinha nada para fazer à tarde.

— Simplesmente vai acontecer — acrescentou Stratton. — Ela achará inconveniente deixar sua casa para seus encontros. Você achará inconveniente planejar todas as reuniões. *Por que simplesmente não se muda para cá*, você irá sugerir um dia. Ou, se estiver completamente apaixonado, será: *Por que não lhe compro esta casa e você mora aqui?*

— Seria mais conveniente, mas ela nunca concordará em ser mantida.

— Ainda não. Ela vai mudar de ideia, no entanto. — Stratton olhou em volta criticamente, as mãos nos quadris. — Com essa eventualidade em mente, você deveria começar com uma casa melhor. Uma que combine com você a longo prazo. Este é boa, mas a achará mal distribuída se a tiver como segunda casa.

Uma segunda casa não era o plano. Ele simplesmente procurava uma em um bairro tranquilo para ter encontros com Amanda. Mas Stratton pode ter mostrado por que essa sala de visitas parecia insatisfatória. E Gabriel se imaginou passando mais do que a noite ocasional nela. Será que chegaria a isso? Uma casa no nome dela, uma carruagem, uma conta para ela usar como quisesse? Stratton supunha que Amanda iria querer isso. Gabriel tentou imaginar se ele também gostaria.

— A última casa era muito superior — opinou Stratton. — Mais discreta também, estando a uma rua de distância da praça.

— Sua experiência nisso claramente excede a minha. Experiência pessoal? Na França, talvez?

— Eu só assisti ao progresso de tais coisas frequentemente. Sim, na França. É mais comum lá do que aqui. Um homem pode ter uma amante por décadas. Ninguém nem comenta sobre as segundas casas e as famílias que vivem nelas. É claro que temos nosso rei como um exemplo aqui, mas ele ostentou sua decisão. Não é tão comum aqui como na França.

Gabriel não esperava que as coisas se desenvolvessem da maneira que Stratton previa, mas decidiu que essa casa não lhe conviria nem por algumas horas.

— Vou seguir seu conselho e alugar a outra.

— Então terminamos.

Eles cavalgaram juntos na volta.

— Você acha que entre os nossos conhecidos existe quem tenha essas segundas residências, Stratton? Apenas tão discretamente que a maioria não tem conhecimento?

— Acredito que sim. Sempre me perguntei sobre Brentworth, por exemplo.

— *Não*. Eu não acredito nisso. Nós teríamos descoberto.

Stratton deu de ombros.

— Houve aquele período, antes de eu partir para a França, que ele não tinha nenhuma companhia feminina que eu soubesse. Ele adotou seu severo código de discrição por um motivo, não acha? Seu pai ainda estava vivo na época, e se a mulher era inadequada...

Gabriel ficou surpreso ao considerar que um de seus melhores amigos poderia ter vivido uma parte inteira de sua vida em segredo.

— Acho isso difícil de acreditar. Tenho certeza de que você imaginou errado.

Stratton apenas sorriu e deu de ombros novamente.

Doze

$\mathcal{A}$ partida da casa de Lady Farnsworth provou ser emocionante. Amanda passou o dia em sua mesa, completando algumas tarefas para que nada ficasse inacabado. Elas tomaram um chá à tarde e Lady Farnsworth nem reconheceu que era a última vez, exceto para tranquilizar Amanda dizendo que explicaria tudo à sra. Galbreath. Somente quando Amanda se despediu foi que elas enfrentaram a importância do dia.

— Por favor, sente-se um momento, srta. Waverly. Amanda.

Ela se sentou no banco longo e Lady Farnsworth a observou. Então lhe entregou um papel dobrado.

— Essa é a referência que prometi a você. Pode dar meu endereço a qualquer potencial empregador e eles podem entrar em contato comigo, caso esta carta seja questionada.

— Obrigada. A senhora é muito gentil.

— Duvido que a substitua imediatamente. Pelo menos uma quinzena passará. Se descobrir que sua mãe não precisa de você por tanto tempo como teme, escreva e me avise e eu vou segurar a posição por mais tempo. Por favor, escreva de qualquer forma e me diga que chegou em segurança e me dê um endereço para onde eu possa lhe enviar cartas.

Amanda não conseguia proferir outra mentira, mas é claro que nunca escreveria para Lady Farnsworth.

— Obrigada por ter fé em mim — disse ela. — Aprendi muito e vi coisas fascinantes e pessoas importantes. A senhora é uma raridade entre as mulheres e eu sempre vou valorizar tê-la conhecido.

— Assim como você, Amanda, querida. Sentirei muito sua falta. — Lady Farnsworth abriu os braços. Amanda se aproximou e aceitou seu abraço e beijo.

Ela segurou as lágrimas até sair, mas, enquanto se afastava da casa, seus olhos estavam marejados. Engoliu a onda de emoção e tentou acalmar seus nervos. Ela tinha mais duas pessoas para se despedir de forma dolorosa: Katherine e o duque de Langford.

⚜

Gabriel supôs que ela entraria pelos fundos do jardim, então abriu o portão para que ela não precisasse tentar de outra maneira. Pelo que sabia, ela escalaria a parede.

Ele não tinha ideia de quando ela viria, então se sentou confortavelmente em um banco de pedra dentro de um caramanchão escondido profundamente entre as plantas. A pequena estrutura parecia uma casa de chá asiática, construída apenas de pedra pintada em vez de madeira. O telhado, com suas linhas inclinadas, também era esculpido em pedra e exigia mais apoios do que qualquer casa de chá de verdade.

Ele decidiu que não era a melhor ideia do paisagista.

Gabriel se perguntou se ela gostaria da casa que ele estava alugando. Estaria Stratton correto e um dia eles concordariam que ele deveria comprar aquela casa ou outra para ela? Ele nunca tinha feito isso antes, mas nunca teve amantes fixas com muita frequência. Amantes casuais, sim, mas não os arranjos mais formais que alguns homens preferiam. Mesmo entre suas amantes, a ligação mais longa fora de menos de um ano. À medida que amadurecia, os casos ficavam cada vez mais curtos.

O problema era que inevitavelmente a nova excitação envelhecia. Os mistérios eram todos resolvidos. Ficava então a questão se essa mulher era alguém de quem você gostava, de modo que inspirasse alguém a passar mais tempo com a pessoa. Os prazeres poderiam permanecer fortes, mas a passagem do tempo introduzia outras considerações.

Seria diferente com Amanda? Ele não fazia ideia. Uma coisa seria diferente. No passado, suas mulheres tinham sido bem-nascidas. Elas tinham maridos, irmãos ou pais para cuidar delas. Algumas tinham suas próprias fortunas. Com Amanda, ele assumia obrigações. Se terminassem, ele não poderia ir embora sem garantir que ela tivesse um futuro seguro. Encontraria uma maneira de fazer isso.

Qualquer mulher que tivesse deixado aquele medalhão no tapete iria resistir a esforços desse tipo. Ele suspeitava que ela nunca lhe pediria para comprar uma casa para ela, ou qualquer outra coisa que uma mulher mantida recebia. Quando ele falou de arranjos, ela não apresentou uma lista de expectativas. Isso o impressionou de boas maneiras, mas sua independência poderia ser inconveniente.

As sombras sob as árvores se moveram. Ele sentiu a presença dela no jardim.

— Por aqui — ele disse calmamente.

Mais movimentos nas sombras e ela emergiu delas e ficou do lado de fora do caramanchão. Amanda inclinou a cabeça e olhou para a estrutura. Isso trouxe a ele a lembrança de outra mulher fazendo isso na frente de uma casa.

— É difícil ver, mas parece ser horrível — disse ela, olhando a construção.

— É muito melhor por dentro.

Ela ouviu o convite e entrou. Ele não poderia dizer a cor do vestido que ela usava, mas sua forma não a favorecia. Imaginou que tinha sido refeito de alguma maneira, não criado para ela por um especialista. Ele gostaria de comprar um guarda-roupa para ela. Talvez em algumas semanas ela permitisse isso.

Gabriel a puxou para seu colo e a beijou. Ele saboreou seu perfume e sabor. Esteve esperando por esse beijo com mais antecipação do que imaginara. A sensação dela em seus braços lhe trouxe um profundo contentamento.

— Eu não posso ficar por muito tempo — anunciou ela enquanto acariciava seu pescoço.

— Então entre comigo agora.

— Eu não acho que deva. Não pode ser como da última vez. Não posso arriscar adormecer. Há coisas que devo fazer amanhã cedo.

Eu arrisco demais. Era isso que ela queria dizer, como se ele precisasse do lembrete. O que ele provavelmente precisava, já que, em sua mente, ele já havia passado pelos passos iniciais para reivindicá-la.

— Então ficaremos aqui, se quiser. A noite está quente o suficiente.

— Aqui é adorável. Eu posso sentir o cheiro da cama de flores além dessas árvores. A brisa carrega o perfume para nós.

O único aroma doce que ele notou foi o dela, familiar a ele agora e uma parte de sua presença que ele lembrava enquanto ela estava longe.

— Como você chegou aqui?

— Caminhando.

Ele deveria ter feito acordos sobre isso primeiro. Fora lamentável da parte dele não fazê-lo. Nem Vincent ou outro lacaio a seguiriam tão tarde. Suas ordens eram garantir que ela voltasse ilesa da casa de Lady

Farnsworth. Ele a imaginou sendo parada por um policial que presumiria que ela era uma prostituta.

— Eu vou te levar para casa. Você não deve mais andar pela cidade à noite.

Vou te comprar uma carruagem e uma parelha e contratarei um cocheiro e um criado para servi-la. Stratton estava correto. O aspecto prático daquela situação exigiria arranjos maiores, não importando o quão casualmente havia começado.

— Eu preferiria que não o fizesse.

— Então eu contratarei um coche. Não faça objeções. É isso ou chamo uma de minhas carruagens.

Ela deu leves risadas e ele a sentiu sorrir enquanto o beijava.

— Uma de minhas carruagens. Eu esqueço quem você é às vezes. O que você é. Como isso é surpreendente, nós dois aqui. — Ela acariciou seu rosto e olhou para ele através da escuridão. — Posso esquecer o que você é, mas nunca vou me esquecer de *você*. Jamais. Vou guardar as memórias até morrer.

— Haverá muito mais, começando esta noite. — Ele a beijou com força, do jeito que queria desde que a abraçou. A forma como ela correspondeu lhe disse que o tempo para conversas havia acabado. A febre rápida dela combinava com a dele. A brisa ficou ao redor quando eles se levantaram juntos em um redemoinho.

Alegria. Foi isso que ele sentiu. Essa era a diferença. Ele notou isso vagamente enquanto soltava as fitas de seu vestido. Ela usava apenas um corset curto por baixo e seus seios subiram acima deles, cobertos apenas pela chemise. Ela montou sobre as coxas dele e empurrou a peça íntima para baixo. Ele a ergueu pelos quadris e lambeu seus seios até seus quadris balançarem de necessidade.

Amanda agarrou um dos apoios de pedra atrás do banco e o impeliu com seus gritos e suspiros. Gabriel levantou as saias dela.

— Segure-as.

Ela segurou as saias em uma mão e apoiou-se na pedra com a outra. Ele a levantou ainda mais, até que ela teve de colocar os pés em cada lado dele. Gabriel percebeu seu espanto e hesitação. Muito cedo, talvez, mas ele não podia parar agora. Acariciou a fenda dela, depois a esfregou profundamente. Amanda olhou para baixo e choramingou de prazer e choque. Ele a tocou até ela tremer e seus gritos ficarem desesperados. Então Gabriel a abaixou apenas o suficiente para que ele pudesse segurar seu traseiro e beijar a mesma carne que havia despertado com os dedos.

O desejo o possuía então, como uma loucura feroz. Gabriel entregou-se até que o grito de libertação de Amanda quase o desfez. Ela caiu de joelhos, flanqueando seu colo, e atrapalhou-se quando mexeu nas calças dele e tentou libertá-lo. Gabriel fez um trabalho rápido, ela se levantou um pouco, e depois abaixou com um gemido quando se conectaram.

Amanda se moveu com força sobre ele. Segurando seus ombros, ela rodou os quadris e bateu contra ele furiosamente, criando sensações inacreditáveis e provocando um desejo feroz. Ele agarrou seus quadris e empurrou mais fundo ainda, enquanto sua consciência escurecia e a demanda por uma conclusão o invadia. Os gritos femininos e crescentes soaram ao seu redor enquanto o cataclismo o sacudiu até sua essência.

Amanda poderia ficar assim para sempre, sem fôlego e acabada, caída sobre o peito dele, cercada por seus braços. Este era o paraíso, certamente. Enquanto ela estava deitada contra ele em um estupor de sensualidade, conheceu tamanha paz. Que felicidade.

— Aluguei uma casa onde poderemos nos encontrar da próxima vez. — As palavras dele, ditas perto da orelha dela, lembraram-lhe que não poderia durar para sempre.

Ela enterrou o rosto no peito dele e engoliu a queimação em sua garganta. Ele pensou que sabia quem ela era agora. O que ela era. Mas não sabia. Foi um erro vir esta noite. A atração se mostrou mais forte do que sua coragem de fazer a coisa certa.

Só mais uma vez, ela disse a si mesma. No entanto, aqui estava ela, imaginando se poderia haver mais uma vez. E cada vez ela só o enganava mais.

O que uma filha deve a uma mãe? Debatera a questão na noite anterior, chocada consigo mesma, mas enfrentando o custo de salvar sua mãe. Uma mãe que a abandonou. Ela devia a própria vida? A alma dela? A possibilidade de provar o paraíso com um homem que, inexplicavelmente, a queria?

Amanda não sabia as respostas. Só sabia que as perguntas tinham chegado tarde demais. Não podia haver honestidade agora, não sem explicar como ela o havia usado para cometer um crime. Sentou-se e olhou para ele; não conseguiu esconder a emoção da voz.

— Não pode haver uma próxima vez. Eu não posso fazer o que me pede. Isso me tornaria mais dependente de você do que fui de alguém em anos. Também não há futuro em tais acordos. Eles servem apenas a casos breves e passageiros, e acho que serei a única a sofrer quando terminar.

Ele pegou o rosto dela e a olhou severamente.

— Prometo que vou cuidar de você. Não será deixada arruinada e destituída por mim. Também não deve assumir que isso terminará. Eu não assumo.

Desamparada não, mas arruinada com certeza. Não que houvesse muito o que arruinar.

Oh, como ela ansiava por acreditar na visão dele de tudo. Mesmo a suposição encantadora de que poderia não acabar. No entanto, como não terminaria?

— Você já passou da idade do casamento. Pensa em ter uma esposa em sua propriedade do campo e outra mulher em uma casa na cidade?

— Isso tem sido feito por muitos.

— Não comigo como a mulher. — Ela deslizou os braços no corpete do vestido, se inclinou para atrás e atou as fitas. — Mesmo sem procurar, escutei sobre você e as mulheres. Tamanha é a sua notoriedade. Mulheres ricas. Belezas requintadas. Você é um encantador devasso, mas dizem que suas fascinações não duram muito. É rápido em amar e rápido em partir. Seria horrível ter você tentando me recompensar daqui a nove meses, quando seu olhar se desviar para outra. Isso pode facilitar sua consciência e a promessa serve a seu propósito agora, mas eu odiaria.

Ela deslizou do colo dele e ajeitou a saia. Ele a alcançou e a puxou para mais perto novamente.

— Você consegue se afastar tão facilmente de mim assim? Disso? É um raro prazer que compartilhamos, Amanda. Você pode ser inexperiente demais para saber disso, mas eu não sou.

Seu coração se partiu ao ouvi-lo admitir que compartilhavam uma intimidade especial. Sua coragem começou a vazar enquanto ela olhava nos olhos dele.

MADELINE HUNTER

— Não tenho escolha a não ser recusar. — Ela o beijou. — Se eu dançar com o diabo, certamente irei me queimar. — Ela aventurou mais um beijo. Ele se levantou, a abraçou e tornou o beijo longo, projetado para seduzi-la da maneira que seus beijos sempre faziam.

Miserável com sua escolha, Amanda deixou os braços dele.

— Não me siga, por favor. Não quero que me veja chorar. — Ela deu dois passos, depois olhou de volta para ele. — Obrigada. Sou grata de mais maneiras do que você jamais saberá.

Ela chegou ao portão do quintal e entrou no beco antes que suas lágrimas caíssem tanto que a cegassem.

Stratton e Brentworth estavam sentados na sala de vestir de Gabriel, conversando sobre nada em especial. Brentworth ficou olhando as garrafas vazias alinhadas como soldados no tapete. Miles andava em volta, indo mexer novamente nos implementos de barbear e reorganizando-os com uma expressão desolada.

— Você os chamou, não foi? — Gabriel se dirigiu ao valete, interrompendo outra fala de Stratton sobre a rapidez com que o filho continuava crescendo.

— Ele não o fez — Stratton apressou-se em dizer.

— Então é uma coincidência que vocês dois tenham se encontrado no domingo de manhã e tiveram a inspiração de me visitar antes do meio-dia? Posso ser um tolo, mas não gosto de ser tratado como um.

— Ninguém disse que você é um tolo.

— Não? Bem, eu disse.

Brentworth mexeu nos "soldados".

— Você já teve outros visitantes?

Pelo canto do olho, ele viu Miles negando sutilmente com a cabeça.

— Saí, mas nenhum visitante esteve aqui. — Em particular, nenhuma mulher. Para ser muito preciso, nenhuma srta. Waverly apareceu, entrando pela porta ou pela janela.

Ele pensou que ela poderia vir, como o idiota que era.

— Nós sabemos que você saiu. Seu comportamento no clube na sexta-feira à noite virou notícia — disse Stratton. — É incomum de você se envolver em brigas enquanto bebe.

— Virou notícia, é? Bom. Quanto à briga, cansei de ficar quieto quando tolos me provocam. Sir Gordon é insuportável e todo mundo sabe disso. Se expus o blefe dele e ele tem o pior de todos, eu deveria receber uma medalha, não seus malditos xingamentos.

— Ninguém o repreendeu — declarou Brentworth.

— Ainda não, mas vão.

— De fato. Sua aparência está terrível. Deixe Miles barbeá-lo e torná-lo apresentável. E, maldição, pare de chafurdar em autocomiseração por causa de alguma mulher. Não é típico da sua pessoa e é impróprio.

— Isso não tem nada a ver com uma mulher.

— O inferno que não. Sua pastora não o aceitou, é o meu palpite. Acontece.

— Não comigo.

Stratton sorriu, o que fez Gabriel pensar que outra luta poderia estar na ordem do dia.

Miles assumiu sua posição perto da cadeira de barbear. Brentworth levantou-se e apontou para ele.

— Sente-se, ou vamos segurá-lo.

Eles pareciam estar falando sério. A contragosto, Gabriel se jogou na cadeira. Brentworth parecia muito satisfeito.

— Limpe-o, Miles. Então se livre dessas garrafas. Quando estiver apresentável, peça seu cavalo, Langford, e junte-se a nós no parque. Ar fresco lhe fará bem.

Os dois homens que se declaravam seus amigos partiram. Gabriel se submeteu à navalha de seu valete. Ele se ressentiu por Brentworth tratá-lo como um garoto. Brentworth provavelmente nunca conheceu a decepção por uma mulher. O duque mais ducal provavelmente acreditava que qualquer mulher que o rejeitasse devia estar no hospício Bedlam.

Chafurdando em autocomiseração, inferno. Exceto que ele tinha estado. Mas não queria parar. As possibilidades que haviam sido frustradas mereciam uma boa lamentação. Um homem que não se lamentava de vez em quando não tinha mais coração, era como ele via.

Pelo menos, as poucas horas de sono desta manhã aliviaram a ressaca. Sua mente estava quase clara novamente. Enquanto Miles deslizava a navalha pela sua pele, ele repassava cada palavra que Amanda dissera na noite de quinta-feira, procurando uma discussão para convencê-la de que um caso com ele era uma ideia esplêndida.

Gabriel desmontou do cavalo em frente a uma casa na Rua Green. Ele parou antes de se aproximar da porta. Seria necessário um santo para manter a graça durante o que ele estava prestes a enfrentar, tudo pela desculpa de ver Amanda novamente. Isso nem sequer cobria o custo potencial para o seu orgulho. Em vez de se deliciar com a tenacidade dele, ela poderia ficar com raiva. O que expunha a necessidade de perguntar por que ele estava aqui.

Porque sua presunção e orgulho se recusam a aceitar que ela poderia desistir de você tão facilmente. Não, não foi por isso. A verdade é que ele se recusava a desistir dela com tanta facilidade. Ele ainda não começara a entender nada sobre como reagiu à maneira como ela rompeu com ele. Só sabia que não aceitaria.

Uma mulher atendeu à porta. Pela aparência, não era a governanta. Se ele não soubesse melhor, diria que era uma lacaia. Ela realizou o ritual de sempre, levando o cartão dele em uma bandeja de prata. Com alguma sorte, a dama iria decidir que não iria recebê-lo. Então ele poderia pedir para falar com a secretária.

Não teve essa sorte. A criada voltou para acompanhá-lo a uma biblioteca com uma desordem de flores cobrindo todos os móveis. Parecia uma cama de flores cuidada por um jardineiro incompetente. Lady Farnsworth estava de pé junto a uma mesa perto de uma janela, folheando alguns papéis. Ela levantou a cabeça quando ele entrou.

— Bem-vindo, Langford, bem-vindo. Eu vou me juntar a você em breve. Sirva-se de um aperitivo. Os decantadores estão sobre a mesa ali no fundo. Agora, onde está essa carta? — Sua atenção voltou para a mesa.

Os decantadores mantinham uma variedade de bebidas. Ele decidiu que um pouco de uísque não seria mal. Poderia aliviar a tortura a que ele estava se submetendo.

— Eu não entendo isso. A srta. Waverly é muito organizada. O primeiro rascunho deveria estar bem aqui, mas não estou vendo. — Ela suspirou e afastou-se da mesa. — Vai aparecer, tenho certeza. Eu só preciso verificar as pilhas novamente. Temo ter feito uma bagunça nas coisas.

— Tenho certeza de que ela corrigirá isso rapidamente.

Lady Farnsworth não pareceu ouvi-lo. Ela se sentou e gesticulou para ele.

— Sente-se, sente-se. Estou honrada. Ouso dizer que eu nunca esperaria uma visita sua, de todos os homens.

— Vim pedir conselhos. — Ele quase se engasgou com as palavras. Em vez disso, sorriu.

— Bem, isso é uma surpresa. Você não é o primeiro homem a sentar-se aí e dizer isso, mas não achei que pediria meu conselho. — Os olhos escuros dela brilharam. — É claro que seus interesses mudaram um pouco neste último ano. Expandiram-se, por assim dizer. É possível, de alguma maneira, que eles se cruzem com os meus.

— Isso tem a ver com um projeto de lei. Dois, na verdade. Um é uma reforma das leis criminais e o outro, uma reforma penal.

— Ouvi falar de ambos e acompanhei o progresso deles com interesse.

— Eu pensei se a senhora poderia ter algumas ideias sobre quais senhores provavelmente estarão abertos a argumentos a favor deles.

— Você procura alinhar os votos com antecedência. Isso é muito sábio, especialmente com um projeto de lei controverso. Neste tópico em particular, será uma batalha difícil. Todavia, alguns colegas que, ocasionalmente, expressaram pontos de vista nesta sala foram mais liberais do que são conhecidos publicamente. Agora, deixe-me ver...

Gabriel esperou que ela escolhesse quais nomes compartilharia. Ele duvidava que ela pudesse fornecer mais informações do que Brentworth, mas esse projeto de lei realmente não tinha nada a ver com a visita. Ele ficou esperando a secretária voltar para a mesa dela.

Lady Farnsworth se lançou em sua resposta, com comentários a respeito das bebidas preferidas de cada lorde, no caso de Gabriel escolher entreter o homem em sua casa, o que a dama continuava sugerindo que era uma maneira sábia de lubrificar as rodas da legislação.

— Eu acho que a minha influência se deve tanto ao bom uísque escocês que sirvo como à minha própria inteligência — confidenciou ela.

E assim por diante ela foi. Gabriel assentiu e franziu a testa e, em geral, tentou parecer impressionado e agradecido. Durante todo o tempo, ele ficou observando a porta, esperando que abrisse e Amanda aparecesse.

— Talvez eu tenha me prolongado — disse, finalmente, Lady Farnsworth com uma risada. — Você deve me perdoar. Eu adoro discussões políticas. Espero que tenha achado algo útil para os seus esforços. Esforço esse que aprovo bastante.

— Obrigado, a senhora foi muito útil. — Ele se levantou. — Pode procurar a carta agora. Talvez deva chamar a srta. Waverly e deixá-la ajudar.

Ela olhou para ele e piscou, surpresa.

— Oh, eu não posso fazer isso. Ela não está mais aqui. Ela me deixou. Todos os papéis estavam em ordem, ela prometeu. E tenho certeza de que estavam, mas, com minha impaciência, eu os misturei e agora, bem, virou uma bagunça.

Ele mal ouviu a maior parte do que ela disse.

— Ela a deixou? Que pena.

— Não foi possível evitar. A mãe precisava dela. Ela teve que partir rapidamente. Estou perturbada e perdida sem ela.

— Talvez ela pudesse vir por algumas horas pelo menos e consertar os papéis.

— Isso é impossível. Ela saiu da cidade sem ter ideia de quando ou se poderia retornar. Não, preciso procurar outra pessoa, mas não estou ansiosa para tal.

Partiu da cidade.

— Tenho certeza de que encontrará alguém que servirá. — Ele se curvou e partiu. Saiu e montou em seu cavalo.

Não está mais aqui. Partiu da cidade. Ela não tinha contado a ele. Ela não havia explicado que os deveres familiares a levavam embora. Não disse porque ele não tinha o direito de saber. Porque, na verdade, ele não importava.

Eu vou deixar Londres amanhã. Por favor, venha hoje, às três, se puder.

Gabriel recebeu o bilhete de Harry enquanto tomava café três manhãs depois de ver Lady Farnsworth. Era atípico de seu irmão chamá-lo. Presumivelmente, Harry não queria andar por Mayfair e arriscar ver Emilia. Era possível que Stratton ou Brentworth o tivessem envolvido nisso como parte de uma trama para distraí-lo de sua decepção. Nesse caso, Gabriel lhes diria que estava sobrevivendo muito bem por conta própria. Ele não se embebedou mais até o esquecimento. Saía de casa frequentemente, arrumado e ducal, e se empenhava em angariar apoio para seus projetos de lei.

Para seu aborrecimento, o conselho de Lady Farnsworth deu frutos. Ele teria que agradecer se as reformas passassem. A noção de ter que fazê-lo dificilmente melhorou seu espírito.

Naquela tarde, ele desmontou em frente à casa de Harry, lembrando-se de sua visita recente para arrancar o irmão do buraco. Talvez fosse apropriado que ele passasse uma hora com seu irmão hoje. Eles podiam se compadecer do inferno que as mulheres colocam os homens e balançar a cabeça diante da inconstância e dos caprichos femininos.

O próprio Harry atendeu à porta.

— Gabe, que bom que você veio.

— Eu não o deixaria sair da cidade sem vê-lo.

— Sim, claro. Só que não foi exatamente por isso que pedi para me visitar. Confesso que usei isso como subterfúgio. Preciso de alguns conselhos. Ou melhor, um amigo precisa.

— Espero que não seja sobre mulheres. Atualmente, questiono tudo o que pensei que já sabia sobre elas.

— Que coisa estranha de se dizer. Por acaso teve sua própria derrota?

— Da forma mais notável. No entanto, se eu puder oferecer conselhos, é o que farei.

— Não tem a ver com uma mulher. Venha comigo e eu explicarei tudo.

Ele seguiu Harry para a biblioteca. Outro homem estava sentado lá. Bastante nervoso, pelo jeito que pulou de pé quando eles chegaram. De altura mediana e magro como uma cana, os curtos cachos vermelhos do homem já recuavam na testa. Seu nariz grande e aquilino dominava o rosto longo e pálido. A natureza conspirou para fazê-lo parecer vinte anos mais velho do que Harry, mas Gabriel duvidava que esse homem tivesse mais de trinta anos.

As apresentações indicaram que o visitante era Thomas Stillwell.

— Stillwell trabalha no Museu Britânico — explicou Harry. —

Conhecemo-nos há cinco anos. Ele me permite vasculhar os depósitos de lá. E ele tem um problema sério.

— Simplificando, tivemos um roubo — Stillwell anunciou. — Ninguém de fora do museu sabe ainda. Confiei em Harry, e ele disse que você pode ter algumas ideias sobre como devemos prosseguir. Como pode imaginar, a situação é delicada.

Gabriel olhou para Harry, já que ele não conseguia imaginar nada disso.

— Existe a preocupação de que algum empregado seja acusado de roubo ou de negligência — explicou Harry. — O meu interesse é que foram dois roubos no mesmo bairro. Eu acho que pode ser a mesma pessoa.

— Como isso aconteceu?

— Corajosamente. Mais ousadamente! — exclamou Stillwell. — O broche estava em uma caixa trancada. Quem o pegou quebrou a trava, na verdade, arrombou, e levou o que quis. Deve ter sido um dos visitantes. Que tipo de homem faz isso com uma chance tão alta de descoberta? Apenas ficar lá e mexer na fechadura enquanto outros andam por perto?

— Esse é um tipo de roubo muito diferente daquele da casa de Sir Malcolm — falou Gabriel para Harry.

— Diferente, mas igualmente ousado. Descobri que a entrada para a casa de Sir Malcolm foi através da janela de sua sala de vestir no segundo andar. O ladrão deve ter escalado a parede.

Através de uma janela.

— Ele também arriscou ser visto. Essa janela está voltada para o lado desta casa. Se eu estivesse aqui, poderia ter olhado para fora e visto o progresso dele. O que realmente me faz pensar que é o mesmo ladrão são os itens levados. Mostre a ele, Stillwell.

O amigo entregou um papel. O desenho mostrava um broche de ouro antigo coberto de linhas complexas e cravejado de pequenas joias.

— Foi um dos nossos mais antigos artefatos britânicos. Uma escolha estranha. A maioria das pessoas prefere as obras clássicas.

— Ainda é valioso, no entanto — disse Gabriel. *A janela fica de frente para esta casa.* — Sua falta de popularidade pode ser o motivo pelo qual foi o item levado. Haveria menos visitantes perto dele.

— Acho que foi escolhido deliberadamente — opinou Harry. — Aqui está um desenho do item roubado de Sir Malcolm.

O desenho mostrava um objeto de construção e estilo semelhantes, de duas peças que deveriam se unir.

— É uma fivela — explicou Harry. — Você entende o que quero dizer? Todo esse trabalho apenas por esses dois objetos. Havia camafeus, moedas raras, um anel de esmeralda medieval e dois pequenos bronzes clássicos no mesmo estojo que guardava a fivela. Mas o ladrão escalou uma parede, entrou pela janela, desceu para a galeria e só pegou isso, quando poderia colocar o resto nos bolsos. — Harry praticamente zumbia de emoção. — Este ladrão é um colecionador, Gabe. Não há outra explicação. Ele queria isso e nada mais.

— Mas que colecionador possuiria a habilidade de roubar? — perguntou Stillwell. — Não consigo imaginar que exista um.

— Ele poderia ter enviado alguém mais qualificado — ponderou Gabriel. — Qual é a altura dessa janela? Até onde ele escalou?

— Pelo menos seis metros do chão — revelou Harry. — Eu mostrarei a você mais tarde.

— Não pode haver muitos que consigam fazer isso. O Ministério do Interior deve saber seus nomes.

— Eu disse que ele saberia a quem perguntar — Harry disse a Stillwell.

— Não podemos ir ao governo — pediu Stillwell desesperadamente. — Se souberem que perdemos artefatos preciosos...

— Alguém será responsabilizado — concluiu Gabriel.

— Sim. — A expressão desamparada de Stillwell indicava quem essa pessoa provavelmente seria.

— Então talvez seja melhor primeiro perguntar quem coleciona essas coisas. Brentworth herdou uma coleção enorme. Ele pode estar ciente daqueles que preferem artefatos do início da Grã-Bretanha.

— Eu não gostaria de acusar...

— Sem acusações. Buscaríamos apenas informações que podem ou não ser úteis.

Stillwell olhou para Harry, que assentiu com segurança.

— Meu irmão será discreto.

Gabriel não se ofereceu para ser a pessoa a fazer perguntas. Sua mente queria ir para outro lugar, então ele não se opôs. Uma sensação estranha se concentrou em seu amago, tentou ignorar, mas ela demandava atenção. *Através de uma janela. Levou apenas isso.*

Stillwell saiu, então. Harry foi para a porta da biblioteca.

— Venha comigo. Eu vou lhe mostrar a janela.

Gabriel o seguiu. Pelo menos, algo finalmente distraiu Harry de sua miséria por Emilia. Eles foram até o quarto de seu irmão. Harry caminhou até uma das janelas e apontou.

— Lá em cima. Aquela. O teto dele é muito mais alto do que o meu, então seu primeiro andar está acima deste. Acredito que as molduras permitiram que o ladrão escalasse.

Gabriel foi até a janela, abriu e colocou a cabeça para fora. Assim como fez depois da primeira noite com Amanda. Observou a janela do outro lado da estreita separação dos edifícios. Então olhou para a cerca onde um xale escuro repousava naquela manhã.

A sensação ruim em suas entranhas piorou.

Ele examinou a casa de Sir Malcolm. Poderia um homem escalar todo aquele pedaço com nada além de molduras e depressões de argamassa para se segurar? Descer talvez fosse possível se pudesse pular de peitoril em peitoril. Mas escalar? Mais uma vez, ele olhou para a cerca, voltou para dentro, olhou para o irmão e viu uma pastora atrás dele. Gabriel ouviu uma mulher em seus próprios braços sugerir um encontro no outro lado da cidade depois de saber que Harry iria embora.

— Com licença, Harry. Eu quero ver uma coisa. Espere por mim na biblioteca, sim?

Perplexo, Harry saiu. Gabriel esperou alguns minutos, depois o seguiu, só que ele subiu as escadas para o terceiro andar. Uma fileira de cômodos se alinhava nesse lado da casa. Os aposentos dos criados, ele imaginava, a maioria deles não utilizados pelo irmão espartano.

Gabriel entrou no último, na parte de trás. Ele afastou uma mesa da frente da janela e olhou para fora. A janela da sala de vestir de Sir Malcolm podia ser vista logo abaixo do outro lado da parede e da cerca. Ele olhou para a cerca não muito longe de onde o xale esteve. Então abriu a janela para ver a altura do vidro. Ele lembrou de Amanda em seu primeiro encontro nesta casa, usando pantalonas. Sua insistência em que seu rosto não fosse visto subitamente fez muito mais sentido. Uma emoção estranha o invadiu, uma que combinou raiva furiosa e profunda tristeza.

O DUQUE DEVASSO

Catorze

Amanda estava sentada em seu quarto, esperando a noite passar. A fivela, enrolada em musselina e colocada em uma caixa de papelão, a encarava da mesinha. O silêncio a oprimiu. Foi até a lareira e jogou um pouco de combustível. As brasas chamejaram, em seguida, diminuíram. O calor a envolveu e ela levou a cadeira para perto.

Os calafrios que a atormentavam não vinham da umidade, embora esse porão fosse muito inferior ao anterior. O proprietário concordou em alugá-lo por apenas duas semanas. Ele provavelmente a considerava uma prostituta. Certamente várias daquelas mulheres vagavam pelo bairro. Duas delas prestavam serviço em alguns dos quartos acima.

Se ela não fosse criminosa, poderia ter ido para a Praça Bedford e dormido naquela bela cama que a sra. Galbreath lhe ofereceu. Isso significaria mais mentiras e ela estava cansada de dizê-las. Tampouco poderia se arriscar a levar um escândalo para perto daquelas mulheres e, se fosse apanhada, isso definitivamente aconteceria.

Amanda não se importava com esse porão. Depois de amanhã, esperançosamente, não viveria mais aqui. Se seu plano desse certo, ela provavelmente nem ficaria em Londres mais uma noite. Amanda cochilou na cadeira. Um grito alto a acordou. Do lado de fora, na rua, dois homens discutiam sobre uma mula.

Ela foi até a janela alta e olhou para fora. O dia tinha amanhecido. Ela tirou o vestido e lavou-se com a água que carregara ontem à noite. Vestiu a feia roupa verde que a marcava como uma criada, ajeitou o cabelo em um coque e amarrou seu simples gorro de palha. Ela não havia desfeito o pequeno baú e a mala e agora guardou de volta os poucos itens que havia removido.

Amanda sentou novamente na cadeira e esperou os sons do lado de fora indicarem que a cidade havia acordado completamente. Então pegou a caixa e saiu. A Mercearia Morris não ficava longe. Ela havia escolhido aquele porão por ser no mesmo bairro, e concluiu que quem quer que reivindicasse a caixa provavelmente morava perto também.

Ao entrar, colocou a caixa no balcão da loja. O homem de cabelos brancos e rosto vermelho que estava atrás do balcão terminou de servir outra mulher, então se aproximou. Ele só lhe deu um rápido olhar, depois fixou sua atenção na caixa.

— Você é o sr. Morris? — perguntou ela.

— Sou.

— Disseram-me que poderia deixar isso com você para que pudesse ser entregue ao proprietário, sr. Trenholm.

— Com o que foi oferecido em pagamento, eu esperava uma caixa feita de ouro.

Aliviou-a que ele já houvesse recebido o pagamento para fazer esse serviço. Ela temia que ainda tivesse que pagar.

— A caixa pode não ser impressionante, mas seu conteúdo é importante para o sr. Trenholm. Confio que o senhor cuidará bem disso.

— Eu irei, embora não seja provável que alguém o roube. Veja, eu vou colocá-lo fora de vista. Não posso fazer melhor do que isso.

— Suponho que servirá. O sr. Trenholm deve vir buscar hoje.

— Foi assim que me disseram que seria.

— Foi ele mesmo que fez os arranjos?

— Um cavalheiro veio e fez. Voz grossa com sotaque do campo. Não sei se será ele o mesmo que virá buscar.

Sua referência a um cavalheiro lhe deu esperança. Com alguma sorte, seria o mesmo homem que mantinha sua mãe. Hoje, ela poderia até saber onde sua mãe estava presa e se estava em Londres. Com energia renovada, ela saiu da loja. Olhou a extensão da rua, decidindo como passar lentamente sem levantar suspeitas. *Melhor continuar andando se estiver vigiando uma casa, pequena Mandy. Se você simplesmente parar e ficar olhando, alguém vai notar.*

Ela continuou andando devagar. Ficou parada perto das vitrines e fingiu cobiçar as mercadorias exibidas. Ela caminhou até o fim da rua como uma mulher com destino. Olhou pelas janelas novamente. Ela confiava que, como o sr. Morris na mercearia, ninguém nunca lhe daria mais do que um olhar superficial. *Vista-se de acordo quando escolher uma casa. Use roupas maçantes e nada de especial como uma fita brilhante no seu chapéu. Ninguém enxerga os pobres. Ninguém se lembra do rosto de um criado.*

Uma pessoa notou. Enquanto olhava pela terceira vez os doces em uma confeitaria, o proprietário saiu e lhe deu um bombom. O tempo todo, ela ficou de olho na loja do sr. Morris. Os clientes entraram e saíram, mas ninguém levou sua caixa. Ela havia deliberadamente feito algo grande demais para caber no bolso.

Logo depois do meio-dia, um novo cliente chamou sua atenção. Ele não parecia um cavalheiro, mas suas roupas tinham um corte melhor do que as usadas pela maioria nessas ruas. Seu chapéu plano o fez parecem um fidalgo rural. De constituição forte, ele veio a pé e desceu a rua, esticando o pescoço para ler os nomes das lojas. Logo entrou na mercearia.

Ela se aproximou e esperou. O homem emergiu rapidamente, carregando a caixa de papelão dela. Seus pais nunca a ensinaram a seguir um homem para o propósito de hoje. Eles haviam mostrado a ela como seguir um homem para roubar de seu bolso, caso ela fosse reduzida à necessidade a cometer um crime tão baixo.

Ele não a notou enquanto ela caminhava atrás dele. Seu chapéu raso balançava acima da multidão enquanto ele ia sem pressa e virava numa rua ou outra. Amanda memorizou o caminho enquanto o percorria. Finalmente, ele entrou em um prédio na Rua Drover. Parecia ser uma casa muito parecida com a que ela e Katherine haviam morado. Não era uma casa de um cavalheiro, embora possa ter sido uma, cinquenta anos antes. Sons de pessoas conversando e mães repreendendo crianças escapavam lá de dentro. Duas meninas brincavam com bonecas de pano nos degraus da frente.

— Eu tinha uma assim quando era pequena. — Ela parou para admirar as bonecas.

Uma garota a olhou com cautela, mas a outra sorriu e levantou sua boneca.

— O nome dela é Sophia. Ela é uma princesa.

— É uma bela princesa.

— A minha é uma duquesa — contou a outra garota. — O nome dela é Felicity.

— Estou honrada em ser apresentada a vocês, Alteza Real. Sua Graça. — Ela fez uma pequena reverência e as meninas riram.

Amanda conversou um pouco mais sobre as bonecas, antes de prosseguir:

O DUQUE DEVASSO

— Um homem entrou aqui há alguns minutos. Acho que o reconheci como amigo de meu pai.

— Você quer dizer o sr. Pritchard? Ele não tem amigos. Está sempre sozinho lá em cima.

— Mamãe se pergunta o que ele faz o dia todo naquele cômodo do sótão.

— Ele não parece trabalhar — sussurrou a primeira.

— A esposa do sr. Pritchard está com ele? Eu a conheci uma vez. Ela tinha mais ou menos a minha altura, com cabelos pretos e se vestia de forma elegante.

As meninas balançaram a cabeça.

— Nós nunca a vimos aqui. Ele está sempre sozinho quando sai ou volta.

Amanda fez uma reverência novamente para as bonecas e foi embora enquanto as meninas voltavam à brincadeira. Que má sorte. Esperava que o homem que ela procurava se mostrasse. Ele ainda poderia, ela supôs, a menos que esse intermediário tivesse a intenção de entregar a caixa. Ela começou seu passeio novamente e esperava que houvesse uma conclusão rápida para esta entrega.

Enquanto tentava parecer que pertencia àquela rua, calculou se tinha dinheiro para pagar alguém para compartilhar a vigília com ela, caso se arrastasse por dias.

⁂

Amanda entrou no prédio onde agora morava. Ela tirou o chapéu e sacudiu a água. Como se ficar de pé um dia inteiro não tivesse sido ruim o suficiente, a chuva começou a cair ao anoitecer. Ela encontrou algum abrigo sob os beirais enquanto observava o prédio do sr. Pritchard, mas a caminhada para casa a encharcara.

Ele não havia deixado sua casa novamente. Ninguém entrou no prédio que parecia não morar lá, exceto um jovem com uma grande cesta de comida. Ela teria que se levantar antes do amanhecer e retomar a observação do prédio. Desceu as escadas e entrou em seu quarto, pendurou o bonnet em um cabide para secar e depois começou a tirar o vestido encharcado.

Ela congelou com as mangas na metade dos braços quando uma

sensação de perigo a invadiu. O pânico aumentou em seu sangue. Outra presença se anunciou aos seus instintos.

— Não me deixe impedi-la, Amanda. O que você mostrar do seu corpo dificilmente será uma revelação.

Ela girou, segurando o vestido junto ao corpo, olhou através da escuridão e viu o duque sentado perto da parede oposta. Ele se levantou e foi até a lareira, inclinou-se e acendeu com um pouco de combustível.

— Tire essa roupa molhada e se aqueça. Há uma cesta de comida aqui. Coma alguma coisa. — Ele tornou a ficar ereto. A luz amarela do fogo iluminou sua expressão. A respiração dela ficou presa ao ver os contornos delineados pela raiva.

Ela tirou o vestido rapidamente e vestiu um seco, depois cutucou a cesta. Havia pão, queijo e presunto. Sem champanhe. Claro que não. A presença da bebida poderia ter indicado que ele a havia encontrado por boas razões, não a que ela temia.

Gabriel sentou-se na mesma cadeira de antes.

— Não havia comida aqui, então pedi isso a uma taverna. Já que você passou a maior parte do dia fora, duvidei que tivesse comido muito.

— Você está aqui há muito tempo, então.

— Desde a manhã.

— Como me achou? — Ela partiu um pedaço de queijo e mastigou.

— Eu tinha homens observando você por sua segurança. Na última sexta-feira de manhã, você saiu com um baú, e um deles a seguiu até aqui. Houve muita discussão entre eles sobre me contar ou não. Eles presumiram que você havia saído por alguns dias para conhecer outro homem. Não eram informações que esperavam que eu recebesse bem. No entanto, quando perguntei, a verdade apareceu.

— Você não tinha o direito de me seguir.

— Eu fiz isso para você não caminhar até a casa de Lady Farnsworth desprotegida. Mal sabia eu que esse era o menor dos perigos que você procurava. Pelo menos, não mentiu sobre isso.

Ela comeu enquanto pesava o que ele poderia saber e não saber.

— Menti muito pouco para você.

— Para mim, talvez. Suponho que omitir informações não seja

mentir. Lady Farnsworth, no entanto, acredita que você foi embora devido à sua mãe. Aquela garota ruiva acha que você encontrou outro emprego.

Aquelas também não eram mentiras, estritamente falando. Apontar isso dificilmente a ajudaria.

— Desculpe-me sobre isso. Não havia escolha.

— Não havia escolha a não ser isso? — Ele olhou em volta do quarto dela. — Bem, você não desfez as malas, então não espera ficar por muito tempo. Suponho que duraria mais ou menos um dia.

— Você me encontrou e me conhece como uma mentirosa. Eu pensei que um duque tinha coisas mais importantes a fazer do que esperar o dia todo para confirmar que uma mulher não merecia sua atenção.

Ele se levantou abruptamente e se aproximou.

— Eu gostaria que houvesse um homem aqui quando cheguei, como Vincent e os outros lacaios assumiram. Assim como eu queria que você tivesse escondido sua identidade de mim porque temia perder sua posição com Lady Farnsworth. Mas acho que há mais do que isso. Muito mais. — Ele lhe lançou um olhar sombrio. — Em que você está envolvida? Alguma coisa importante. Perigosa. Ilegal também?

Ela não suportava ficar tão perto dele. Até a indignação pela interferência dele não conseguia derrotar a angústia e a alegria por vê-lo novamente. Sua raiva gelada a machucava, mas isso só pioraria se ela lhe dissesse o que ele exigia saber. Por isso, se afastou.

— Talvez eu só tenha partido porque era uma maneira de me afastar de você. Eu disse, quando nos conhecemos, que temia que você quisesse demais, e você queria.

Ele olhou para ela duramente por um longo momento, sua expressão inescrutável.

— Você está mentindo de novo. — Gabriel a alcançou. Amanda tentou se afastar, mas era tarde demais, e ele a puxou para um abraço apertado. — Era o que tanto queria, Amanda? — perguntou antes de beijá-la. Ela tentou resistir, mas seu coração a traiu. Permitiu e desfrutou demais de seu abraço.

Gabriel a soltou, se afastou e saiu pela porta. Ela quase o chamou. A miséria a tomou quando ele desapareceu. *Maldito fosse o orgulho dele. Maldito.* Ele deveria ter ficado longe, mesmo ao descobrir onde encontrá-la. Deveria tê-la esquecido imediatamente e perseguido uma mulher mais apropriada. Por que ele não pôde fazê-lo?

Ela cutucou a cesta, esperando que houvesse um pouco de cerveja ou vinho. Talvez ela seguisse o exemplo de Lady Farnsworth e começasse a desfrutar de bebidas alcóolicas fortes. Certamente poderia beber um pouco agora.

Passos soaram nas escadas. Pesados. Seu primeiro pensamento foi que um policial a procurara. Provavelmente duques poderiam arrastar alguém para a prisão se suspeitasse de suas atividades ilegais.

Não eram policiais. Em vez disso, Langford entrou novamente com outros dois homens.

— Este é Vincent — apresentou, apontando para um jovem loiro. — E esse sujeito aqui é Michael. — O segundo era mais moreno, mais velho e maior. Muito maior.

— Algum de vocês quer comida? Parece que tenho presunto extra.

— Eles já jantaram. Estão aqui para me ajudar a removê-la deste lugar.

— Agradeço sua preocupação, mas devo recusar.

— Não foi uma oferta. Até eu descobrir o que você tem feito, não vou perdê-la de vista.

A indignação finalmente alcançou a vitória sobre o sentimento feminino.

— O que diabos você está dizendo? — Ela deu as costas para todos eles. — Vão embora. Especialmente você, Langford.

— Estou falando sério, Amanda.

A cabeça dela quase explodiu ao conter sua fúria.

— Vincent e Michael, por favor, vão lá fora. Preciso falar a sós com o duque.

Eles olharam para Langford. Ele assentiu, e os dois criados saíram.

— Como. Você. Ousa? — Ela quase cuspiu as palavras. — Seu orgulho está ferido porque a pequena criada não quis ser sua amante? Você supôs que, se a escolhesse, ela deveria ser grata? Você é tão convencido que não pode aceitar que uma mulher qualquer não faça o que você quer?

— Se você não fosse mais do que um passatempo, eu não me importaria com quem você é ou com o que fez. Eu já teria esquecido seu nome. Inferno, sim, meu orgulho está ferido, mas há mais em risco do que isso. — Ele caminhou até ela. — Eu preciso saber o que você fez, porque acho que me envolveu nisso, e embora eu possa engolir o orgulho, *não* terei meu nome e honra manchados quando o único pecado que cometi foi desejar a mulher errada. Agora me conte, ou juro que você me contará mais tarde.

— Eu não vou a lugar nenhum. — Ela se recusou a recuar.

— Há uma carruagem na rua. Você vai caminhar até lá comigo de bom grado ou Michael a carregará. Ninguém vai se importar se você gritar. Você é desconhecida aqui e ninguém vai nos impedir. Se algum tolo tentar, Vincent lhe dará umas moedas e ele esquecerá tudo.

Maldito seja. *Maldito seja.*

— Eu tenho um plano melhor. Vá embora e esqueça que já me conheceu. Dê a esses dois lacaios algumas moedas e eles esquecerão tudo também. Éramos tão discretos que ninguém mais sabe que você me conheceu.

— Eu sei.

— Eu não vou.

— O inferno que não vai. — Ele chamou Vincent. — Escolha como será, Amanda. Eu cansei de discutir com você e a noite avança.

Michael apareceu perto da porta. Vincent parecia animado, como se esperasse que eles a sequestrassem em nome do duque. Ela olhou para Langford e implorou com os olhos. *Vá embora e deixe-me terminar isso. Eu prometo que seu nome nunca será ligado a mim e ao que eu faço.*

Ele não amoleceu. Apenas esperou, severo e intransigente.

Fervendo de frustração, ela levantou a mala.

— Eu nunca vou perdoá-lo por isso.

Vincent pegou a mala dela. Michael levantou o baú. Amanda pegou a cesta de comida.

— Você não precisa disso. Não vai ficar a pão e água — disse Langford.

— Espero que não. — Ela carregou a cesta pelas escadas e a colocou nos braços de Langford. — Dois andares acima, a porta do lado esquerdo. Deixe lá. A mulher deu à luz há dois dias e ficará feliz em receber isso.

Ele desapareceu pelas escadas. Ela aproveitou a oportunidade para sair do prédio. A chuva havia parado, mas sua umidade ainda pairava pesadamente no ar. Vincent e Michael a seguiram.

— Onde está a carruagem?

— Por aqui — indicou Vincent, apontando para a esquerda. — Devemos esperar por Sua graça.

— Sua graça nos alcançará. Caso contrário, vamos deixá-lo voltar andando.

Michael pareceu chocado. Vincent gostou muito da ideia. Ele liderou o caminho e Michael seguiu atrás. Eles a escoltaram para a carruagem como a prisioneira que ela era.

Quinze

Amanda descobriu que a casa de Langford em Londres era a prisão mais luxuosa que se podia imaginar. Ela se perguntou o que Katherine diria se visse. A governanta deu-lhe um grande quarto com cortinas de seda verde. Outra mulher desfez seu baú e a mala, colocando as roupas em uma sala de vestir anexa. Um homem trouxe para ela uma ceia tardia de frango recém-cozido em um molho delicado. Ela quase gemeu de prazer quando experimentou o vinho que ele serviu. Enquanto fazia sua refeição, mais criados preparavam um banho.

Amanda passara o percurso de carruagem remoendo sua raiva para poder recusar o duque se ele ousasse assumir que eles continuariam como amantes enquanto ela estivesse ali. Em vez disso, ele nem tentou tocá-la.

— Traga um pouco de comida e prepare um banho para ela para lavar os cheiros de sua última morada — ele demandou quando a entregou à governanta. — Conversaremos de manhã, srta. Waverly. — Então ele se afastou como se ela fosse uma peça indesejável de bagagem que ele teve que descartar.

O banho a seduziu como nenhum beijo poderia. Ela ficou imersa por mais tempo do que o necessário e só se submeteu a lavar o cabelo quando a mulher que a atendia exigiu que lhe permitisse concluir seus deveres. Depois, a criada a levou para a cama e fechou as cortinas enquanto os homens voltavam e levavam o material do banho. Os lençóis macios a maravilharam e ela continuou mexendo as pernas para sentir seu frescor e maciez.

A cama a embalou até dormir. Quando Amanda acordou de manhã, ficou deitada pensando em sua situação. Se dissesse a verdade ao duque, quais eram as chances de ele a libertar e permitir que prosseguisse com seus planos? Se ele o fizesse, talvez não fosse tarde demais para seguir a entrega da fivela, se retomasse sua vigília esta manhã.

O mais provável era que ele a entregasse imediatamente ao magistrado. Se toda a verdade não funcionasse, talvez parte dela fosse suficiente.

Ela afastou a roupa de cama e abriu as cortinas. Ele disse que conversariam de manhã. Estava na hora de passar pelo interrogatório. Com alguma sorte, ela terminaria o dia ainda nesta prisão, e não em Newgate. Vestiu-se rapidamente e desceu só para descobrir que Sua Graça já havia saído de casa.

O DUQUE DEVASSO

O lacaio o levou para a sala matinal. O ar ainda úmido da chuva da noite derramava-se pelas janelas abertas. A luz do sol transformou o espaço na estufa humana que somente o verão em Londres poderia criar. Dois casacos e um lenço rígido eram trajes infernais em tal clima.

— É cedo, Langford. — Brentworth deixou de lado a carta que estava lendo.

— Cedo demais. No entanto, sei que você se levanta com o sol na maioria dos dias, e não dormi nada, então aqui estou eu. — Ele se soltou em uma cadeira e aceitou café de um lacaio.

Brentworth olhou-o e fez um gesto para o criado sair. Gabriel não deixou de notar o significado disso, que, com um olhar, Brentworth concluiu que devia ser uma conversa muito particular.

— Eu preciso de algumas informações, se as tiver — Gabriel começou. — Respostas simples.

— Eu lhe direi, a menos que contar seja alta traição.

Os dois riram, mesmo que isso não fosse uma piada. Brentworth provavelmente sabia de coisas que poderiam ser uma traição se compartilhasse.

— Eu preciso que se abstenha de me fazer qualquer pergunta.

— Eu vou querer perguntar?

— Provavelmente. Não, definitivamente vai.

— Isso tem a ver com a pastora?

— Maldição. Você já está fazendo perguntas. Se não pode...

— Muito bem, retiro a pergunta e não farei outras.

Gabriel enfiou a mão no bolso.

— Mais uma coisa. Sem repreensões.

— Nenhuma? Se não conseguir repreender alguém, meu dia será incompleto.

— Estou falando sério.

— Tudo bem. Sem repreensões. Parece que você está com algum problema. Espero que não seja o caso.

— Isso soou como uma repreensão, droga.

— Uma muito pequena e oblíqua. Já terminei agora.

Gabriel tirou dois papéis do bolso e os desdobrou.

— Você sabe o que é isso? Consegue reconhecê-los?

Brentworth pegou os desenhos e os estudou.

— Eu os conheço.

— O que pode me dizer sobre eles?

— Este aqui foi roubado recentemente de Sir Malcolm Nutley. Você já sabia disso? Ele mora perto do seu irmão.

— Sem perguntas. O que mais você sabe?

Brentworth recostou-se na cadeira.

— Eles são muito velhos. Sexto século. Talvez sétimo. Não é celta, apesar da decoração linear. É mais provável que sejam os restos de uma tribo bárbara. Os Francos, talvez, que tentaram alguma invasão nessas praias. — Ele fez uma pausa. — Isso foi desenterrado em Devonshire há alguns anos.

— Você conhece esse artefato muito bem para saber tudo isso.

Brentworth encolheu os ombros.

— Meu pai colecionava artefatos. Ele gostava de falar sobre essas coisas. Sofri, por ser um filho obediente.

— Como Sir Malcolm conseguiu esse item aqui?

— É uma fivela. Um pino conectaria as duas peças. O tesouro foi leiloado aqui em Londres. De forma privada. Sir Malcolm comprou. Acho que havia vinte itens. Este foi um dos melhores. Havia três, talvez quatro, dessa qualidade.

— É valioso?

— Ele pagou pouco, se comparado ao seu valor hoje. Na época, era uma novidade. Agora, com a moda da história antiga da Grã-Bretanha, é avaliado como um artefato. Sim, é valioso. — Ele bateu no outro desenho. — Este foi comprado por Argyll. Ele deu ao Museu Britânico. Está em um estojo lá. Ou não está?

— Sem perguntas.

— Eu posso visitar o museu e descobrir a resposta rapidamente.

— Faça isso, se quiser.

— Ah. Você prometeu discrição. Longe de mim desencorajar isso.

— No entanto... — Gabriel usou a voz mais casual que conseguiu. — Se você visitasse e não o visse, o que concluiria?

— Que também foi roubado e que o museu está mantendo o roubo em segredo, provavelmente na esperança de recuperá-lo antes que sua perda seja descoberta e os dedos apontados. Não se preocupe, não compartilharei minha conclusão com alguém. Eu também posso guardar segredos.

— Você não concluiria mais nada? — Gabriel juntou os desenhos.

— Bem, provavelmente seria trabalho do mesmo ladrão, é claro. Alguém com gosto por artefatos medievais antigos. Ou um ladrão enviado por essa pessoa.

— Você disse que o leilão tinha três itens de alta qualidade.

— O terceiro foi talvez o melhor. Uma adaga. O punho exibia uma decoração semelhante à do broche. Tem uma joia muito grande no final. Um rubi.

— Você sabe quem o adquiriu?

— Na verdade, eu sei. Meu pai. — Brentworth se levantou. — Venha comigo. Mostrarei a você.

Gabriel o seguiu pela casa. O fato de Brentworth possuir a adaga explicava seu conhecimento da história. Infelizmente, também frustrou a teoria de que quem comprou a adaga também havia começado a obter os outros dois itens. O último duque de Brentworth, um homem ainda mais ducal que seu filho, nunca contrataria um ladrão.

Na galeria, Brentworth abriu uma das várias cômodas de ébano posicionadas ao longo de seu comprimento e puxou uma das gavetas por trás das portas. Ali estava uma adaga, com o punho envolto em ouro trabalhado e coberto de linhas entrelaçadas. Uma grande pedra vermelha decorava o fim do punho.

— Acredita-se que o tesouro veio de um navio funerário para o líder tribal. Um pouco de madeira foi encontrada no poço. Os homens que descobriram não eram profissionais, e provavelmente muito se perdeu.

— Não eram profissionais, você diz.

— Pelo que entendi, não.

— E um leilão privado foi realizado — continuou Gabriel.

Brentworth não ofereceu reação ou resposta.

— Você sabe onde isso foi encontrado em Devon?

— Segundo meu pai, as informações fornecidas aos licitantes eram vagas. Perto da costa, mas em Devon. Isso significa quase qualquer lugar do condado. — Ele fechou a gaveta. — A falta de detalhes foi deliberada, é claro. Isso e o sigilo implicam que a escavação pode ter sido ilegal. Meu pai comprou a adaga para impedir que ela fosse destruída por suas joias e ouro.

— O museu sabe disso?

— Eu duvido. Os itens falam por si próprios quanto à autenticidade. Eles não são como pinturas de Raphael, onde a proveniência ajuda a estabelecer sua autenticidade.

Eles andaram pela galeria onde duas pinturas de Raphael estavam penduradas entre obras de outros artistas célebres.

— Você não acha que quem cobiçou o broche e a fivela também vai querer a adaga?

— Deixe-o vir. Não é fácil entrar nesta casa, muito menos nesta galeria. Meu pai garantiu isso.

Gabriel duvidava que alguém tivesse se assegurado contra um ladrão que escalava paredes, pulava sobre abismos e, para começar, não parecia um ladrão.

Amanda duvidava que a maioria das mulheres comuns reconheceria a vigilância sob a qual ela estava. Tendo sido criada longe da normalidade, notou imediatamente que os criados a vigiavam. Um lacaio nunca estava longe. Ela poderia precisar de serviço, é claro. A presença deles significava que qualquer tentativa de escapar da casa seria inútil.

Eles a deixaram se mover à vontade. Ela fez um passeio pelos cômodos comuns. Da rua, o exterior não revelava o tamanho da casa. Uma vez dentro, um cômodo levava a outro, o que levava a mais cômodos à medida que se andava.

Ela gostou especialmente da biblioteca, e imaginou que era ali que Langford passava seu tempo. A sala de estar e a sala de jantar exibiam um classicismo severo que não combinavam com o duque. A biblioteca, no entanto, oferecia deleites sensuais em forma de texturas e cores. Cadeiras estofadas e divãs confortáveis preenchiam o espaço. Uma enorme lareira teria um desempenho impressionante no inverno.

Ela saiu pelas portas francesas e passeou pelo jardim enquanto cantava para si mesma. Conforme se movia, dois jardineiros acompanhavam. Ela visitou o caramanchão e um deles decidiu podar árvores nas proximidades. Lembranças de certa noite a fizeram sair da estrutura rapidamente. Essa separação a entristeceu. Agora, em breve, ela teria que partir novamente.

Amanda encontrou um banco e pensou em como escapar. Quando examinou lentamente a parede dos fundos, um dos jardineiros decidiu cuidar de uma árvore frutífera em frente a ela. Não foi preciso dizer que o portão traseiro estava trancado. Ela checou enquanto passava. A fechadura parecia nova, resistente e difícil de abrir. Somente à noite ela teria tempo suficiente. Até então, provavelmente, seria tarde demais.

Cada hora que passava significava que a fivela poderia estar a caminho do seu novo dono, e ela perderia qualquer chance de segui-la. Langford não tinha ideia de como ele havia comprometido a segurança de sua mãe, mas ela ainda o culpava por essa interferência desnecessária.

Vincent escolheu esse momento para passear no jardim.

— Estou aqui — chamou ela. — Você não precisa agir como carcereiro. Os jardineiros já estão servindo ao propósito muito bem.

— Estou aqui apenas para o caso de você precisar de algo — explicou ele enquanto se aproximava.

— Você entende que ajudar a me sequestrar foi um crime, não é? O duque nunca seria levado à justiça por isso, mas você poderia muito bem ser.

— Você não foi sequestrada. Entrou na carruagem por vontade própria. Quanto à justiça, Sua Graça disse que você nunca iria ao magistrado.

Ele disse?

Ela repassou mentalmente a conversa da noite passada em seu porão. Lembrou-se da descrição de Langford de suas atividades. *Ilegal?* Será que ele tinha adivinhado? Ela não conseguia imaginar como ele poderia. No entanto, algo o levou a desconfiar dela.

— O duque estava errado. Não posso ser mantida aqui indefinidamente. Quando eu for embora, irei direto ao magistrado e apresentarei queixas contra você. Então você verá como é ficar preso.

Isso o divertiu.

— Se prometer que terei uma cela como a sua e comerei as melhores iguarias do chef, posso ajudá-la a sair. Por que não aproveitar o luxo enquanto pode? Eu aproveitaria.

— Prisão é prisão, não importa quão bons sejam os lençóis. Agora, por favor, deixe-me. É rude ser tão óbvio em sua falta de confiança. Pelo menos, vá para onde eu não possa vê-lo.

Vincent cedeu, afastando-se um pouco. Mas ela viu que ele havia assumido uma posição com uma visão clara das paredes e portões. Vincent estava apenas seguindo as ordens de Langford, mas ela gostaria de saber o que havia inspirado essas ordens.

Amanda teve a oportunidade de exigir uma explicação alguns minutos depois, quando viu o duque atravessando as portas francesas. Assim que ele apareceu, Vincent entrou na casa e os jardineiros desapareceram. Ele se aproximou por um caminho que serpenteava através das camas de flores. Sombrio. Decidido. Cruel. Ela desejou que seus olhos azuis brilhassem como pedras preciosas e não como gelo. Sentia falta de seus sorrisos fáceis.

Você só tem a si mesma para culpar por ele ser frio com você. A mulher que ele encontrou ontem à noite era um mistério de todas as maneiras erradas.

— Acredito que você ficou confortável. — Ele sentou-se ao lado dela no banco.

— Se eu fosse uma convidada, não poderia reclamar de nada.

— Você é uma convidada. Se pensa de outra forma, posso mostrar-lhe como existem lugares para realmente aprisionar uma pessoa nesta casa.

Provavelmente havia.

— Obrigada por não me colocar em um deles.

Por toda a severidade dele, ela sentiu algo dos velhos laços enquanto ele se sentava tão perto, com as pernas quase a tocando. Amanda se perguntou se ele também sentia.

— Lamento não ter dito a você que estava deixando minha vida para trás.

— De qualquer forma, eu teria perguntado o porquê e então você teria que mentir para mim.

O DUQUE DEVASSO

— Eu não minto facilmente.

— Não mente? Lady Farnsworth disse que você iria ajudar sua mãe. Você não disse a ela que planejava ficar em Londres.

— Eu nunca disse que minha mãe não estava em Londres.

Ele sorriu ironicamente.

— Você não mente muitas vezes, mas, quando o faz, mente muito bem, pelo que parece. Você permite que outros completem a mentira em suas cabeças, para que não precise fazê-lo. Diz apenas o suficiente para levar seus pensamentos aonde quer que eles vão. — Ele deu-lhe um olhar profundo. — Esse é um talento raro. Você é tão esperta assim, Amanda?

Para sua surpresa, ele pegou a mão dela. Amanda fechou os olhos enquanto lutava para conter o que o toque dele fazia com ela. Isso derreteu sua determinação e a deixou quase feliz por ele ter interferido em seus planos.

— Eu posso aceitar que tenha se afastado de mim. Ofereci algo menos do que honroso. Mas você ter se afastado de sua situação e emprego, de sua vida, como acabou de dizer, não consigo pensar em boas razões para isso. Apenas em opções ruins.

Ela ansiava por confiar nele. Estava tão cansada de ser um peão no jogo daquele homem desconhecido. Queria estar livre da preocupação com a mãe. Mas não ousou confiar nele. Ele tinha um dever com sua honra e seu título. Amanda temia que ele soltasse a mão dela. Ela devolveu o aperto com força porque o aperto dele a confortou mais do que ela jamais imaginou que um toque humano pudesse.

— Eu gostaria que estivéssemos nos abraçando em sua cama, como fizemos há poucos dias — ela sussurrou enquanto lágrimas embaçavam seus olhos. — Gostaria que aquele homem estivesse sentado aqui agora e não esse duque severo que acredito que me desprezará, não importa o que eu diga. Confiaria naquele homem com meu corpo e coração. Na minha alma, eu sabia que podia. Mas acho que não posso confiar em você agora.

Ela beijou a mão dele e o soltou, levantou-se e correu para dentro da casa.

O Duque Devasso

Dezesseis

Ele sentia a presença dela em toda a casa. Não a via desde que ela fugira dele no jardim algumas horas antes, mas ele a sentia tão claramente que poderia segui-la em sua mente enquanto ela se movia pela casa. O tempo todo, suas últimas palavras se repetiram em sua cabeça. *Eu não acho que possa confiar em você agora.*

Confiar nele com o quê? Que terrível fardo ela carregava que a levou a arriscar tanto para roubar alguns artefatos antigos? Gabriel tinha certeza de ter adivinhado apenas parte da história. Ele queria ouvir o resto e não apenas para saber o que enfrentava por estar envolvido.

E como diabos ela conseguiu entrar na casa de Sir Malcolm? Era preciso arriscar a vida e os membros para pular de uma janela para a outra.

Não havia mercadorias roubadas no seu baú e mala. Ele olhou enquanto esperava por ela naquele porão terrível. Ela não era a colecionadora, mas Gabriel nunca pensou que fosse. Antes, esperava encontrar as evidências e removê-las para que ela não pudesse ser pega com bens roubados.

A fivela e o broche já haviam sido enviados. Mas para quem? Ele encontrou pouco dinheiro em sua busca, então onde estava o pagamento que ela recebeu por seus serviços? Gabriel saiu de casa para encontrar um pouco de paz. Ele visitou seu clube, e Stratton e Brentworth estavam lá. Jogaram cartas enquanto Stratton os entediava com detalhes chatos sobre seu filho.

Então a conversa deu uma guinada infeliz.

— Stratton, você ouviu falar do roubo na casa de Sir Malcolm Nutley? — perguntou Brentworth.

Stratton, que atualmente não tinha tempo para notícias, não tinha ouvido.

— O ladrão entrou pela janela — contou Brentworth. — Uma janela alta. Foi um feito e tanto.

Gabriel não havia lhe contado esse detalhe. Brentworth esteve bisbilhotando.

— Eu disse "sem perguntas" — ele murmurou quando um amigo distraiu Stratton ao parabenizá-lo pelo herdeiro.

— E eu não lhe fiz nenhuma, como você pediu.

— Não, você foi a outro lugar e provavelmente mexeu com todos os tipos de imaginação com sua curiosidade.

— Eu tenho uma propriedade para proteger.

— Então proteja-a, mas mantenha o nariz fora disso.

— Uma janela alta — disse Stratton, voltando sua atenção. — Isso é estranho. Uma habilidade rara. Um passo em falso e você cai.

Gabriel imaginou Amanda caindo no chão do lado de fora da casa de Harry. Ele desejou que Stratton não tivesse se interessado pelo assunto.

— Havia um camarada na França, quando voltei, que ficou famoso por entrar e sair pelas janelas. Ele conhecia joias e só roubava o melhor — contou Stratton. — Qual era o nome dele? Ele foi pego e o julgamento foi um acontecimento. — Ele ponderou. — Um sujeito inglês. Watkins não, Willow? Não é isso. — Ele desistiu com um dar de ombros.

— O que aconteceu? Ele pode ter mudado suas aventuras para Londres? — perguntou Brentworth.

— Ele foi enviado para uma colônia penal. Provavelmente morreu lá. Muitos morrem.

Isso parecia um final adequado para a história.

— Ou — começou Brentworth. — Ele pode ter saltado do navio. Pense nisso. O que manteria um homem assim em um navio de prisioneiros? Correntes? Ele deve ser bom com fechaduras. O mar profundo? Todos os navios precisam parar nos portos em busca de água e provisões. Guardas? Nenhum é estrito a seus deveres. Em um porto, ele poderia até pular para outro navio e evitar os guardas dessa maneira, já que tem esse talento de se movimentar tão facilmente.

Os pensamentos de Gabriel voltaram para Amanda. Roubar esses itens exigira grande habilidade adquirida apenas através de anos de prática. E se Amanda não estivesse se afastando de sua vida atual? E se, em vez disso, ela estivesse fugindo de um passado?

Amanda manteve todas as cortinas abertas para poder ver o céu noturno através das janelas. Ela falhou em seu plano. Provavelmente, a fivela deixara o poder do intermediário, sr. Pritchard, em algum momento do dia de hoje. Em vez de estar lá para segui-la, ela estava presa ali. Não achava que sua mãe seria libertada. Se outra demanda viesse, ela nem saberia.

Esse dia sem fazer nada a deixara sozinha apenas com seus pensamentos por companhia, e, quando ela subiu na cama, chegou a uma conclusão triste: tudo foi por nada. Os enganos, os sacrifícios, os crimes repulsivos... e ainda assim ela não tinha conseguido resgatar sua mãe.

Havia gostado da nova vida que começou cinco meses atrás, quando se juntou a Lady Farnsworth. Quão triunfante havia sido conseguir esse emprego. Quão certa ela esteve de ter deixado seu passado de má reputação para trás. E com que rapidez ela havia perdido o que havia alcançado.

Amanda puxou o lençol e tentou encontrar paz no sono. Em vez disso, sua mente mudou de imagem para imagem das últimas semanas. Suas emoções estavam em caos por tanto tempo que, mesmo agora, enquanto ela se resignava ao seu destino, elas não se acalmavam.

Um som a fez olhar para a porta que se abriu e Langford entrou. Ele usava uma camisa aberta e um longo banyan aberto. Ela não ouviu som de botas e, pelo jeito que seu cabelo caía em desordem ao redor do rosto, parecia que esteve dormindo. Ele veio até ela e sentou na beira da cama.

— Você estava certa, Amanda. O orgulho nascido da minha presunção me deixou mais irritado do que deveria. — Ele acariciou suavemente sua bochecha com as costas dos dedos. — Fiquei furioso por você me deixar. Eu nunca pensei que talvez você tivesse que me deixar por razões que eu não poderia saber.

Suas palavras a acalmaram. Seu leve toque trouxe tanto conforto.

— Você veio exigir que eu lhe diga as razões?

— Deixei meus aposentos com esse intuito. Agora que estou aqui, acho que vim para abraçá-la, para que você possa esquecer as razões e eu possa esquecer a raiva pelo menos por essa noite. — Ele acariciou seus lábios. — Se você quiser isso também.

Oh, ela também queria. Ansiava por conhecer a liberdade e a paz, o prazer e o êxtase. Ansiava por escapar de seus medos nos braços dele. Amanda se moveu da cama para dar espaço para ele, sentou-se e tirou a camisola. Gabriel se levantou, tirou o banyan e a camisa. Ela descansou contra os travesseiros enquanto ele terminava de se despir.

Quando ele se aproximou, ela o envolveu em seus braços, colocou as pernas sobre as dele, então o prendeu contra seu corpo. Sua alma suspirou de alívio quando a intimidade a preencheu. Eles se agradaram sem palavras. Seus beijos e carícias a adularam até que a alegria substituiu as emoções entorpecedoras que ela carregara nos últimos dias. Amanda acolheu a união deles como nunca, porque precisava disso de novas maneiras. Ela sentiu que ele também e ambos experimentaram a angústia que tomava sua libertação mútua.

Eles ficaram deitados, inspirando a respiração um do outro, seus corpos selados juntos. E, na paz que ela tanto precisava e segurou com tanta necessidade, reconheceu que, se podia confiar em alguém neste mundo, era nesse homem.

— Então aqui estamos nós, no escuro novamente. — Nenhum dos dois havia se movido e ele falou em seu ouvido:

— Estranho que eu te conheça melhor no escuro. Talvez porque não haja distrações do seu toque e voz. Da realidade de quem você é.

Ele saiu de cima dela e deitou ao seu lado.

— E que realidade é essa?

— Eu sei que você nunca me machucaria se pudesse evitar, não importa o quão zangado estivesse.

— Fico feliz que conheça essa parte de mim.

— Também sei que é um homem bom, mesmo que, às vezes, seja ruim. Sua maldade é sobre coisas menores, como mulheres e coisas assim.

— Eu nunca pensei nas mulheres como coisas menores.

Ela riu baixinho.

— Suponho que não, se dedicou tanto tempo a elas.

A vida de um homem deve representar algo, como sempre digo. Esse era o tipo de resposta irreverente que ele normalmente daria. Ele não queria ser aquele homem agora.

— Você é um homem honrado. Foi isso que eu quis dizer. Mesmo quando é um devasso, segue certos... princípios. Você foi criado com eles, e eles fazem parte de você. Eu te invejo nisso.

— Certamente você também foi educada com regras de comportamento e com o que chama de princípios.

Ela virou a cabeça e seus olhares se encontraram.

— Não fui criada para valorizar a honestidade e a justiça, nem para ser boa. Meus pais eram ladrões. Criminosos. Eles me ensinaram como sobreviver e vencer no mundo deles.

Ele absorveu o que ela estava dizendo sem revelar nenhuma reação.

— Oh, eles tinham desculpas pelo que fazíamos — disse ela. — Eles possuíam seu próprio código que seguiam, de um jeito ou de outro. Não roubar os pobres, apenas os muito ricos. Sem violência. Não passar informações sobre ninguém, nem mesmo o pior tipo. Eles falavam como se sua arte e habilidade em seu ofício os fizessem parte de uma nobreza diferente. Quando eu tinha dez anos, já enxergava a ilusão nesse código. Nós éramos ladrões, não artistas. Criminosos. Eu sabia que não éramos melhores do que os batedores de carteiras mais baixos.

— Foi por isso que sua mãe te colocou em uma escola?

— Eu me tornei um inconveniente para ela. Estava ficando muito grande e atraía atenção. Ela pensou em ir me buscar quando eu amadurecesse mais e pudesse ser sua parceira. Ela me visitou no primeiro ano, mas, quando eu tinha quinze anos, disse a ela que nunca roubaria, que não viveria assim. Ela ainda me escreveu depois disso, mas nunca mais a vi.

— E ela voltou à sua vida agora? Ou seu pai?

Por um momento, ela não respondeu.

— De certa forma — ela sussurrou, deu as costas para ele, encolheu-se e escondeu o rosto no travesseiro.

Ele não percebeu que ela chorava até que um soluço abafado escapou. Ele colocou a mão em suas costas trêmulas e ela só chorou mais. Então a puxou para seus braços e beijou sua cabeça na tentativa de confortá-la. Lentamente, com respirações trêmulas, ela se acalmou. Gabriel apertou os lábios contra a têmpora dela.

— Você vai me dizer? — perguntou ele. — Acho que sei um pouco, mas provavelmente não as partes importantes.

Ela manteve as costas para ele.

— O importante é que tenho roubado novamente. Voltei às minhas origens e ao meu treinamento. — Ela ficou tensa novamente. Depois de um minuto, se virou para encará-lo. — Você não está chocado ou com raiva?

— Não, não com você.

— Você sabia. — Ela se elevou em um braço.

— Imaginei. Isso resolveu muitos mistérios. Mas não sei por que você fez isso.

— Talvez seja a minha verdadeira natureza em vez dos anos de honestidade.

— É nisso que acredita? Você já se perguntou qual é a verdadeira Amanda Waverly? Você a encontrou naquela escola depois que seus pais a deixaram. Quero saber por que arriscou perdê-la novamente.

Ela deitou de frente para ele, seu rosto a meros centímetros de distância.

— Abrace-me e eu lhe direi.

Amanda contou a ele sobre as cartas e exigências. Sobre o pedido de ajuda de sua mãe e sobre o broche e a fivela.

— Eu esperava seguir a fivela até onde ele a mantinha. Já o havia seguido. Você estava esperando quando eu voltei. Agora ele se foi, tenho certeza.

Ela manteve o rosto próximo ao dele e sentiu a respiração dele. Seu abraço não havia afrouxado.

— Você foi chantageada.

— Ele não me pediu dinheiro.

— Ele exigiu que você fizesse algo e iria prejudicá-la de alguma forma, se você não o fizesse. Isso é chantagem.

— Duvido que isso faça alguma diferença em um tribunal.

Apesar de toda a proximidade, as consequências de seus atos ocupavam espaço entre eles. Ela não conseguia imaginar o que se passava pela mente dele.

— Eu não deveria ter lhe contado.

— Eu tinha que saber.

Talvez ele esperasse descobrir que havia se enganado. A história dela pode ter recuperado seu orgulho ferido pela forma como ela o havia deixado, mas agora ele enfrentava o custo de saber a verdade. Amanda se esticou para beijá-lo.

— Estou aliviada por confessar tudo, mesmo se... Eu não o culparei se você precisar...

— Não chegou a isso. Vou encontrar outro caminho.

Amanda queria acreditar que havia outra maneira, mas não conseguia. Aninhou-se junto a ele e aceitou o conforto de seus braços, que era tudo o que ele havia prometido esta noite.

Eles acordaram cedo e se vestiram, depois foram tomar o café da manhã. Todos na casa sabiam sobre a hóspede peculiar, portanto não havia necessidade de discrição.

Gabriel leu sua correspondência. Amanda bebeu seu café. A meia hora de domesticidade a divertiu. Ali estava ela sentada na casa de um duque, agindo como uma dama, fingindo que o homem à mesa não tinha seu destino nas mãos.

Ela o observou executar calmamente sua rotina matinal. Se o homem não fosse um duque, nem um nobre, um cavalheiro obrigado pela honra e nem um demônio sedutor que conhecera muitas mulheres muito mais belas do que ela, talvez, apenas talvez, ela pudesse convencê-lo a deixá-la fugir. Só que ele era todas essas coisas e suas próprias habilidades de sedução não eram páreo para os princípios que decidiriam seu destino.

Amanda também não tinha certeza se gostaria de vencer esse desafio, caso o fizesse. Não queria que ele fosse nada diferente do que era.

— Eu elaborei um plano. — Ele deixou as cartas de lado.

— Tenho medo de perguntar como é.

Ele a olhou gentilmente e havia determinação em seus olhos.

— Você vai me mostrar onde mora esse tal intermediário, o Pritchard. Vou falar com ele para que me diga para onde foi a fivela.

— E se ele se recusar? — Ele superestimava a influência de duques em criminosos. Nesta pequena parte da vida, ela era a especialista e suspeitava que ele era bastante inexperiente.

— Eu vou argumentar com ele.

— Ele pode não ser uma pessoa razoável.

— Então eu vou convencê-lo de outra maneira. Eu lhe pagarei.

— Isso pode funcionar — admitiu ela.

— Se não funcionar, vou deixar para Vincent e Michael.

— Ah. Agora essa persuasão pode ser bem-sucedida.

— Espero que não chegue a isso.

— Eu não objetarei se isso acontecer. Eu sofri muito devido a esse esquema.

Ele se levantou.

— Então vamos de uma vez e acabaremos com isso.

Langford andava pelo assoalho simples de madeira. Amanda ficou no centro, tão decepcionada que mal conseguia sentir seu próprio corpo.

— Parece completamente desocupado — disse ele. — Você tem certeza de que este é o lugar certo?

— Eu o vi entrar neste prédio. Foi-me dito que ele alugava o quarto do sótão.

Langford passou o dedo pela poeira espessa de uma mesa.

— Suponho que ele pode ter ido embora ontem.

Suas palavras hesitantes chamaram a atenção dela. Uma nova seriedade recaíra sobre ele. Sua postura, sua expressão, a maneira como ele olhava para todos os lados, menos para ela, uma formalidade sutil tingia seus movimentos. Talvez ele pensasse que ela havia mentido. Ou se perguntasse se tudo aquilo teria sido uma história para desviá-lo da verdade. Ela era uma criminosa, afinal. Por que não mentiria se isso servisse a seu propósito?

Gabriel olhou para ela, e sua reserva diminuiu, como se sua mente rejeitasse o que havia acabado de ponderar.

— Então, nós o perdemos — contou. — Isso torna as coisas mais complicadas, mas nem tudo está perdido.

— Como vamos encontrá-lo agora?

— A fivela já foi levada. Sua mãe permanecerá segura. Mas ele enviará outra demanda. Quando o fizer, podemos usar para encontrar ela, o chantagista e os itens roubados.

Amanda afundou na velha cadeira de madeira perto da mesa.

— E se não houver outra demanda?

— Haverá — garantiu ele sombriamente. — Há mais um item que acompanha os dois que ele queria. Ele vai querer esse também.

— E eu vou roubá-lo?

— Tenho um grande carinho por você, Amanda, mas você não roubará novamente.

— Então, como podemos seguir esse outro item até a minha mãe?

— Faremos isso sem mais roubos.

Ele pretendia comprá-lo? Supondo que o proprietário vendesse, a ideia poderia funcionar.

— Devo morar em sua casa até sabermos se esse novo plano funcionará?

A expressão dele endureceu.

— Sim.

Isso a machucou o suficiente para que ela quase desejasse tê-lo mandado embora quando ele foi ao seu quarto. Ele era um duque e ela era uma ladra. Eles poderiam deixar de lado quem eram por algumas horas, mas suas diferenças sempre estariam lá.

— Então você continuará como meu carcereiro — concluiu ela, levantando -se. — É bom saber.

— Amanda...

— Não, por favor. Não tente explicar. Eu entendo o porquê. Acho que entendo ainda melhor do que você. Vamos dizer a Vincent que hoje ele não vai espancar ninguém; acho que ficará desapontado.

<hr/>

Nos dias seguintes, Amanda deixou de ser uma novidade na casa. A vigília sobre ela afrouxou, como imaginara. Certo dia, quando os jardineiros não estavam à vista, ela considerou a possibilidade de escapar. Pularia o muro e correria rapidamente pelo beco... mas e daí? Sem roupa, sem dinheiro, sem casa, ela estaria desamparada. Pior, perderia qualquer chance de encontrar uma saída para sua situação. Enquanto ela ficasse, embora pudesse ser uma prisioneira, ainda havia uma chance.

Langford saiu de casa como fazia normalmente. Ele foi aos últimos bailes e festas da temporada, e ela presumiu que ele visitou seu clube e fez o que mais os duques faziam. Provavelmente participou de sessões no Parlamento. Ela começou a adivinhar em que dias ele o fazia, pelas roupas que vestia. Sem gravatas casuais ou coletes claros naqueles dias.

O DUQUE DEVASSO

Ele não foi ao seu quarto por várias noites. Talvez achasse impróprio fazê-lo, considerando que a mantinha contra sua vontade. Isso não significava que ele não queria. Ela podia perceber isso nele e sentir quando estavam juntos. Os laços entre eles se tornaram amarras resistentes que tentavam puxá-los para os braços um do outro.

Finalmente, depois de um jantar em que o desejo deles trovejou e estalou através da mesa a cada olhar e cada palavra, ela concluiu que o cavalheirismo dele se tornara inconveniente novamente. Antes de sair da refeição, Amanda o convidou ousadamente para sua cama.

Ele lhe deu um prazer incrível, como sempre, naquela noite e nas noites seguintes. Novos prazeres. O diabo havia aprendido muito em suas frequentes visitas ao inferno. E, por algumas horas, ela soltou novamente os grilhões do passado, presente e futuro e não conheceu medo ou culpa.

Amanda passou os dias lendo. Havia pouco mais a fazer. As publicações femininas se juntavam aos jornais comprados todos os dias. Se a governanta e o mordomo pensaram nisso ou Langford ordenou, ela não sabia. Ela leu sobre os eventos da sociedade e o fim da temporada. Acompanhou as notícias da partida das melhores famílias da cidade e quais escolheram permanecer. Soube que a duquesa de Stratton havia se apresentado em um baile, muito antes do que o autor da nota achava sensato.

Amanda tinha um alívio da prisão. Todos os dias, Vincent e Michael a acompanhavam quando uma carruagem a levava à gráfica do sr. Peterson para ver se havia outra carta para a sra. Bootlescamp. A presença dela não era necessária. Qualquer pessoa que solicitasse as cartas para esse nome as receberia. Os passeios eram pouco mais do que desculpas para dar algum propósito ao seu tempo, a critério do duque.

Uma semana após o sequestro, uma carta finalmente emergiu da caixa que Peterson mantinha sob o balcão. Quando Vincent viu, ele falou algumas palavras para Michael e este correu pela rua. Vincent não disse uma palavra para ela. Ele a acompanhou até a carruagem e tomou seu posto no suporte traseiro.

Amanda examinou a carta quando ficou sozinha. Dessa vez, era a caligrafia de sua mãe. Isso a aliviou. Ela quebrou o selo.

Minha querida Amanda,

Perdoe-me por não escrever as instruções da última vez. Um momento de coragem mal pensada me fez recusar a forçar ainda mais suas ações. Só mais tarde eu percebi que você poderia pensar que algo mais sério poderia ter me impedido.

É com pesar que lhe escrevo para dizer que, como eu temia, ele ainda não está satisfeito. Enquanto escrevo isso, ele promete que este será o último esforço de sua parte. Espero que sim.

Há uma adaga de estilo semelhante que você deve obter. O punho é dourado com decoração muito parecida com o broche. Uma grande pedra vermelha fica no final e o punho por si só é longo como a mão de um homem.

É de propriedade do duque de Brentworth e está entre os itens de sua coleção. Espero que você possa evitar qualquer perigo. Se ele organizar uma grande festa ou baile, você pode fazer do jeito que sempre fiz e sair rapidamente.

O resto será o mesmo. Envie um bilhete quando a tiver e serão fornecidas instruções para sua entrega.

Eu lhe envio meu <u>amor</u> e <u>devonção</u>.

Mama

O duque de Brentworth. Langford o mencionara ocasionalmente. Ela imaginava que todos os nobres se conheciam. Entretanto, não tinha visto o nome dele nas páginas de fofocas. Não havia indicação de que ele realizasse bailes ou festas. Provavelmente o fazia, mas ela duvidava que pudesse contar com uma delas quando precisava. Se esse esquema tivesse começado no início da temporada, ela poderia ter tido mais sorte em insinuar-se em uma festa oferecida por Brentworth .

Amanda guardou a carta. Langford havia dito que não roubaria mais. Ela rezou para que ele estivesse certo. Caso contrário, esperava que ele soubesse como ela poderia entrar na casa desse outro duque.

Gabriel leu a carta. Amanda estava sentada em sua pequena sala de vestir, esperando que ele terminasse. Ele virou a folha.

— Foi uma postagem pré-paga.

— Tem que ser. As lojas que aceitam essas cartas para outros não vão gastar dinheiro para recebê-las.

— Isso também evita a necessidade de um endereço de retorno. Não há como saber de onde foi enviada. É uma pena.

Ele largou o jornal e foi até a janela, olhou para a noite enquanto debatia o que dizer e o que fazer. Nos últimos dias, havia evitado tomar decisões sobre qualquer parte desse esquema, mas os problemas não estiveram longe de sua mente. Exceto à noite. Eles viveram em um mundo diferente, então. Ele deveria ter demonstrado mais firmeza sobre isso, mas tê-la na casa e não tocá-la se mostrou impossível. Sem esperança. Torturante. Gabriel não era bom ao ponto de recusar o que ela oferecia, apesar de apenas complicar o que enfrentava agora.

— Amanda, devo perguntar. Existe alguma chance de que não haja homem ou que sua mãe esteja conspirando com ele e não seja sua prisioneira?

Ele se virou para vê-la olhando-o em choque. Então seus olhos brilharam.

— Isso é uma coisa terrível para sugerir.

— Você disse que não a vê há anos. Não a conhece mais.

— Ela é minha mãe. Ela não faria... Jamais faria...

Mesmo quando ela negou, ele viu a possibilidade surgir em sua expressão.

— Se ela nunca faria, seu pai faria se ele voltasse? Ele pode muito bem ser o homem que a tem.

— Você está louco? Depois de todos esses anos, é improvável que ele a procurasse agora.

— Talvez ele não tenha escolha. Pode estar doente ou precisando se esconder. Em quem mais ele poderia confiar ou contar?

— Você está errado! Ela também não está de acordo com esse chantagista.

Ele desejou poder ter tanta certeza quanto ela.

MADELINE HUNTER

— Precisamos pegar a adaga — disse ela com firmeza, como se ele tivesse perdido de vista o próximo passo. — Eu preciso enviá-la como me disseram. Preciso segui-la e libertar minha mãe. Quando ela estiver a salvo, este homem não terá mais controle sobre mim, e eu terminarei com isso.

O medo dela o tocou como sempre fazia. Teria prazer em adiar essa conversa por um dia, um mês, para sempre.

Ela estava vestindo uma camisola de fino algodão. Havia se sentado em um divã com as pernas esticadas sobre a almofada. Seus pés descalços apareciam sob a bainha da camisola. Agora ela usava o cabelo solto à noite, desde que ele disse que preferia assim. Uma emoção nostálgica fluiu através dele. Se a ajudasse, o preço seria alto. Muito alto. Havia linhas que um homem não cruzava, nem mesmo para amigos ou amantes. Ainda assim, aqui estava ele, com o pé a um palmo de distância.

— Obteremos o punhal, enviaremos para ele e o seguiremos. Encontraremos sua mãe e os outros itens roubados, que devolverei aos proprietários.

Ela assentiu.

— E depois?

Inferno, ela tinha que perguntar agora. Não era assim que ele queria lhe contar. Havia tempo suficiente para isso.

— E então? — ela perguntou novamente.

— Então você deixará a Inglaterra, Amanda. E sua mãe também.

Ela piscou, mas ele viu o brilho de lágrimas em seus olhos. Mesmo assim, ela forçou um pequeno sorriso que partiu seu coração.

— É melhor que Newgate. Sempre achei que gostaria de visitar a América.

Foi o melhor que ele pôde fazer e mesmo assim o comprometeu. Gabriel se aproximou e beijou a cabeça dela, depois se virou para a porta.

— E até então? Você vai ser meu carcereiro e nada mais? — ela questionou. — Parece uma crueldade desnecessária, considerando o futuro que enfrentarei.

Ela o surpreendeu. Apenas um canalha levaria para a cama uma mulher que sabia que iria arruinar. Teria que pagar ao diabo quando isso terminasse, ao menos em sua consciência, se nada mais. Gabriel decidiu que poderia viver com isso. Então voltou, levantou-a nos braços e levou-a para o quarto.

O DUQUE DEVASSO

Dezessete

— Outra visita matinal, Langford. Pelo menos, você esperou até as onze horas desta vez.

Gabriel encontrou Brentworth em seu escritório, com a caneta de ponta de ferro na mão. Os papéis dispostos sobre a mesa pareciam importantes e oficiais. Como Brentworth não possuía nenhum cargo no governo, Gabriel se perguntou o que esses papéis continham. Com um movimento planejado, Brentworth os reuniu com uma mão em uma pilha impenetrável.

Gabriel sentou-se em uma cadeira na lateral do escritório. Nem morto ele se sentaria do outro lado da mesa como um empregado ou pedinte, embora hoje estivesse mais para este último tipo.

— Vim pedir um favor — começou.

— Você só precisa dizer. — Brentworth colocou a caneta no suporte. — Imagino que queira a adaga emprestada.

Sua suposição era terrivelmente irritante. E um pouco preocupante.

— Sim.

— Não vou perguntar o porquê. Tenho certeza de que você tem um bom motivo. — Ele se levantou e foi para a porta. Gabriel o seguiu.

Na galeria, Brentworth abriu a caixa, puxou a gaveta e levantou a adaga.

— Vamos encontrar uma caixa para isso. Você não pode andar pela cidade com isso no seu casaco. Vai rasgar o forro.

— Imagino que sim.

Brentworth chamou um lacaio e descreveu a caixa de que precisava. Eles foram à biblioteca para esperar.

— Ouvi Brougham falando favoravelmente sobre o projeto de lei. A revisão do código penal referente a crimes capitais. Ele nunca gostou de todas essas penas de morte que, devido à consciência, nunca são executadas. Isso cria injustiça em uma área em que o governo deve ser muito justo.

— E a reforma penal?

— É difícil fazer as pessoas se importarem se os criminosos são bem cuidados.

— As duas reformas andam de mãos dadas. Se as prisões permanecerem como estão, evitar o enforcamento só atrasará um pouco a morte para muitas dessas pessoas.

O DUQUE DEVASSO

— Talvez, mas duvido que você consiga aprovar as duas reformas.

Provavelmente não, já que suas tentativas de persuasão estariam reduzidas em um futuro próximo. Potencialmente para sempre. Considerando o que ele planejava fazer por Amanda, seria melhor que seu nome fosse removido desses projetos. Se fosse descoberto, pareceria que apenas os apoiava para proteger uma certa mulher no caso de ela ser pega por seus crimes.

O lacaio trouxe uma caixa de madeira rasa com um fecho simples. Brentworth envolveu a adaga no lenço e a colocou dentro.

— Se você lembrar de mais detalhes sobre o leilão, como quem mais participou, entre em contato — pediu Gabriel.

Brentworth fechou a tampa da caixa e a entregou a Gabriel.

— Sem perguntas?

Brentworth balançou a cabeça.

— Um lembrete, no entanto. Você tem amigos, se precisar. Não esqueça disso.

Quando Gabriel voltou para sua casa, encontrou Stratton entregando o cavalo a um cavalariço.

— É bom eu não ter chegado antes, Langford. Teriam me dito você não estava em casa e eu assumiria que estava me evitando.

— Eu tenho me levantado mais cedo do que o normal nos últimos dias. — Como não havia maneira de manter Stratton fora da casa sem realmente insultá-lo, ele aceitou a companhia de seu amigo quando entrou.

Stratton, por hábito, foi em direção à biblioteca. Recuando um passo, Gabriel fez gestos frenéticos para o mordomo por trás das costas de Stratton. O homem entendeu e correu à frente dos dois. Quando entraram, Gabriel ouviu o som das portas francesas se fechando. Pelo canto do olho, ele viu Amanda se esgueirando para o jardim. Stratton também viu e olhou as portas enquanto uma pequena carranca se formava. As sobrancelhas de Stratton se elevaram de repente.

— Essa era a mulher no camarote de Lady Farnsworth no teatro. Waverly.

— Ela veio me visitar.

— No entanto, você a deixou aqui enquanto andava pela cidade. Acho que ela não chegou hoje, mas acordou aqui pela manhã.

— Tanto esforço inútil pela minha campanha de aprender discrição...

Stratton olhou para as portas novamente.

— Por que não usou a casa que alugou? Discrição foi o motivo principal para fazê-lo.

Porque não haveria empregados suficientes para vigiá-la. Porque não estava claro se ela concordaria com a verdadeira razão pela qual a casa foi alugada. Porque morar lá seria inconveniente.

— Sim, bem, uma coisa levou à outra. — Ele deu de ombros.

— Vou me despedir para que uma coisa possa levar à outra coisa mais uma vez, agora que você voltou. — Em vez de realmente sair, no entanto, Stratton lançou à porta francesa outro olhar demorado. — Clara mencionou que a senhorita Waverly deixou seu emprego — disse ele. — Isso é verdade? Suponho que, se ela está aqui hoje e não com Lady Farnsworth, deve ser. Então você não apenas a seduziu, mas a atraiu para longe de sua colocação, para que ela pudesse sassaricar por aí com você. Está louco?

— De certa forma, não somos todos loucos quando perseguimos mulheres?

— Quão filosófico.

— Tampouco a atraí para longe. Isso não teve nada a ver comigo.

— Convença Lady Farnsworth disso. Ela vai estripá-lo com a caneta, se souber.

— O que ela não saberá, a menos que você conte para sua esposa, então, nesse caso, eu vou estripá-lo.

Stratton estava muito ocupado pensando para ouvir a ameaça.

— Ela está morando aqui? Se você saiu hoje de manhã, acredito que sim. Não a imagino acordando sozinha nesta casa, a menos que seja uma hóspede. — Ele fez uma carranca severa para Gabriel. — Péssima ideia, Langford.

Gabriel apontou para os decantadores, e ele se serviu de um conhaque.

— Eu deveria ter trancado a porta quando vi você lá fora. Por que diabos não está em casa, admirando seu filho?

— Fui enviado em missão por Clara.

— Para mim? Com qual propósito?

— Ela gostaria de falar com você, pois pensa que não se importa com ela e recusaria se ela escrevesse e pedisse que a visitasse, então ela me enviou para convencê-lo.

— Eu não sei por que ela acha que não ligo para ela. Ela não me aprova, mas estou acostumado a isso e não guardo rancor.

— Então você vai visitá-la.

— Suponho que sim, quando puder. O que ela quer?

— Não sei.

— Você diz a ela tudo o que entra em sua mente, mas ela guarda segredos?

— Eu não digo a ela tudo que... você acha que ela sabe sobre a sua hóspede?

Era uma noção que Gabriel preferia que Stratton não trouxesse à tona.

— Não consigo imaginar como ela saberia. — Alguém poderia ter visto Amanda em uma de suas carruagens quando ela saía de manhã para checar a correspondência. Fora isso, não deveria haver pistas.

Stratton cruzou os braços e refletiu sobre o assunto.

— Por que não contar a ela? Traga a srta. Waverly quando nos visitar. Clara é extremamente liberal em relação à questão de as mulheres solteiras terem amantes, de modo que ela não desaprova, pelo menos em princípio.

— Significando que ela vai se opor apenas aos detalhes, como o amante ser eu.

— Possivelmente.

— Certamente.

— Isso não importa. A srta. Waverly deve estar entediada, presa aqui. Ela ficará feliz em ir e ter a certeza de que, se o caso for descoberto, toda a sociedade não a desprezará.

— Ela *não* é uma prisioneira.

— Refiro-me ao isolamento dela nesta casa por uma questão de discrição. Vou deixar você para que possa entreter sua convidada. Vou dizer a Clara que a visitará amanhã.

— Eu não disse que visitaria amanhã. Eu disse que tentaria fazer isso algum dia. Sou um homem ocupado, Stratton. Tenho deveres abundantes.

Stratton sorriu.

— Ela vai esperar por você amanhã.

— Ficará decepcionada. — Ele não respondia à convocação de ninguém, exceto o rei. Ele não faria nada para incentivar a duquesa a pensar que ela poderia exigir sua presença.

— Como quiser. Você foi avisado — sentenciou Stratton.

Avisado, inferno. Ele se sentou a sua mesa de trabalho depois que Stratton saiu e começou uma carta para Thomas Stillwell, o preocupado curador do Museu Britânico.

Amanda segurou a adaga enquanto a examinava. Ela estava sentada em um divã com Langford, que lhe entregou uma caixa assim que ela voltou à biblioteca. Lá dentro, estava essa raridade, embrulhada em um lenço fino.

— Brentworth deu isso a você?

— Ele me emprestou como um favor.

— Ele deve ter perguntado por que você queria.

— Homens que são amigos não exigem explicações um do outro sobre favores.

— As mulheres exigem. Sempre queremos os detalhes.

— É por isso que vocês são tão fofoqueiras.

— Homens fofocam também.

— É verdade, mas não descobrimos os detalhes. Contamos com as mulheres para fazer isso por nós.

— Preocupei-me em ter que ensiná-lo a roubar isso. Eu não tinha fé que você seria um bom aluno. — Ela esfregou o dedo sobre as linhas gravadas.

— Imagino que poderia roubar tão bem quanto qualquer um.

— Você daria o pior ladrão. É notável demais. Mesmo em trapos, você se destacaria. Os ladrões devem parecer tão comuns que você nem os vê.

— Ela se levantou e foi até a escrivaninha. — Eu deveria escrever o bilhete.

Ele se juntou a ela e pairou em volta enquanto ela arrumava uma folha de papel.

— Quanto tempo vai demorar para receber instruções?

— Da última vez, levou uma semana. Então ele exigiu um atraso antes de eu entregar a fivela. Não sei por quê. Foi mais rápido da primeira vez, com o broche do museu.

— Talvez ele precisasse providenciar o recebimento. Isso poderia acontecer mais rápido desta vez.

Ela não tinha certeza se deveria rezar que assim fosse ou esperar que não. É claro que Amanda queria que isso acabasse. Queria saber que sua mãe estava segura. Quando essa triste história chegasse ao seu capítulo final, no entanto, ela e Langford se separariam para sempre.

Eles não falavam disso, mas afetou o tempo que tinham juntos do mesmo jeito. Na noite anterior, enquanto estava deitada junto a ele, sentindo a essência dele ao seu redor, Amanda reconheceu calmamente que o destino tinha sido gentil de certa forma, porque ela tinha esse tempo para amá-lo. A palavra acabara de emergir em seus pensamentos, exata e verdadeira. Isso estava em seu coração há muito tempo.

Caneta carregada, ela olhou para ele e permitiu-se um momento para abraçar esse amor. Gabriel notou sua hesitação.

— Você não sabe o que escrever?

Ela forçou sua atenção para a tarefa em questão.

— Estava pensando se deveria deixar claro que não haveria mais entregas depois disso. Não quero que ele pense que pode continuar. Eu não me importaria de ser intransigente de alguma maneira.

— Contenha-se, por enquanto. Não queremos que ele fique desconfiado. Ele pode fazer algo que complicará ainda mais as coisas.

Ela desistiu da bronca que havia se formado em sua cabeça. De qualquer maneira, era furiosa e gráfica demais. Ela apenas escreveu o que escrevera da última vez. *Está comigo.* Dobrou o papel e escreveu *sr. Pettibone* do lado de fora. Langford o pegou e colocou sobre a mesa. Então segurou a mão dela e a levou para o terraço. Uma mesa fora posta ali com panos e prataria, e foi servido chá.

Amanda tomou um gole de chá e ele sorriu.

— O que te diverte? — perguntou ela.

— Você gosta tanto do sabor do chá. Sua expressão, seu suspiro, a maneira como aprecia e fecha os olhos, não é diferente da sua aparência quando desfruta de outros prazeres.

Ela sentiu o rosto esquentar.

— Certamente não.

— É um bocado próximo.

— Que vergonha.

— Ninguém mais além de mim presta atenção nisso. Ninguém mais sabe como você fica quando seus outros sentidos ficam extasiados.

Ela descansou a xícara.

— É por isso que você continua me servindo chá? Para poder me ver *extasiada*? Você fica *extasiado* só por me ver *extasiada*?

Gabriel riu.

— Às vezes. Contudo, mando servirem chá porque você claramente o aprecia.

— Nós nunca tomávamos chá na escola. Desde então, não tenho conseguido pagar nada que valha a pena beber. — Ela ergueu a xícara e se escondeu atrás dela enquanto sorvia com avidez.

Ele recostou-se confortavelmente e a observou.

— Você disse algo na biblioteca que me surpreendeu, sobre como os ladrões não devem ser notáveis. Talvez tenha sido por isso que sua mãe a colocou na escola. Talvez, conforme você foi ficando mais velha, ficou menos comum. Notável demais.

— Que noção surpreendente. É muito gentil de sua parte sugerir isso.

— Você acha que estou errado, que estou simplesmente bajulando-a.

— Se me vê de alguma forma notável, não vou desencorajar essa visão. No entanto...

— As mulheres sempre sabem a verdade. Foi isso que você me disse. — Ele se inclinou para frente e pegou a mão dela. — Deixe-me dizer como você é notável. Na segunda vez que te vi, uma máscara cobria a maior parte do seu rosto, mas a notei imediatamente.

O Duque Devasso

— Porque minha fantasia era muito feia.

— Porque havia algo em sua presença.

Ele só a lisonjeava. Amanda sabia disso. Borboletas voavam dentro dela de qualquer maneira.

— O que você quer dizer com a segunda vez? Essa foi a primeira.

Ele balançou a cabeça.

— Eu não percebi até o mistério realmente se desenrolar, mas a primeira vez que a vi foi do lado de fora da casa de Harry, examinando a casa de Sir Malcolm. Você usava um vestido verde simples e um chapéu de abas curvadas ainda mais simples e carregava uma cesta. Você pretendia ser tão comum que fosse invisível, mas eu a notei.

— E eu o notei. — Surpreendeu-a que ele tivesse notado e mais ainda por se lembrar.

— Essa qualidade seria inconveniente para sua mãe. Ela pode conseguir desaparecer, mas a filha mostrou sinais de que nunca conseguiria. — Ele apertou a mão dela. — A primeira vez que te vi foi no dia que você decidiu que só poderia entrar na casa de Sir Malcolm se usasse a casa de Harry, não foi?

Ela assentiu.

— Talvez meus pensamentos intensos sobre o assunto foram o que me fizeram notável. — Ela riu. — Você é muito perspicaz. Acho que não tenho mais mistérios.

Ele se inclinou e a beijou.

— Acho que sempre haverá mistérios com você, Amanda. — Gabriel se levantou e a puxou para junto de si. — Vamos subir para que eu possa explorá-los.

O Duque Devasso

Dezoito

Duas manhãs depois, Amanda acordou e encontrou Langford em seu quarto, já vestido para o dia. Hoje não ficariam deitados, entregando-se ao prazer preguiçoso da manhã. Ela adorava como eles adiavam o dia e o mundo por um tempo daquele jeito. Amanda lamentou a perda, mesmo desta vez. Gabriel se inclinou e a beijou.

— Tenho visitas a fazer. Negócios pela manhã, depois um compromisso social. Não voltarei até a noite. Vincent a levará para checar a correspondência à tarde.

— Você entende que o arruinou com todas essas missões secretas, não é? Ele nunca será um lacaio adequado no futuro. Achará o dever muito monótono.

— Se eu não encontrar bons usos para seus novos interesses, ele pode procurar uma colocação que o satisfaça. Concluí que todo duque deve ter um Vincent por perto.

— Isso é interessante. Estive pensando que ele seria um excelente ladrão. Tenho certeza de que ele acharia isso bastante empolgante.

— Ele pode se sair bem nisso. — Ele se adiantou para partir, mas parou. — Stratton disse que sua esposa quer que eu a visite em breve. Você a conheceu através de Lady Farnsworth.

— Sim, eu tive essa honra. — Ela nunca explicou como e por que elas se conheceram. Considerando seu aborrecimento com o artigo de Lady Famsworth e o *Parnassus*, além do segredo do envolvimento da duquesa, ela havia se esquecido de explicar tudo.

— Stratton sugeriu que você me acompanhasse.

Dois batimentos cardíacos pesados pulsaram em seu peito.

— Ele sabe sobre mim?

— Ele sabe que está aqui. Viu você saindo da biblioteca quando me visitou no outro dia. Ele não conhece o resto.

— Por que você não me informou disso? Ele dirá a ela, que contará a Lady Farnsworth, e eu serei conhecida como uma mentirosa.

— Você não mentiu. Disse que saiu para ajudar sua mãe, e o fez.

— Uma meia verdade, na melhor das hipóteses, como você já me acusou com grande talento. Nem as duas damas assumiriam que isso é verdade se descobrirem que estou aqui com você. Pensarão que fui embora para ser sua amante e em sua própria casa. Não apenas uma amante, mas uma estúpida.

— Stratton não vai te trair. Também não acho que a duquesa o faria. Ela pode ser confusa em seu pensamento, mas não é cruel. Por que você não me acompanha? Eu me sinto culpado por você ficar sozinha aqui tantas vezes sem nada para fazer.

— Você é o único com um pensamento confuso. — Ela saiu da cama e foi até ele. — Neste momento, esses seus amigos estão na ignorância, apenas se perguntando. Se descobrirem o que sou, o que fiz, seu nome estará ligado a mim se eu for vista com você.

Ele colocou a mão no rosto dela.

— Sua preocupação por mim é doce, Amanda. No entanto, eu confiaria minha vida a esses amigos. Também posso confiar meu nome a eles. Posso enfrentar desaprovação por parte deles, mas eles nunca participariam de conversas que me arruinariam. Venha comigo. Entre de braço dado comigo uma vez.

O jeito que ele disse isso, e como olhou para ela, apertou seu coração como um punho. Desta vez. Só desta vez. Ele a honrou com esse desejo de reivindicá-la dessa maneira pequena e pública. Apresentá-la a seus amigos sem constrangimento. Ela arriscaria pouco ao aceitar. O pior que poderia enfrentar era o desprezo da duquesa. Se um dia ele se tornasse conhecido como um homem que ajudou uma ladra, essa ladra já teria desaparecido há muito tempo.

— Não esta semana. Depois que soubermos o destino da adaga, talvez eu faça isso — disse ela. — Se a duquesa for menos gentil do que você pensa, não quero ter de suportar isso por muito tempo.

Ele enfiou a mão no bolso.

— Use isso quando formos. Eu não quero que a duquesa pense que não tenho nenhuma consideração por você.

Ele pressionou o objeto na mão dela e depois saiu. Amanda olhou e era o medalhão que ele lhe dera enquanto estavam no tapete da casa de lorde Harold.

Gabriel mal conseguiu entrar no escritório de Stillwell; livros enchiam as prateleiras da parede e formavam pilhas no chão, enquanto documentos antigos cobriam uma mesa e outra bloqueava o caminho para a cadeira de visitante.

— Minhas desculpas, Sua Graça — Stillwell murmurou enquanto tentava empurrar a mesa para fora do caminho.

— Deixe. Eu prefiro ficar de pé.

— Certamente. Se o senhor preferir. — Ele se inclinou sobre os documentos da mesa, escavando e separando com mãos trêmulas que traíam sua agitação. — Fiz o que o senhor pediu e procurei qualquer informação sobre o broche. — Ele olhou para trás. — Acha que podemos recuperá-lo? Eu ficaria tão aliviado se pudesse ver essa eventualidade. Lamento dizer que o acontecido vazou. Alguns outros descobriram, e sabe como essas coisas se espalham.

— Não descobri nada que o encoraje. Entretanto, espero saber em algum momento.

— É muito bom de sua parte demonstrar interesse. Temo que a maioria só queira culpar alguém e não se importe em recuperar a raridade.

— Você disse que coletou todas as informações?

— Sim, sim. Claro. Deixe-me ver. Aqui está. — Ele se virou com vários documentos nas mãos. — A primeira é a carta do último duque de Argyll dando a adaga ao museu. A carta de baixo apareceu inesperadamente quando cheguei a caixa de correspondência daquele ano. Eu asseguro que eu não tinha consciência da reinvindicação dele. Eu nem estava aqui na época.

Gabriel passou direto para a última carta.

— Reinvindicações como essas são comuns?

— Elas chegam de tempos em tempos. Alguém deixará algo para o museu em testamento e um parente dirá que não era dele para entregar. Nós sempre respondemos da mesma maneira. O parente é livre para discutir o assunto nos tribunais, mas não questionamos a honra de nossos patronos. Tais disputas são melhor resolvidas pelos advogados.

Esta carta não abordou um legado, no entanto. Nela, um homem alegou que a adaga havia sido roubada de sua propriedade por ladrões que a cavaram sem permissão. Mas Gabriel notou pela carta que esse requerente nunca tinha visto o que foi levado. Um estudioso examinou o local abandonado, ponderou sobre os pertences remanescentes e descreveu o tipo de objetos que poderiam ter sido encontrados. A adaga combinava com essa descrição geral.

— Não é de admirar que o museu não tenha levado essa afirmação a sério — disse ele. — Eu duvido que algum advogado o tenha feito.

— Julguei improvável também, mas pensei que deveria mostrar ao senhor, na esperança de que isso possa ajudar de alguma forma.

De fato, poderia. A assinatura do requerente zangado forneceu seu nome. Horace Yarnell. Abaixo do nome, em letras maiúsculas, podia ser encontrada a localização de sua propriedade: Morgan House, Condado de Devon.

No retorno de Gabriel para casa no final da tarde, o mordomo informou que ele tinha visitantes na sala de estar.

— Eu não poderia recusar o pedido deles para esperar, senhor, sabendo que são seus amigos e considerando a posição deles.

Stratton e sua duquesa estavam aguardando.

— Por favor, informe a srta. Waverly e peça a ela que se junte a nós — ordenou. — Então ele subiu as escadas, ensaiando a conversa que teria se tivesse a chance. Era indesculpável para Stratton permitir a Clara forçar esse chamado social. Se um homem disser que vai visitar a esposa de seu amigo no devido tempo, seria apropriado que esse amigo e a esposa esperassem até o devido tempo.

Ele entrou na sala de estar, deu uma olhada em seus convidados, e tanto seus pés quanto seu cérebro estacaram. Stratton não estava sozinho. Ele estava acompanhado não apenas por Clara, mas por duas outras mulheres: uma moça loira e bonita que ele não conhecia e um espectro sombrio que ele conhecia muito bem.

Mesuras. Saudações. Sorrisos. Stratton chegou bem perto.

— Eu te avisei.

— Indesculpável — ele murmurou de volta. Então sorriu da maneira mais charmosa possível. — Com licença por um momento, senhoras. — Gabriel girou e saiu, chamando o lacaio de plantão.

— Vá imediatamente até a srta. Waverly e diga que ela não deve ir à biblioteca sob nenhuma circunstância.

Ele mandou o homem embora, voltou para a sala de estar e sentou-se.

— Que prazer, senhoras. E eu pensando que teria que passar as próximas horas cuidando da correspondência e outras tarefas chatas, mas importantes. Em vez disso, vou fofocar com todos vocês.

— Não vamos distraí-lo por muito tempo — disse a duquesa. — No entanto, achei importante fazê-lo por um curto período de tempo.

Stratton parecia subjugado e vagamente divertido. Essa seria a festa da duquesa, desde o começo. Lady Farnsworth, vestindo seda verde crua e um xale laranja, tratou-o com um sorriso breve e tenso.

— Muito importante — concordou a senhora.

— Talvez todos tenham vindo para explicar como eu posso melhorar. Nesse caso, não há necessidade. Lady Farnsworth já cultivou esse hectare o suficiente.

— Garanto-lhe que é totalmente outra questão, o que não significa que não há muito a melhorar. Não existe com todos nós? — A duquesa sorriu com muita graça. — Antes de começar, devo insistir para que não responsabilize meu marido pelo que estou prestes a explicar. Ele era ignorante até nos casarmos e jurou guardar segredo depois. Ele não tinha influência no assunto.

— Embora ele esteja aliviado, pois será finalmente libertado do juramento — contrapôs Stratton. — Você não precisa falar de mim como se eu estivesse na China, em vez de sentado bem aqui, querida. Nem tente insistir em nada nessas circunstâncias. Langford é racional e justo. Ele não vai me culpar.

— Não conte com isso — retrucou Gabriel. — Você já tem muito a responder em relação a hoje.

— Foi uma surpresa para mim quando as outras damas chegaram — explicou Stratton.

— Era apropriado que estivéssemos aqui — entoou Lady Farnsworth. — Vamos em frente, Clara. Se haverá um duelo ao amanhecer, ainda preciso encontrar o meu padrinho.

A duquesa fixou seu olhar brilhante em Langford.

— Existe um jornal que você já deve ter ouvido falar — começou. — Chama-se *Parnassus.*

— Eu posso ter ouvido falar dele de passagem.

Stratton conteve um sorriso.

— Lady Farnsworth escreve para ele.

— Então ela o faz?

Lady Farnsworth suspirou profundamente.

— Oh, pelo amor de Deus, como se você não soubesse.

— Dorothy, por favor — murmurou a duquesa.

— Perdoe-me. Vou me afastar para não interferir na conversa. Senhores, não se levantem, eu imploro. — Lady Farnsworth levantou-se e voltou a atenção para os enfeites do cômodo.

— A sra. Galbreath é a editora e proprietária do *Parnassus,* Langford — revelou a duquesa.

Ele olhou para a sra. Galbreath.

— E eu sou a patrocinadora e proprietária de uma parte — adicionou. — Ele é meu, Langford. Sempre foi.

Ele rapidamente construiu um muro mental ao redor da série de maldições gritando em sua cabeça.

— Que interessante. Você não acha isso interessante, Stratton? Uma realização tão admirável.

Stratton, que o conhecia muito, muito bem, olhou com cautela.

— Eu queria que você soubesse, porque em breve será público — disse a duquesa. — A próxima edição será lançada em algumas semanas e meu nome estará como editora.

As damas esperaram sua reação. Ele não lhes deu nenhuma.

— Se houver algo que você queira dizer... — começou a duquesa.

— Tem muito que eu quero dizer, em particular a você e à sra. Galbreath, como proprietária. Estou em desvantagem, no entanto. Sendo um cavalheiro, devo engolir minhas palavras.

Seu tom fez com que todas as mulheres se entreolhassem.

— Minhas palavras são minhas, por isso dirija sua ira a mim, se necessário — pediu Lady Farnsworth de onde estava perto de uma janela.

— Os editores que escolhem imprimir tais palavras — retrucou. — Mas não se preocupe, tenho muita ira para todos.

Lady Farnsworth não respondeu. Ele olhou para vê-la de repente distraída, espiando pela janela.

— Lamentamos que esteja com raiva — declarou a sra. Galbreath. — Nós não censuramos nossos escritores, a menos que acreditemos ter imprecisões no texto ou que tenham usado uma prosa muito controversa.

— De repente, não me importo se você amaldiçoar a todos nós por esse artigo — revelou Lady Farnsworth com uma voz que poderia cortar aço. — Na verdade, me arrependo de conter algumas das minhas frases mais criativas.

— Dorothy, isso dificilmente está ajudando — constatou a duquesa. — Sua raiva é desnecessária.

— É muito necessária. — Ela caminhou na direção de todos. Considerando sua expressão de anjo de vingança, Gabriel adivinhou seu destino final. — Canalha! Conquistador! Diabo! Metade das esposas da sociedade não eram suficientes para você? Precisava seduzir a pobre senhorita Waverly e levá-la à perdição também? — Ela olhou os ferros da lareira de uma maneira alarmante enquanto passava por eles.

— Dorothy, *por favor*. — Exasperada, a duquesa levantou a mão, exigindo silêncio. — Que acusação bizarra. Langford terá razão em concluir que você está meio louca.

— Estou louca? — Acabei de ver a srta. Waverly entrando em um pequeno caminho nos fundos do jardim. — Ela apontou para a janela.

Gabriel olhou para a janela. Realmente dava para o jardim. Maldição!

— Tenho certeza de que era ela. Até usava um vestido refeito de um dos meus. — Ela olhou para Gabriel. — Se eu fosse homem, o exporia imediatamente pelo covarde que é. Foi vingança contra mim, não foi? Só que a srta. Waverly pagou o preço.

A duquesa olhou de olhos arregalados, de Lady Farnsworth para ele, e depois de novo. Então as luzes acusatórias substituíram as surpreendidas. O olhar dela o atravessou.

— Isso é verdade?

Como não havia uma boa resposta, ele ficou sentado mudo.

— Isso é uma vergonha, Langford! — exclamou a duquesa. — E ela está aqui? Agora? Oh, meu Deus, ela está morando aqui?

— Ela é uma convidada.

Nenhuma delas acreditava que ela era apenas uma convidada. Seus olhos cheios de condenação feminina o encararam. Tudo isso pela estúpida ideia de Stratton de que a duquesa aceitaria o caso com tranquilidade, sem julgamento. Gabriel pensou que sobreviver à meia hora seguinte era, na melhor das hipóteses, uma aposta equilibrada.

Stratton pulou no meio de tudo, posicionando-se entre Gabriel e as mulheres.

— Vamos nos despedir, Langford. Há conhaque em seu escritório? Eu poderia usar um pouco.

Gabriel ficou de pé, observando Lady Farnsworth para que ela não atacasse.

— Senhoras. Estou tão honrado por terem me visitado. — Ele rapidamente se curvou para cada uma e, em seguida, bateu em retirada com Stratton.

— Eu vou matar uma metade sua, Stratton. A metade francesa que aconselhou que eu informasse sua esposa sobre esse caso.

— Estou chocado, para ser sincero. Todas elas têm a mente tão aberta. Quero dizer, esse jornal...

— Ah, sim, o jornal. — Ele abriu a porta do escritório. — A metade inglesa será morta por causa disso.

Amanda levantou o rosto para os raios de sol vindos através dos galhos. O dia estava quente e a sombra naquele pequeno bosque de árvores nos fundos do jardim significava que duas brisas roçavam sua pele, uma bastante quente e a outra muito fria. A última anunciava a chegada da noite. Elas já haviam começado a mudar de temperatura, enquanto o pôr do sol adiantado falava da aproximação do outono.

Ainda bem que Gabriel havia mudado de ideia sobre ela encontrar a duquesa hoje. Quando chegou a notícia de que ela deveria se juntar a eles na sala de estar, mesmo depois de dizer que preferia esperar, isso a irritou. Ela vestiu o seu melhor, no entanto, e até prendeu o medalhão. Ele oscilava agora, um pequeno peso que ela sentia a cada respiração. O comando subsequente de que ela não fosse à sala de visitas a havia aliviado.

Ela se perguntou por que a duquesa havia chegado aqui. Gabriel havia dito que eles iriam até a casa da duquesa. Amanda voltou sua mente para a visita à gráfica. Cada dia que passava a deixava mais impaciente para ver a caligrafia de sua mãe novamente em uma carta. Ela tinha medo de que eles enfrentassem um perigo real com este homem que a mantinha, quem quer que ele fosse.

— Srta. Waverly. Amanda, querida.

Ela sentou-se ereta. Alguém a chamara. Uma mulher.

— Oh, srta. Waverrrrrlllyyyy.

Mais perto agora. Parecia... oh, por favor, não. Ela olhou em volta, imaginando se poderia se esconder. Olhou a parede atrás das árvores, depois a saia estreita do vestido. Ela nunca conseguiria escalar com esta roupa.

— Minha querida, por favor, apareça. Sei que você está aqui em algum lugar.

— Ela não deveria ter que falar conosco se não quiser, Dorothy — disse outra voz. A duquesa.

— Não irei até que tenha certeza de que ela tem uma mente sã e disposta, Clara. Um devasso como esse pode virar a cabeça de uma mulher até que ela se transforme em uma tola.

— A srta. Waverly nunca pareceu uma mulher tão apaixonada que perderia o juízo por causa de um homem — opinou uma terceira voz. A senhora Galbreath também estava ali.

— Devemos deixá-la tomar suas próprias decisões, Dorothy.

— Oh, Deus. Ela era inocente. Verde como grama de primavera. Como esse homem conseguiu encontrá-la e usar seu charme, eu não sei, mas a srta. Waverly nunca, jamais, iria morar com um homem assim, com tudo o que isso implica e a condenação que se segue, a menos que ela fosse enfeitiçada. Srta. Waverly, por favor, mostre-se, querida.

Amanda suspirou. Ela se levantou, caminhou entre as árvores e saiu para a luz do sol.

— Ah, aí está. — Lady Farnsworth se abaixou e a abraçou, depois a afastou e deu-lhe um longo olhar.

A duquesa e a sra. Galbreath se aproximaram.

— Ela parece saudável e sã para mim, Dorothy — constatou a duquesa.

— Sim, Sua Graça. Estou muito bem.

— O que você está fazendo aqui? — Lady Farnsworth perguntou seriamente. — Você disse que estava saindo da cidade, então eu a encontro aqui, de todos os lugares possíveis.

Na opinião de Amanda, ela tinha uma escolha. Mentir descaradamente, mentir com inteligência ou dizer a verdade.

— Eu vou ficar com Langford por um tempo curto.

— Viu, Dorothy? Ela é uma visitante, como ele disse. Uma hóspede.

— Oh, tolice. Mulheres solteiras nunca são apenas hóspedes de homens solteiros, a menos que estejam acompanhadas. — O olhar de Lady Famsworth se tornou simpático. — Aquele canalha a iludiu, não foi? Então ele te atraiu aqui para que nem precisasse se incomodar para ter o que queria. Você pode me dizer, querida. Farei com que ele pague caro por abusar de você.

— Ele não abusou de mim, nem me iludiu. Somos amantes, isso é verdade, mas, de certa forma, eu o seduzi. Não espero que aprove.

Isso deixou Lady Farnsworth horrorizada e sem palavras. Atrás dela, a sra. Galbreath e a duquesa trocaram olhares de entendimento. A duquesa deu a volta em torno de Lady Farnsworth.

— Vamos entrar na casa, srta. Waverly. Acreditamos que você não está importunada nem infeliz. Perdoe-nos, contudo, enquanto nos asseguramos de que pensou claramente sobre o que está fazendo. Este é Langford, afinal.

O DUQUE DEVASSO

Dezenove

— Maldição! Eles a encontraram — exaltou-se Gabriel. Ele e Stratton haviam levado o conhaque para a sala matinal, de onde podiam ver o jardim pela janela. — É indesculpável a ousadia delas de procurar no meu jardim sem minha permissão.

— Imagino que estejam preocupadas com a srta. Waverly.

— É mais provável que estejam procurando um motivo para me enforcar. — Ele olhou para o copo em sua mão. — Eu deveria pedir champanhe, para desfrutar de uma taça final antes de ir para o cadafalso. Lembre às damas que, como um nobre, tenho direito a um laço de seda.

— Clara disse que a srta. Waverly não é nada senão capaz. Ela não lhes dará motivos para enforcá-lo.

— Duvido que Clara seja tão perspicaz a ponto de determinar isso com uma breve conversa em um camarote de teatro.

— Elas se conheceram antes disso. Quando a srta. Waverly começou a ajudar com o jornal. Você não sabia disso?

Amanda também estava envolvida com esse diário.

— Eu não.

Stratton deu de ombros.

— Ah, bem.

— *Ah, bem?*

— Acho que Clara ficou surpresa, mas não chocada, ao saber que você tem uma ligação com a srta. Waverly. Ela não é hipócrita.

— Não será ela quem vestirá o capuz preto, mas aquela figura sombria da destruição. Pela sua fúria, alguém pensaria que eu seduzi a filha dela.

— Ela pode ter considerado a secretária como tal.

— Espero que agora ela escreva outro ensaio, o intitule *A Lastimável Obscenidade da Nobreza* e me apresente como o principal exemplo. Espero que você use sua influência para que isso não aconteça.

— Como Clara explicou, eles não se censuram. — Stratton serviu mais conhaque no copo de Gabriel.

— Bem, elas deveriam censurar essa mulher. Se sua esposa é proprietária do maldito jornal, ela poderia ter recusado o malfadado ensaio.

— Você não foi nomeado. Parecia uma censura geral à nobreza.

— Quando você leu pela primeira vez, pensou: *Oh, querida, a caneta de Lady Farnsworth está repreendendo toda a nobreza? Ou você pensou: minha nossa, isso soa como Langford?*

Stratton sorriu para o conhaque.

— Isso te diverte, eu posso ver. Você não acharia tão inteligente se fosse o assunto desse ensaio e o mundo inteiro soubesse.

— Eu estava em outra parte desse jornal, assim como Clara, e fomos nomeados, se você se lembra.

Isso diminuiu o ressentimento dele, que percebeu as implicações mais completas do que acabara de ser revelado na sala de estar.

— Ela permitiu isso? Concordou em expor completamente esse escândalo nessas páginas?

— Ela escreveu. Queria a verdade exposta ao mundo para que não houvesse mal-entendido sobre o que havia ocorrido. Foi um grande custo para ela. — Ele fez uma pausa. — Fez isso por mim. Portanto, não espere que eu simpatize demais se o pequeno ensaio de Lady Farnsworth lhe custou um pouco de seu orgulho.

— Você conseguiu acalmar a tempestade melhor do que eu pensava ser possível. Vamos nos juntar às damas. Amanda nunca vai me perdoar por deixá-la sozinha com elas.

— Acho mais sensato deixá-las conversar.

Gabriel não achou nada sensato, mas cedeu.

— Então devemos nos ocupar aqui por um tempo. Sente-se e me diga como o seu filho está.

— Isso te aborrece.

— De modo nenhum. Conte-me tudo. Ele tem um mês agora? Já começou a falar?

— Os rascunhos anteriores estão empilhados por data, os mais recentes primeiro e os mais antigos na parte inferior, na segunda gaveta.

Amanda terminou de explicar a maneira muito lógica que ela tinha deixado os papéis de Lady Farnsworth. A dama estava sentada a uma mesa de escrever, fazendo anotações. Uma folha com anotações semelhantes podia ser encontrada na gaveta superior da mesa da biblioteca, deixada para Lady Farnsworth, caso ela procurasse lembretes das explicações dadas a ela no último dia de Amanda.

Lady Farnsworth admirou sua folha de anotações, secou a tinta, dobrou o papel e voltou ao seu lugar em um divã ao lado da sra. Galbreath. Ela encontrou sua bolsa e guardou.

— Quão fortuito a encontrar hoje, para que eu pudesse ter um mapa, por assim dizer.

O "mapa" levou quinze minutos para ser criado. Agora que estava pronto, Amanda se perguntou como evitar perguntas embaraçosas.

— Você sabe que, se souberem que está morando na casa dele, não haverá esperança para você — Lady Farnsworth falou tão calmamente como se comentasse sobre o clima.

— Realmente, Dorothy. — A duquesa revirou os olhos.

— Sinto-me obrigada a lembrá-la. Não é algo que se faça. Você sabe que não é, Clara. Langford se superou em sua campanha ao longo da vida para chocar a sociedade.

— Ninguém sabe que estou aqui, exceto vocês, senhoras, e o duque de Stratton. Nem vou ficar aqui por muito mais tempo. O duque está gentilmente me ajudando com um assunto que me incomoda. Deve terminar em breve.

— E para onde você irá, então? — Lady Farnsworth exigiu saber.

— Para ajudar minha mãe, como eu disse. Eu não menti sobre isso. Não tenho ilusões de que minha associação com o duque dure muito.

— Se precisava de ajuda, poderia ter nos pedido — disse a sra. Galbreath.

— Isso é gentil da sua parte, mas não acho que seja uma ajuda que vocês possam dar de qualquer maneira. Quero que saibam que a ajuda não estava condicionada ao fato de eu ser amante dele ou vice-versa. Pelo contrário, aconteceu antes que ele soubesse que eu precisava de ajuda. Eu até tentei esconder isso dele. Quanto à minha situação atual, aconteceu quase por acidente.

— Não parece que a srta. Waverly deseja escapar de uma situação que ela lamenta — opinou a duquesa. — Parece que não vamos precisar resgatá-la, senhoras.

Lady Farnsworth reconheceu isso com um relutante aceno. A senhora Galbreath parecia menos convencida.

— E se houver uma criança, o que acontecerá? Haverá um acordo? — continuou a duquesa. — Isso pode ter acontecido por acidente, mas pode haver consequências mais duradouras. — Quando Amanda não respondeu, a duquesa perguntou gentilmente: — Gostaria que um de nós falasse com ele? Ou meu marido?

Lady Farnsworth fez uma careta.

— Aquele Duque devasso não poderá tirar vantagem de sua ignorância — disse a senhora.

— Ele não é um devasso — defendeu Amanda. — É mais gentil do que a senhora imagina e nunca tiraria vantagem de mim. Ele também não está me mantendo aqui. Eu estaria usando este vestido se ele estivesse? Sou uma hóspede temporária e não preciso de ajuda. Agora, por favor, digam-me como a próxima edição do jornal está progredindo. Fiquei pensando nisso e estou feliz por ter essa chance de ouvir sobre isso.

As damas se lançaram em um relato animado sobre a próxima edição e seu conteúdo.

— Tenho notícias sobre o homem que talvez esteja por trás disso — Gabriel quebrou a paz silenciosa da noite. — Pensei se deveria lhe contar, porque o fio é muito fino. Uma pista muito tênue para seguir.

— Qualquer pista é melhor que nenhuma. Amanda levantou as pernas e virou-se para encará-lo. — Você deve me dizer agora. Seria cruel não fazê-lo.

— Não faça muito caso disso.

— Diga-me, caramba.

— Amanda. Que linguagem.

— Diga-me ou você ouvirá algo muito pior.

— Eu tenho o nome de um homem que afirma que itens como esses foram roubados de sua terra. Combina com o que sei sobre a fonte deles. Houve um leilão privado quando chegaram a Londres anos atrás. A proveniência deles era ambígua. Proveniência significa...

— Eu sei o que significa. É a história de um item ou obra de arte.

Quem o possuía anteriormente ao longo do tempo. Se ninguém sabia a proveniência do broche, por exemplo, como esse homem poderia provar que lhe pertence?

— Ele não pode. A venda reservada, no entanto, sugere algo suspeito sobre como o broche foi adquirido. Portanto, a reivindicação dele pode ter mérito.

— E então... ele pode ter decidido recuperar sua propriedade de qualquer maneira, mesmo que isso signifique ter alguém para roubá-la de volta.

— Esse foi o meu pensamento. Ele mora na área geral onde Brentworth foi informado de que o tesouro havia sido encontrado: Devonshire. Então é possível que ele tenha visto sua oportunidade.

— Nós vamos para lá?

— É tentador, mas eu preferiria que o fio fosse um pouco mais grosso. Poderia ser uma perseguição a nada. Seria mais fácil se tivéssemos alguma indicação de onde sua mãe está. Eu odiaria viajar para Devon apenas para descobrir mais tarde que ela está em Northumberland.

— Eu poderia saber onde ela está agora, se você não tivesse me sequestrado. — Ela caiu de costas na cama.

— Possivelmente.

— Muito provavelmente.

— Ou você poderia ter sido molestada na estrada, viajando sozinha. Ou agredida por quem você seguia. — Ele se moveu para que seu rosto encontrasse o dela no escuro. — Eu também teria ficado sem a sua companhia nos últimos dias e noites.

— Você teria se ocupado com outra.

— Eventualmente. Não por algum tempo, eu acho. — Por um bom tempo, ele suspeitava. — Sobre o que você e as mulheres conversaram depois que Stratton me afastou?

— O jornal delas.

— Ah. Pensei que talvez tivessem falado de mim.

— Você realmente é muito vaidoso.

— Elas te avisaram sobre mim? Previram ruína total para você?

— Nada que eu não esteja bem ciente. Mas falamos sobre o jornal também. E você e Stratton? Beberam uísque e se queixaram dos problemas que as mulheres causam?

— Conhaque e conversamos sobre o filho dele. Ou ele falou e eu ouvi. A criança ainda tem pouco a recomendar sobre si. Ele é muito pequeno e passa a maior parte do tempo dormindo

— Você já o segurou?

— Claro que não. Por que eu faria isso?

— Os bebês são muito agradáveis de segurar. Como filhotes de cachorro, só que melhores.

— Talvez eu tivesse segurado, se soubesse disso. Eu gosto de filhotes.

— Você terá seu próprio filho algum dia. Você deve segurá-lo. Ele não se lembrará do que você fez, mas saberá.

— É meu dever ter um filho e sem dúvida terei, no devido tempo. Mas não estou ansioso para ser pai. Todas aquelas lições sobre certo e errado e assim por diante. Não tenho certeza se consigo fazer isso.

— Então não dê lições. Você será um bom pai. Já foi, de certa forma, com seu irmão. Se você se importar com um filho do jeito que se importou com ele, será um pai dedicado.

Ele tentou imaginar isso. Ele seria tão apaixonado quanto Stratton? Provavelmente não. A alegria de Stratton veio em parte de compartilhar a experiência com uma mulher que ele adorava. Gabriel não esperava nada semelhante em seu próprio matrimônio quando finalmente se casasse.

Pensar sobre essa associação o desanimou. Ele não conhecia bem as mulheres e preferia a companhia masculina. Duvidava que fosse abençoado com uma esposa cuja companhia ele preferiria à de Stratton e Brentworth. As mulheres falavam sobre coisas que o entediavam e poucas demonstravam muita inteligência ao fazê-lo. Além de Amanda, ele raramente conversara de verdade com qualquer mulher.

Ele baixou o olhar, enquanto ela falou alegremente sobre ele se casar e ter um herdeiro. E Gabriel se ressentiu das circunstâncias do encontro deles e da necessidade de se separarem. Odiava como as perdas pendentes tingiam tudo o que faziam e diziam agora. A expressão dela mudou de repente, e os olhos dela se arregalaram. Amanda o empurrou com força e saiu de baixo dele.

MADELINE HUNTER

— É claro! — ela exclamou enquanto lutava para se libertar da roupa de cama. — *Claro.* — Correu para a sala de vestir.

— Fique aí — disse de lá. — Eu vou trazê-lo.

Amanda retornou com uma vela acesa e um papel, que acenou.

— A última carta. Olhe para a parte de baixo.

Ele abriu e leu novamente enquanto ela segurava a vela perto. Ela apontou.

— Vê? Ela sublinhou essa palavra errada junto com amor, mas a linha quebrou como aconteceu algumas vezes quando você risca uma longa linha com uma pena. Havia o mesmo nas outras cartas. Eu nem pensei nisso, mas com tudo que me contou essa noite, isso ficou voltando à minha mente. E antes que você pergunte, é exatamente o tipo de coisa que ela faria.

— O que ficou voltando à sua mente?

— Leia apenas as letras sublinhadas na última palavra.

Com <u>amor</u> e <u>Devon</u>ção.

<u>D e v o n</u>.
Devon.

Vinte

— Eu digo para irmos de uma vez — ela disse firmemente.

— Vamos esperar até que as direções cheguem. — Seu tom mais do que correspondia ao dela.

— É estúpido adiar.

— É imprudente não esperar.

A discussão estava fervendo o dia todo. Tudo fervia quando Langford chegou a seus aposentos naquela noite e a encontrou carregando sua mala. Ele se abaixou, pegou as roupas na mala e as jogou no divã.

— A menos que você pretenda andar nua pela casa, ainda precisará delas.

— Ela está em Devon. Estou certa disso.

— É um grande condado.

— Ela está na propriedade daquele homem. Você tem o nome. Agora a linha é grossa o suficiente para seguir. Podemos chegar lá em alguns dias e libertá-la e...

— E se ela não estiver? Então a carta chegará e ninguém a receberá. Ninguém poderá seguir a adaga até ela e seu captor.

— Ninguém precisará, porque eu já a terei resgatado. — Como ele não podia ver a simplicidade de seu plano? Depois de se preocupar por meses, ela queria correr para Devon e terminar isso.

— Vamos esperar a carta — ele falou com tensa tolerância, como se ela fosse uma criança. Como um ponto final. É a palavra do lorde.

Ela queria chutá-lo e bateu o pé em frustração.

— Você é terrível. Disse que me ajudaria e agora quer relaxar quando uma ação é necessária. — Ela pegou as roupas do divã e as jogou no baú novamente. — Eu farei isso sozinha. Não preciso de você para uma tarefa tão simples, e minhas habilidades provavelmente serão mais úteis do que você.

Ele agarrou o braço dela com firmeza.

— Não teste minha paciência, Amanda. Você não vai a lugar nenhum sem mim. Não vou deixá-la atravessar o país e enfrentar esse homem sozinha.

— Você não pode me impedir.

— Eu já impedi e farei isso novamente.

Ela aproximou o rosto dele.

— Você realmente acredita que eu não poderia ter saído se quisesse? A trava do portão traseiro levaria dois minutos para ser liberada. O telhado do caramanchão é uma maneira fácil de passar por cima do muro, e eu poderia subir nele facilmente. Eu poderia ter despistado Vincent em qualquer dia em que fomos procurar a carta e, uma vez que corresse, ele jamais saberia para onde fui.

— Então por que você não fez nada disso?

— Porque eu não sabia para onde ir, *graças à sua interferência*. Agora eu sei.

— Você ainda poderia ter partido e encontrado outro porão para esperar até a próxima carta chegar.

— Por que esperar em um porão quando eu poderia esperar no luxo?

Ele reagiu como se ela o tivesse desafiado com um tapa na cara. Com a mandíbula apertada e os olhos em chamas, ele caminhou até a porta.

— Pode apreciar o luxo por mais alguns dias, Amanda. Você será mantida em confinamento aqui.

Ela quase chorou de frustração. Ele era tão teimoso. Ela chutou o baú, e a dor no dedo do pé atravessou sua fúria. Amanda caiu no divã e verificou o quanto se machucara. Não muito, embora seu dedo do pé ficaria dolorido por um dia ou mais. O baú aberto a encarava, exibindo uma mistura de vestidos refeitos e chemises simples. Misturada com os outros tecidos, uma seda escura estampada chamou sua atenção. O xale.

A expressão dele quando partiu voltou à mente dela. Raiva e determinação, mas algo mais naqueles olhos. Insulto. Dor.

Então por que você não fez nada disso?

Uma boa pergunta, muito justa. A resposta verdadeira não tinha sido a razão que ela jogou na cara dele. Talvez não fosse o que ele queria ouvir também. Amanda não podia ter certeza de que as emoções que experimentou quando se abraçaram foram compartilhadas por ele. Às vezes, ela sentia que sim, mas seu coração podia estar mentindo para ela com tanta certeza quanto acabara de mentir para ele.

Ele não gostaria que ela tivesse dito a verdade. *Eu fiquei para poder amá-lo pelo tempo que o mundo permitisse.* Seria tão estranho se ela tivesse dito isso. Não se falava de amor quando o fim estava à vista. No entanto, o que ela dissera fora um insulto para ele. Para o que eles compartilharam. Amanda pegou o xale, colocou-o sobre a camisola e foi para o quarto. Ela apertou a trava da porta. Não se mexeu.

Ela riu para si mesma, correu para o provador e voltou com um grampo de cabelo na mão. Meio minuto depois, ela saiu de sua câmara. Nunca tinha visitado o apartamento dele, mas sabia onde era. A movimentação dos criados havia lhe mostrado o caminho. Ela passou por outras portas até chegar à dele. Tentou a trava e ela cedeu.

O primeiro cômodo servia como sala de estar. Ela olhou ao redor do espaço escuro, mas ele não estava lá. Havia outra porta e a luz vazava pela fenda entreaberta. De repente, ela se abriu completamente e ele entrou. Gabriel parou quando a viu. A luz atrás dele iluminava sua camisa branca, mas as sombras tomavam o resto.

— Você usou esse xale para me lembrar que minha própria estupidez me envolveu nesse negócio?

— Eu o coloquei para não ficar indecente se um servo me visse. — Ela o deixou cair.

— O que diabos você quer?

Ainda com raiva. Ainda insultado.

— Você, claro. Essa é a verdadeira razão pela qual fiquei e também o melhor luxo.

Ele chegou até ela com dois passos firmes, agarrou-a e empurrou-a contra a parede. Nada de falar, então. Seu beijo quase a devorou enquanto ele tirava sua camisola. Sua força e mordidas em seus lábios não lhe davam espaço. Ela se entregou ao prazer rude e instintivamente devolveu o que recebia dele até o desejo lhe arrancar diversos gemidos.

Isso só aumentou a avidez dele. Gabriel a levantou e virou, inclinando-a sobre o braço gordo de um divã. Ele agarrou seus quadris e a penetrou com força. Então, com ainda mais furor, de novo e de novo. Ele não a levou ao seu auge, mas sim a forçou a chegar lá da forma mais furiosa. Quando ela estava à beira do êxtase, já provando a satisfação, com tanta fome que pensou que iria morrer, ele parou.

— Diga-me novamente por que ficou.

Ela mal encontrou a voz.

— Por isso. Por você.

Ele a penetrou profundamente. Amanda ofegou. O orgasmo lhe acenou novamente, atormentando-a.

— Novamente. Diga-me de novo.

— Por você.

Ele a preencheu várias vezes até que tremores de quando se uniam tornaram-se um tremor que abalou sua essência.

Gabriel aguentou o êxtase até o fim. Ele não sabia quanto tempo ficou lá ou como suas pernas o suportaram. Finalmente, ele voltou a si. Amanda não se mexeu enquanto ele tirava a roupa. Ela parecia adorável e erótica, com as pernas compridas abertas e o traseiro levantado. Seu sangue quase esquentou novamente, mas aceitou a derrota por um tempo.

Ele a levantou e a carregou para o quarto, colocou-a na cama e depois caiu ao lado dela.

— Se eu a machuquei...

— Você não me machucou. Não acho que sequer se permita fazer isso.

Ela tinha mais fé nele do que ele. Vê-la em seus aposentos havia aumentado a raiva que o enviara de volta para lá depois da discussão. Nem mesmo suas palavras o suavizaram.

Eu fiquei por sua causa. Ele a puxou para mais perto, para seus braços. Ela se virou e deitou a cabeça no peito dele.

— Você deveria arranjar fechaduras melhores.

— Isso importaria? Imagino que aqueles que podem arrombar fechaduras consigam fazer com todas elas.

— Isso os atrasaria. Eu nunca seria capaz de pegar o broche se o museu tivesse uma trava melhor no estojo. Havia pessoas por perto. Se eu não pudesse destravar rápido, não poderia fazê-lo de forma alguma.

— Respeitarei sua experiência e direi ao mordomo que procure fechaduras melhores.

— Espere até eu partir. Apenas no caso de eu querer fugir.

Ele teve que sorrir. No entanto, sua referência a partir causou uma agitação de raiva novamente, porque ele não queria pensar nisso ainda. Sempre que o fazia, experimentava uma emoção que o lembrava demais de um sofrimento.

— Acho que pode haver um acordo sobre a maneira como tentaremos encontrar sua mãe — disse ele. — Pode ser possível fazer as duas coisas. Ir para Devon como você quer, mas também seguir a adaga.

— Suponho que, se nos separarmos, isso poderá funcionar.

— Nós não vamos nos separar. Não há como dizer o que nos espera no final dessa busca.

— Você está sendo teimoso novamente.

— Você achou que uma boa noite de sexo me faria mudar de ideia? Agradeço o esforço de me seduzir para o seu plano, mas falhou.

Ela riu e o beijou.

— Eu queria seduzi-lo para o meu próprio prazer. Claro que, se isso o deixasse mais flexível, melhor ainda.

— Funcionou, mas não da maneira que você queria. Concluí que você e eu devemos ir a Devon assim que as instruções chegarem. Outra pessoa deve fazer a entrega e seguir a adaga. Se é como suspeitamos, todos acabaremos no mesmo lugar. Caso contrário, ainda teremos o local para onde a adaga foi.

Depois de um momento de consideração, ela concluiu:

— Suponho que você pretenda que Vincent siga a adaga.

— Você parece cética.

— Ele é inexperiente e temerário. Nunca será cuidadoso o suficiente. Se for apenas postado por um intermediário, ele não tem a habilidade necessária para descobrir seu destino. Ele não é inteligente o suficiente para encontrar uma maneira de dar uma olhada no endereço da caixa.

— Vincent ficaria insultado por sua falta de confiança.

— Ele tem o coração para esse trabalho, mas não tem experiência suficiente. Você deve dizer-lhe para se tornar aprendiz, se ele achar que quer ser investigador. É uma habilidade não muito diferente do roubo. É preciso aprender o ofício.

— Eu não estava pensando em Vincent. Isso requer alguém cuja discrição eu confio sem questionar.

O que significava apenas uma pessoa.

Os cavalos se lançaram em um forte galope pelas colinas do parque, afastando-se das carruagens e pedestres ao longo do Serpentine. Na árvore designada como o final da corrida, Gabriel girou seu cavalo, enquanto Brentworth percorria os últimos metros.

— Maldição! — Brentworth amaldiçoou. — Se este cavalo não pode vencer o seu, ele dificilmente se sairá bem em uma corrida real.

— Você o comprou sem meu conselho. Isso foi um erro.

Brentworth franziu o cenho sombriamente, depois concordou.

— Foi um impulso em um leilão. Um que você não compareceu.

Ele teria ido se solicitado. No entanto, Brentworth se orgulhava de conhecer cavalos. Ele possuía vários vencedores fortes que disputaram por toda a Inglaterra. Gabriel estava com ele quando os comprou.

Brentworth costumava tratar o comércio de cavalos da mesma maneira que arranjava uma nova amante: com pouca emoção. O fato de ele ter comprado por impulso era surpreendente.

— Estou perplexo que você tenha sucumbido ao vício em leilões por este animal. Ele tem boas linhas corporais, mas não vejo nada de especial que provoque uma reação dessas.

Brentworth deu um tapinha no pescoço castanho.

— Acho que ele me lembrou do primeiro cavalo que eu tive quando menino.

— Então o mantenha para cavalgar. De qualquer maneira, é uma vida melhor para ele.

Eles andaram com os cavalos para esfriá-los. Gabriel se certificou de que eles se afastassem de qualquer outro cavaleiro que pudesse escolher correr até a árvore.

— Tenho outro favor a pedir.

— Imaginei que teria. Posso fazer perguntas desta vez?

— Você provavelmente deveria.

— É perigoso?

— Improvável, mas isso é difícil dizer. Sua discrição também é necessária.

Brentworth parou o cavalo.

— Explique-se.

Ele considerara dar a Brentworth apenas metade da história. Em vez disso, naquela colina, enquanto o restante da sociedade se reunia para a hora elegante de passear, ele contou tudo. Devia a Brentworth toda a verdade, e o amigo o ouviu em silêncio.

— Quando você espera receber esta carta? — perguntou assim que Gabriel terminou.

— A qualquer momento.

— Envie as instruções para mim, e eu entregarei a adaga. Quanto a segui-lo, recrutarei Stratton para se juntar a mim. Será bom ele ter um propósito além da paternidade por alguns dias.

— Isso não é sábio. Mesmo sozinho e disfarçado, você será... notável.

— Ele se viu usando a palavra de Amanda para aquilo que nunca pode ser disfarçado. Brentworth era um dos mais notáveis da Inglaterra. — Melhor um do que dois.

— Nem morto eu vou usar um disfarce, Langford. O culpado com certeza se perguntará por que um sujeito estranho e desconfortável em seus casacos velhos está sempre presente. Stratton e eu iremos como somos, e o homem não desconfiará. Nem em cem anos ele pensaria que dois duques têm algum interesse nele.

— Traga Stratton, se quiser, e diga a ele o que precisar.

— Vou contar tudo, é claro. — Ele balançou a cabeça vagamente. — Você está enfrentando muitos problemas por esta mulher. Espero que saiba o que está fazendo.

Gabriel virou o cavalo e eles seguiram em frente. O último comentário de Brentworth não foi sobre o plano. O que realmente quis dizer foi *eu espero que saiba que corre o risco de comprometer tudo o que você é por esta mulher.*

Vinte e Um

Amanda soube que Langford saíra de casa bem cedo na manhã seguinte. Vincent disse que eles não precisariam verificar a correspondência, porque Sua Graça pretendia fazê-lo antes de voltar. Isso já aconteceu algumas vezes no passado.

Ela estava no jardim quando ele voltou ao meio-dia. Ele a encontrou lá e estendeu a mão.

— Venha comigo.

Gabriel a levou pelas escadas e entrou em seu quarto. Amanda esperou o abraço e o beijo que iniciariam a paixão deles. Em vez disso, ele continuou conduzindo-a para sua sala de vestir. Pacotes de musselina cobriam o divã. Confusa, ela se aproximou e cutucou um. Ele emitiu um som sutil com o aperto.

— O que é isso?

— Abra e veja.

Ela separou a musselina. Apareceu um lindo vestido diurno, cor de creme. Ela o levantou para admirar.

— É maravilhoso.

— É seu. Os outros também. Você sabia que algumas modistas fazem vestidos sem uma encomenda? Eu não fazia ideia.

— Imagino que esperem atrair uma cliente com um vestido já feito quando ela for encomendar alguns. Ou os têm para emergências. — Ela abriu outro pacote. Era um vestido de noite, cinza pálido, ricamente decorado com renda em tons de prata.

— Há sapatos junto com esse, uma bolsa e um conjunto para carruagem bastante prático.

— Como você encontrou tudo isso? — Ela tirou os sapatos e a bolsa e os colocou com o vestido de noite. O conjunto para carruagem podia ser prático, mas ela quase babou quando viu o manto de lã azul muito fino que fazia parte dele.

— Eu tenho um amigo que faz da discrição uma arte. Ele conhecia os nomes das modistas que não compartilham os nomes de seus clientes nem com as costureiras. Fiz algumas visitas a elas.

Ela olhou para os presentes, ainda atordoada.

— Por quê?

— Eu queria fazer isso, mas não havia tempo para pedir um guarda-roupa, nem uma maneira de enviar você sem que fosse vista.

Não havia tempo.

— Você me queria vestida assim?

— Desde que você apareceu naquelas pantalonas na casa de Harry.

— Obrigada. Eles são todos perfeitos. Lindos. — Ela nunca possuíra vestidos como aqueles. E provavelmente nunca teria novamente. Era o tipo de guarda-roupa que deixava uma mulher mais bonita do que a natureza decretava.

— Você pode usar o vestido de noite hoje no jantar. Vou gostar de vê-la nele.

Ela o abraçou e lhe mostrou com seu beijo o quanto apreciara a surpresa. Sua reação o agradou.

— Vou deixar você fazer o que as mulheres fazem com roupas novas.

Ele a deixou para se divertir com seus novos brinquedos. Amanda sentou-se com o vestido de jantar no colo, tocando a renda. Imaginou se ele havia dado tudo isso a ela por outros motivos, além de seu próprio prazer ou deleite. Talvez quisesse que ela tivesse algo melhor do que suas roupas refeitas quando deixasse a Inglaterra. Talvez quisesse lhe dar o tipo de vantagem que roupas finas criam. Sua consideração a tocou profundamente.

Amanda se vestiu com muito cuidado para o jantar e mandou a mulher que a atendia fazer algo novo com seu cabelo. Ela beliscou as bochechas para mostrar a cor delas.

Quando entrou na sala de jantar, viu que ele havia feito o mesmo. Sua gravata estava arrumada com extrema precisão. Ele a examinou no vestido com um olhar escandaloso, descendo-o devagar, depois subiu novamente até parar no pescoço dela.

— Precisa de algo mais. Algo para destacar a cor. Talvez isso funcione. — A mão dele emergiu do bolso com um saquinho de veludo. Ele pegou a mão dela e derramou o conteúdo.

Amanda olhou sem palavras. Um colar de filigrana de ouro pendia sobre a palma de sua mão. As linhas finas se expandiam em círculos e espirais em direção ao centro, onde sustentava uma pedra clara. Um diamante. Gabriel pegou o colar e deu a volta para prendê-lo em seu pescoço. Então a levou a uma cadeira à mesa.

— Você é muito generoso. — Amanda tocou o colar.

— Acabei lamentando por você não ter me pedido nada. Foi uma reação estranha de ter. Normalmente me ressinto da falta de sutileza de uma mulher em me lembrar que presentes ela acha que merece.

— Tenho certeza de que poderia ser tão avarenta quanto qualquer uma nas circunstâncias certas.

O champanhe chegou e Gabriel colocou uma taça na mão dela.

— Eu sei por que não o fez. Sei por que deixou o medalhão no tapete naquela noite. As coisas estão diferentes entre nós agora, então decidi que você poderia concordar em aceitar alguns presentes meus.

Presentes dados com carinho. Ela não duvidava disso. Seu prazer em dá-los dizia o mesmo. No entanto, ela suspeitava que esse colar, como o guarda-roupa, também fossem uma maneira de garantir que ela não ficasse empobrecida quando ele a enviasse para a América.

Não havia chegado carta nenhuma. Poderia não chegar amanhã. A cada dia que passava, a probabilidade aumentava. Isso significava que cada noite poderia ser a última de liberdade, e apenas a antecipação já a assombrava. Ele admirou o champanhe depois que bebeu um pouco.

— Você terá que cantar hoje à noite. Uma música feliz, no entanto. Não aquela balada triste da última vez.

— Eu cantarei se você prometer não adormecer.

— Eu não vou dormir.

— Você não é confiável com champanhe, gosta demais dele. — Ela fingiu refletir sobre o assunto.

— Vou encontrar uma maneira de garantir que eu fique acordado. — Ele baixou a voz porque um lacaio chegou com comida. — Uma maneira maravilhosa.

Ela riu.

— Isso provavelmente significa uma maneira indecente.

— Não tenho certeza de que indecente faça justiça ao que tenho em mente.

Amanda segurou o espelho para poder ver o colar novamente; havia passado meia hora se admirando nele. Normalmente ela deixava a mulher ajudá-la em sua camisola antes de mandá-la embora, mas, hoje à noite, ao se retirar, ela lhe dissera para partir logo.

Era um diamante, ela tinha quase certeza. Um de verdade. Sob essa luz, emitia faíscas azuis. Sua mãe havia lhe ensinado a diferença entre joias de verdade e imitações. O fato de ter visto poucas joias reais nos últimos dez anos não significava que ela não conseguia ver a diferença.

Amanda moveu o espelho para baixo para poder ver como o vestido também ficava nela. O tecido fino abraçou sua forma. Parecia quase como se tivesse sido feito para ela. Imaginou como ele sabia que serviria tão bem. Eles haviam compartilhado um maravilhoso jantar e noite. Com riso e alegria. Ele a regalou com histórias sobre as confusões que ele e seus amigos haviam causado na cidade quando mais jovens. Ela contou sobre os principais ataques da meia-noite na cozinha da escola para roubar bolos de uma lata que os continha. O truque era pegar um de cada camada, não pegar todos que estavam no topo.

Nem tudo foi riso. Ele confidenciou que se ressentia por ter herdado quando tinha apenas vinte e três anos. *Eu achava isso muito injusto, que eu deveria ficar sobrecarregado com essas obrigações tão cedo, muito antes de qualquer um dos outros da minha geração. Então as ignorei da melhor maneira que pude.* Ela poderia dizer que ele sabia que estava errado. Afinal, ele nascera filho de um duque.

Ela alcançou atrás do pescoço para soltar o colar quando mãos firmes se juntaram às dela e assumiram o controle. Ela levantou o espelho para ver o reflexo dele. Gabriel usava o banyan de brocado, abotoado na cintura.

Ela se acostumou a ele, então não pensava mais em sua beleza. Se ele possuísse um rosto muito menos bonito, ela também não achava que notaria. Agora, porém, na estranha objetividade criada pelo espelho, ela via as feições dele como se fosse a primeira vez.

Um rosto surpreendente, com mandíbula firme, traços cinzelados e olhos de safira tão profundos quanto o mar. Seus cachos escuros e imprudentes o suavizavam, assim como seu sorriso fácil. Ela já o vira com raiva, porém, e sabia que seu bom humor não podia ser tomado como garantido.

Gabriel percebeu que ela o observava enquanto ele se concentrava no fecho. Ele conseguiu soltá-lo naquele momento e permitiu que caísse na palma da mão dela.

— Você estava linda com ele — elogiou.

— E com o vestido. — Ele a levantou e a virou. — É hora de removê-lo, no entanto.

Ele soltou as fitas, então pegou a mão dela e a levou para o quarto. Gabriel se esparramou em uma cadeira:

— Vou deixar você fazer o resto, para não estragar o tecido com minha falta de jeito.

— De certa forma, não acho que você seja desajeitado para a tarefa. Acho que teve muita experiência e é especialista no manuseio de tecidos finos.

— Eu tenho duas mãos esquerdas para isso. Verdadeiramente. — Ele abriu um sorriso diabólico. — Seria melhor se fizesse isso sozinha. Você pode cantar uma de suas músicas enquanto o retira, para que eu não fique entediado.

— Uma mulher tirando a roupa o entedia? Você está cansado, não está?

Ela abaixou o corpete e depois desceu a seda pelo corpo e a tirou com muito cuidado. Enquanto a colocava em uma cadeira, começou a cantar uma música popular em Londres, uma bastante obscena. Acostumada a se despir sozinha, ela cuidou do espartilho por conta própria, mas levou algum tempo para liberar os cadarços. Buraco por buraco, ela os deslizou para fora.

Tornou-se uma performance com suas roupas caindo acompanhadas da letra sugestiva. Ele observou atentamente, rindo de suas travessuras. Gabriel bateu palmas quando a chemise caiu, deixando-a apenas com as meias. O riso parou quando a última peça caiu. Amanda ficou nua na frente dele, que desceu o olhar por ela como fizera mais cedo com o vestido, lentamente.

— Venha aqui.

Amanda caminhou até ele, animada com o erotismo do jogo, mas resistiu quando ele tentou puxá-la para seu colo.

— Há mais um verso — ela advertiu e cantou devagar, silenciosamente, enquanto desabotoava o banyan dele. Seus lados caíram, revelando seu corpo.

Ela se inclinou sobre ele e beijou seus lábios, depois o pescoço e o peito. Amanda se perdeu no modo como todos os seus sentidos exultavam na presença dele. O cheiro dele encheu sua cabeça, e ela não ouvia nada além de sua respiração. Ela provou sua pele, tocou seu peito e segurou sua cabeça para o mais profundo dos beijos. Gabriel a tocou também e, quando ele acariciou seus seios, aumentou sua excitação.

Perdida na sensualidade, perdida nele, ela beijou, lambeu e provou a pele de seu peito. Amanda caiu de joelhos e continuou pelo plano rijo de seu estômago. Sem pensar, sem escolher, ela deslizou a língua ao longo de sua excitação. Ele ficou tenso, mas não surpreso. Em vez disso, Gabriel se preparou, e ela sabia que ele queria mais. Sua voz, tão perfeita durante a noite, disse-lhe calmamente o que fazer para dominá-lo completamente.

Gabriel vestiu seu banyan e voltou para seus aposentos. Ele se lavou e se vestiu lentamente, alimentando as últimas brasas do fogo da noite com lembranças. Uma noite longa e surpreendente. Eles acordaram e gozaram juntos diversas vezes até que, finalmente, ao primeiro sinal do amanhecer, ele a abraçou enquanto ela dormia profundamente.

Ainda naquela cama em sua mente, ainda em seu abraço e em seu corpo, ele desceu para tomar café e comer. Gabriel mal viu as cartas que leu ou as palavras no jornal. Finalmente, ele verificou o relógio de bolso. Preferiria deixá-la dormir, mas era hora de acordá-la. Voltou para o quarto dela e a encontrou deitada em abandono, as pernas à mostra até os joelhos e o lençol mal cobrindo os seios. Ele abriu as cortinas das janelas. Um dia nublado significava que a luz cinza a encontrou, fazendo-a parecer etérea.

Ele odiava acordá-la, sentou-se na cama e acariciou seu rosto até que suas pálpebras se moveram, depois se levantou.

— Você precisa se levantar, tem de se vestir.

Ela fechou os olhos e parecia pronta para dormir novamente.

— Por quê? — murmurou.

— Você precisa fazer as malas. Vamos partir hoje.

Um bom minuto se passou antes que ela entendesse. Suas pálpebras se abriram novamente, desta vez com surpresa.

— Você já verificou se chegou uma carta? Ainda é cedo.

— Chegou ontem.

— E você não me contou.

— Não.

Ela não perguntou o porquê.

— Você está certo e devemos ir.

— Voltarei em uma hora. A carruagem estará pronta logo depois. Eu disse à sua camareira para trazer café da manhã para você aqui. Ela deve chegar em breve.

Ele a deixou e desceu, onde seu cavalo o esperava. Gabriel não se desculparia por adiar esta partida por um dia. Os vestidos, o colar, o jantar, a noite inteira foram expressões da rebelião que ele experimentou em seu espírito quando viu a carta no dia anterior de manhã. Decidiu que não contaria a ela imediatamente. Ele teria mais um dia, mais uma noite, antes do início do fim.

Amanda afastou a roupa de cama assim que a porta se fechou. Ela entrou na sala de vestir, pegou a camisola e a vestiu, depois colocou a mala no divã e abriu. Gabriel recebeu a carta ontem. E não havia dito a ela. Ela tentou ficar com raiva de sua omissão, mas seu coração se recusou a criticá-lo, mesmo em silêncio.

Ela pegou o colar da penteadeira. Ele já sabia quando lhe comprou isso e os vestidos, e quando lhe deu champanhe. Ele sabia de tudo na noite anterior.

Amanda fechou os olhos e estava nos braços dele novamente; o afastamento se dissolveu e ela sentiu uma parte dele em todos os aspectos. Não achava possível que um homem e uma mulher pudessem passar uma noite assim se amando tantas vezes; forte e furioso no início, depois doce e pungente, então chocante e escandaloso, depois...

Ela nunca se opôs. Nunca questionou. Aceitou, recebeu e retribuiu, encantada de novo e de novo. Foi como se ele não conseguisse ter o suficiente e se certificou de que ela também não. Gabriel sabia que seria a última noite. Não juntos, mas nesse quarto. A última vez antes de virar uma página e começar o último capítulo desta história que estavam escrevendo juntos. Amanda estava feliz por ele não ter contado a ela, assim a noite anterior não havia sido sombreada pelo que estava por vir.

Brentworth leu a carta e entregou a Stratton.

— Você não está facilitando as coisas, Langford.

Os três estavam sentados na biblioteca de Stratton, esparramados confortavelmente em cadeiras e divãs.

— Eu não estou fazendo nada, não escrevi essa carta.

— A parte difícil será entregar a adaga, não segui-la. Seremos notáveis nessa área da cidade. Não haverá boas razões para entrarmos nesse estabelecimento. Os homens raramente compram em confeitarias.

— Faremos o meu lacaio, Vincent, entregá-la. Você só precisa prestar atenção em ver quem irá buscar.

— Estaremos ainda mais visíveis perambulando nessa rua.

— Vista um casaco velho e amarrotado e sem gravata. Peça emprestado as roupas de um criado, se necessário. Manche o seu rosto de fuligem. Inferno, tenha um pouco de imaginação.

— Ele disse que não seria fácil. Não disse que seria impossível — disse Stratton. Ele bateu a carta na cabeça enquanto pensava. — Ah, lembrei que todos conhecemos esta Rua Culper, senhores. Dos nossos dias de universidade. Certamente vocês se lembram.

— Um inferno que lembro — reagiu Brentworth. — Langford?

Gabriel folheava mentalmente uma autobiografia cheia de comportamento indevido, procurando uma menção à Rua Culper.

— Sra. O'Brian — Stratton incitou.

Sua mente voltou vários capítulos para uma página com uma ilustração realista da sra. O'Brian.

— Minha nossa, você está certo. Aquela casa ficava nesta rua. — A sra. O'Brian fora celebrada entre os estudantes de Oxford e Cambridge. Poemas escandalosos foram escritos sobre ela. — Você se lembra dela,

Brentworth. Cabelo preto. Voluptuosa. Voraz.

Brentworth franziu a testa. Então sua expressão suavizou.

— Agora eu lembro. Ela quase me matou.

— Esse bordel provavelmente ainda está lá — ponderou Stratton. — Não deve ser difícil descobrir. Havia uma taberna ao lado. Nós poderíamos sentar lá e assistir através da janela. Qualquer um que nos visse assumiria que esperamos a abertura da casa.

— Acho que prefiro usar trapos e fuligem — falou Brentworth. — Não frequento mais bordéis, muito menos espero ansiosamente que um deles abra.

— Não é hora de delicadeza ou orgulho — cortou Gabriel. — Ninguém vai te reconhecer. Se você se preocupa com sua reputação, na minha opinião, um pouco de fofoca escandalosa iria melhorá-la. Existe outra maneira. Por alguns xelins, a sra. O'Brian provavelmente deixaria você assistir da janela dela. Vocês podem se revezar nas janelas e ela também. Ela não é mais tão jovem agora, mas você também não é.

Stratton conteve um sorriso.

— Ele até que teve uma boa ideia. Essa janela será alta o suficiente para facilitar a visualização de quem entra e sai dessa confeitaria e o que estão carregando. Se virmos nosso homem, poderemos estar na rua antes que ele chegue à encruzilhada.

— Não é uma má ideia — admitiu Brentworth. — Teremos que ir hoje e ver se a sra. O'Brian está lá ainda. Pelo que sabemos, é possível que ela tenha voltado para a Irlanda.

— Se ela não estiver lá, outra mulher estará — contrapôs Stratton. — A menos que a casa esteja completamente fechada.

— Não está fechada — revelou Gabriel.

Dois pares de olhos se voltaram para ele rapidamente.

— Não vou lá há anos, mas ouvi falar — esclareceu. — Eles ainda têm aquele quarto com chicotes e coisas assim, e ainda são feitas referências a ele em alguns círculos.

— Eu me pego gostando ainda mais da ideia dos trapos e fuligem — retrucou Brentworth. — Se eu for fazer isso, você irá comigo, Stratton.

— Você tem medo de ir sozinho e a sra. O'Brian amarrá-lo de novo e fazer o que quiser com você?

Brentworth ficou vermelho, o que para ele era tão incomum que Stratton uivou de tanto rir.

— Ela jurou que as amarras não estariam presas — Brentworth murmurou. — Stratton, invente alguma história para que possamos ir lá esta tarde. Diga à duquesa que você é necessário em uma reunião secreta em Westminster. Ela certamente questionará por que de repente você não está passando horas no quarto do bebê.

— Eu não minto para Clara.

— Talvez devesse, apenas desta vez — disse Gabriel.

— Não, não o desvie, Langford. Perdoe-me por sugerir que você introduza mentiras em seu casamento, Stratton. Vou me corrigir. Diga à sua duquesa que você deve ir comigo a um bordel infame povoado por mulheres que fazem coisas com homens que mulheres decentes nunca ouviram falar. Tenho certeza de que ela vai entender. — Ele se levantou. — De fato, Langford e eu poderíamos tomar uma lição de honestidade com as mulheres. Tenho certeza de que você não se importará se assistirmos a isso. — Ele caminhou até a porta e pediu a um lacaio que solicitasse a presença da duquesa.

Gabriel sentou-se e ficou à vontade. Mesmo no seu momento mais flexível, a duquesa era formidável. Isso prometia ser um excelente entretenimento. Clara entrou, curiosa e um pouco irritada por ter sido convocada. Ela os cumprimentou e, em seguida, deu a Stratton um olhar que dizia: *espero que isso seja muito, muito importante.*

— Querida, Langford precisa de minha ajuda em um assunto mais urgente — começou Stratton. — Requer que eu saia hoje à tarde e fique ausente de casa indefinidamente, a partir de amanhã.

— Requer mesmo?

— Sim.

Ela olhou para Gabriel, que tentou parecer preocupado e agradecido. Depois olhou para Brentworth.

— Você também está envolvido, eu presumo.

— Eu preferiria não estar, mas a obrigação da amizade exige.

— Posso perguntar do que se trata?

— A discrição me proíbe de lhe contar — disse Stratton. — Isso exigirá que eu passe algum tempo em partes desagradáveis da cidade, mas não é perigoso. Só estou lhe dizendo para o caso de você ouvir relatos da minha presença em lugares inesperados, então saberá que faz parte da missão. Deixarei uma carta selada na minha penteadeira com os locais que devo estar, para ser aberta caso precise me encontrar.

Ela ergueu as sobrancelhas.

— Uma missão. Uma carta selada. Nossa, isso tudo parece importante. Quase oficial. Exceto que o amigo em necessidade é Langford, então suspeito que seja completamente extraoficial.

— Vou garantir que Adam permaneça seguro — prometeu Brentworth.

— Que bom de sua parte. Bem, meu querido, faça o que você deve. Tente não deixar Langford trazer escândalo para seu nome e título, se puder ser evitado.

Ela pediu licença e foi saindo, mas parou ao lado de Brentworth.

— Não aja como se estivesse acima de tudo isso. Você mal pode esperar para os duques decadentes voltarem a ser envolver em problemas novamente.

Stratton esperou a porta se fechar atrás dela. Ele recostou-se na cadeira, esticou as pernas e sorriu.

— E assim, senhores, é como é feito.

— Impressionante — elogiou Gabriel. — Eu vejo apenas um pequeno problema. Se ela aceita essa ambiguidade de você, vai esperar uma confiança semelhante, se seus próprios planos não puderem ser explicados.

— É verdade, mas nunca aconteceu desde que nos casamos. Clara é muito franca. Ela não guarda segredos de mim.

— É claro que ela não o faz — disse Brentworth secamente. — Então, o primeiro passo está planejado. Vamos concluir os planos para o resto do esquema.

Vinte e Dois

$\mathcal{E}$les passaram por Middlesex e pela maior parte de Berkshire antes de parar em uma estalagem ao anoitecer. Depois de uma refeição em uma sala privada, se retiraram para os aposentos que Langford havia alugado. Amanda vestira a camisola e já estava deitada na cama quando Langford chegou e se esticou ao seu lado.

— Você tem ficado imersa em pensamentos profundos desde que partimos — disse ele. — Espero que não esteja contemplando meu pecado ao não lhe contar sobre a carta.

— Foi um pecado pequeno, cometido com a mais gentil das razões. Eu só teria começado a me preocupar mais cedo, com pouco propósito.

— Do mesmo jeito que está se preocupando agora?

Ela se sentou e abraçou os joelhos.

— Pensando é uma palavra melhor. Eu só conhecia minha mãe da maneira que uma garota conhece. Ela só me conhecia do jeito que uma mãe conhece um filho. Eu não sou mais aquela garota ou aquela criança. O que pensaremos quando nos encontrarmos novamente? Seremos estranhas uma para a outra?

— Eu não acho que isso seja possível.

— Eu sou tão diferente agora. Ela também pode ser.

— A única experiência semelhante que tive foi com Stratton. Ele se foi por cinco anos e depois voltou. Houve um pequeno estranhamento a princípio, mas logo desapareceu. As memórias voltaram rapidamente. Os vínculos também. Mesmo que ela tenha mudado muito, não importa.

Ela apoiou o queixo nos joelhos.

— Ela não terá mudado muito. Oh, seu cabelo pode ter ficado grisalho e sua forma mais espessada, mas...

Ele esperou que ela terminasse.

— Ela ainda será uma ladra — completou.

— Você não sabe disso com certeza. Tudo isso pode ter começado com um crime muito antigo. — Gabriel não podia acreditar que defendia essa mulher desconhecida, mas não gostava de Amanda parecendo tão pensativa.

— Você realmente não acredita nisso — acusou —, pois disse que ela também tinha que deixar a Inglaterra. Você acha que ela pode até estar em aliança com esse homem.

— Eu só perguntei se isso era possível.

— E eu disse que não era. Só agora devo admitir que era muito possível. Eu me perguntava em meu coração se ela não era sua cativa, mas sua parceira. Apenas sua tentativa de revelar sua localização me convenceu do contrário. Afinal, ela contou a ele sobre mim. Nada disso teria acontecido se ela não tivesse falado.

— Então eu preciso agradecer a ela, por mais que tenha sido um problema. Eu poderia nunca tê-la conhecido de outra maneira.

A distância desapareceu de seus olhos. O humor dela ficou mais leve.

— Nem eu. Dizem que algum bem provém até do pior mal.

Gabriel estendeu a mão e a encorajou a se deitar ao lado dele. Ele a abraçou com um braço, então ela aninhou-se ao lado dele.

— Você está cansada da jornada e isso está fazendo pensamentos negativos pesarem em seu espírito, Amanda. Durma agora. Amanhã encontraremos alojamentos melhores do que esses e maneiras de manter as dúvidas sob controle.

— Obrigada por dizer que está agradecido por esse esquema significar que me conheceu. Também sou grata. — Ela fechou os olhos.

Não demorou muito para ela cochilar. Gabriel esperou até que ela o fizesse antes de sair do seu lado, voltar ao seu quarto, sentar-se e abrir a mesa portátil. Depois de colocar a tinta e o papel, escreveu uma pequena carta a Sir James Mackintosh, o deputado que patrocinava o projeto de reforma penal na Câmara dos Comuns, explicando que, por razões que não podia divulgar, seria melhor se ele se afastasse dos esforços para alterar as leis criminais e o código penal. Ele listou os colegas que haviam demonstrado interesse real no projeto, depois assinou e selou a carta.

⁂

Amanda caminhou ao lado da carruagem. A seu pedido, eles pararam para que ela pudesse sair e esticar seus membros rígidos. Os longos dias de verão significavam muitas horas balançando dentro da cabine, e ela finalmente precisou de uma pausa. A carruagem andava lentamente ao seu lado. Langford montava seu cavalo, alguns passos atrás.

— Eu deveria ter considerado que você iria querer algum alívio —

disse ele. — Deveria ter trazido uma sela e um cavalo para você.

— Teria sido inconveniente. Também desnecessário. Não cavalgo, nunca tive a oportunidade de aprender.

— Isso foi descuidado de seus pais. Há momentos em que apenas um cavalo serve.

Provavelmente tinha sido descuido. Ela podia imaginar situações em que um ladrão precisava se mover rapidamente e um cavalo seria o melhor transporte.

— Vamos corrigir isso — prometeu. — No mínimo, vou garantir que você se sinta confortável em uma sela, mesmo que não se torne especialista.

Não foi o primeiro pronunciamento desse tipo nos últimos dias. No dia anterior, a conversa deles às vezes se desviou para tais aspectos práticos.

Ela sabia cozinhar? *Mal, mas bem o suficiente para me alimentar.*

Ela alguma vez se disfarçou como mais do que uma pastora? *Nunca havia precisado fazê-lo antes.*

Ela fora ensinada a se defender? Essa pergunta a fez parar e considerar todas as outras. Percebeu que Langford tentava se assegurar de que não ficaria vulnerável e sozinha, que teria as habilidades necessárias para sobreviver à vida que escolhesse depois de sair da costa da Inglaterra.

— Você ficará aliviada em saber que não vamos parar em uma pousada hoje à noite — contou no final da tarde. Ambos estavam de volta dentro da carruagem. — Tenho uma propriedade aqui em Somerset. Chama-se Liningston Abbey. Vamos ficar lá, depois entraremos em Devon quando soubermos para onde estamos indo.

— Já sabemos para onde estamos indo. Acho que devemos ir o mais rápido possível.

— Nós possuímos o nome de um homem. Isso é tudo. Amanhã enviarei Vincent através da fronteira para comprar um diretório do condado. Nele, encontraremos exatamente o que precisamos.

Vincent se juntou a eles no início da manhã, cavalgando atrás para relatar que a adaga havia sido apanhada na padaria da Rua Culper e estava a caminho com os amigos de Langford. Ele cavalgou ao lado da carruagem como uma sentinela na maior parte do tempo, mas, há pouco, galopou à frente deles. Meia hora depois, saíram da estrada e subiram por uma viela.

— Estamos quase lá. — Ele apontou pela janela.

Amanda olhou para ver a casa.

— Oh, eu não sei se isso vai servir.

— Você não sabe? Não é grandioso, mas...

— Não deve ter mais de uma dúzia de quartos. Ora, é pouco mais que uma cabana.

Gabriel percebeu que ela o estava provocando e riu. Quanto mais se aproximavam, mais ela sentia o mar.

— Estamos no litoral?

— Próximo disso. Há um local onde você pode nadar, se quiser. Você sabe nadar, não sabe?

Ela balançou a cabeça e ele franziu a testa.

— Isso não pode ficar assim.

A casa crescia a cada minuto. Não era nem um pouco modesta para os olhos dela. Parecia ter aumentado ao longo dos anos conforme cômodos foram adicionados e as linhas do telhado se mesclavam. O bloco central tinha madeiras visíveis cruzando a fachada, indicando suas origens antigas.

— Não haverá muitos criados. Não é muito usada.

— Quantas casas você possui e que não são muito usadas?

— Vinte. — Ele deu de ombros. — Talvez vinte e cinco.

Ela manteve o olhar na casa. Raramente pensava mais nas diferenças entre eles. Ah, ela o observava às vezes e notava como ele se portava e como conhecia bem seu lugar no mundo. Não era possível esquecer completamente. Mas não impregnava cada minuto que passavam juntos.

Agora ela aceitou que, em sua ignorância, não havia percebido o quão grande era essa diferença. Aqui estava um homem que possuía vinte casas. Ou talvez até vinte e cinco. Ele nem sabia exatamente. Ele tinha um dos títulos mais altos do país, então é claro que também possuía riqueza. Mas, em sua ignorância, ela não havia entendido o quanto. Um sentimento de desânimo penetrou em seu coração.

Vincent esperava por eles junto com a governanta e o zelador quando saíram da carruagem. Ele foi na frente para alertá-los da chegada iminente.

Gabriel aceitou os cumprimentos dos criados.

— Sra. Braddock — ele saudou enquanto uma senhora idosa fazia uma reverência. Ele vasculhou sua memória o dia inteiro antes de lembrar desse nome. — Nossa chegada foi precipitada. Deve ter causado uma preocupação indevida.

— De maneira alguma, Sua Graça. Espero que o senhor veja que tudo está em ordem. Mandei chamar uma garota de uma casa vizinha para servir sua convidada. Seu homem aqui disse que o serviria. Há também uma cozinheira e duas mulheres vindo para ajudar na casa. As refeições podem ser mais simples do que está habituado, mas essa cozinheira é muito boa à sua maneira.

Gabriel olhou para Vincent, que mal escondeu sua alegria em organizar essa promoção para valete. Ele imaginou os contratempos que lhe aguardavam.

— Suponho que ele se sairá bem o suficiente. Tenho certeza de que seus outros arranjos serão perfeitos. — Ele se virou para o zelador. — Diga ao cavalariço que precisaremos do meu cavalo e de outro para a dama em duas horas.

Ele acompanhou Amanda para dentro da casa. Eles pararam e olharam ao redor do antigo salão, que agora servia como sala de estar. Uma grande lareira preenchia uma parede do espaço quadrado e ladrilhos forravam sua base. Vigas pesadas e escuras atravessavam o teto alto e revestiam as paredes.

— Não me lembro de ser tão sombrio assim — disse ele. — Usaremos quartos em uma ala à esquerda que tem uma decoração mais atual; não desanime à primeira vista.

— Quando você esteve aqui pela última vez?

— Quinze anos atrás, eu acho.

— Achei mais interessante do que sombrio. Fico feliz que esta seção não tenha sido alterada ao longo do tempo.

— Parece que você é uma aspirante a antiquada. Meu irmão vai se arrepender de não ter lhe conhecido. Há outra propriedade, um castelo logo depois da fronteira escocesa, que ele insistiria para que você visse.

— Eu vou me arrepender de perder isso. Toda garota sonha em morar em um castelo. Agora, antes que essa mulher me puxe para o meu quarto

O Duque Devasso

— ela fez um gesto para a sra. Braddock, que esperava na escada —, ouvi corretamente que você pediu um cavalo para mim?

— Sim. Não tente recusar dizendo que não possui roupa para cavalgar. Ninguém vai te ver além de mim. Você vai cavalgar hoje, Amanda. Não sairá daqui até conseguir.

— Nesse caso, posso ser muito desajeitada. Cuidado com o que decreta, Langford.

Os criados haviam se afastado para os limites do corredor, mantendo uma distância discreta do homem e da mulher conversando no centro do cômodo.

— Há uma outra regra, Amanda. Eu preferiria que você me chamasse de Gabriel. Quando você usa meu título, soa cada vez mais inapropriado.

— Quando estivermos sozinhos, você quer dizer.

— Quando você quiser, mas principalmente quando estivermos sozinhos.

— Eu vou tentar. Isso pode ser... — Ela se virou e deu um passo em direção à sra. Braddock, sem terminar o pensamento.

— Difícil? Certamente não.

Ela olhou para trás.

— Não é difícil. É desolador.

Ela aceitou a escolta da sra. Braddock e começou a seguir em direção à ala leste.

Gabriel olhou para baixo enquanto Vincent se ajoelhava à sua frente, esfregando ferozmente as botas de montaria.

— Não seria mais eficiente fazer isso antes de eu colocá-las?

Vincent olhou para cima antes de retornar a sua tarefa.

— Acredito que seja assim que fazem normalmente, Sua Graça. Agora que tentei, no futuro, farei antes.

Vincent descobriu rapidamente que lacaios e valetes difeririam em seus deveres, e um homem que se destacava em uma área talvez não o fizesse na outra. Vesti-lo fora um processo demorado, com Gabriel tendo que dar algumas lições. E o duque ainda teve que amarrar sua própria gravata.

Vincent lhe ofereceu o seu anel de sinete e depois prendeu o relógio no colete.

— Amanhã eu não vou precisar dos seus serviços como valete — decretou Gabriel. — Em vez disso, quero que vá até Devon e faça algumas tarefas.

Os olhos de Vincent brilharam com o alívio de um jovem que preferia galopar pelo campo a vestir um duque. Amanda estava certa sobre ele. Gabriel suspeitava que os dias de servo de Vincent estivessem contados.

— Quero que compre um diretório do condado — explicou. — Vou precisar que encontre um lugar onde possa lê-lo e ache o nome de um homem. Então, preciso que encontre uma estalagem a uma curta distância da casa desse homem.

Soou misterioso até para seus próprios ouvidos. Definitivamente soou para Vincent, pelo brilho que apareceu em seus olhos. Não apenas viajava pelo país, mas em uma missão que parecia secreta, a pedido de seu mestre, o duque. Aventura garantida. Vincent estaria no céu amanhã.

— Discrição é vital. Não se sente com o diretório em uma taberna onde as pessoas se perguntarão quem você é e quem procura.

— Claro que não, Sua Graça. Eu sou muito discreto.

Não contei a ninguém sobre suas ações estranhas com a srta. Waverly, por exemplo. Pobre Vincent, provavelmente estava doido para contar a alguém. Qualquer um.

— Sua Graça, o duque de Brentworth, ameaçou cortar minha cabeça se eu falasse uma palavra sobre isso — revelou Vincent. — Eu respeitosamente questionei se os duques tinham esse direito.

Gabriel imaginou Brentworth sendo desafiado por esse lacaio que estava esquecendo seu lugar.

— Você perguntou isso a Brentworth? Estou certo de que o desagradou.

— Eu temia que sim, mas ele explicou como ordenar decapitações era um direito especial da nobreza, reservado apenas aos duques. Um segredo que raramente é mencionado publicamente, para que os outros aristocratas não fiquem com inveja.

Gabriel conteve um sorriso.

— Prepare-se para sair de manhã, então.

Vinte e Três

Gabriel se inclinou e beijou Amanda enquanto ela dormia, depois deixou o quarto. Ele odiava que esse dia tivesse começado porque significava que logo terminaria. Então eles estariam em Devon, encontrariam a mãe dela e depois disso...

A sra. Braddock o encontrou quinze minutos depois no café da manhã. Ela carregava uma carta.

— Correio expresso para o senhor.

Ele reconheceu a caligrafia de Stratton e abriu a carta.

Ele está usando o nome Pritchard e viajando lentamente, utilizando diligências, mas ocupando aposentos privados em pousadas. Achamos que ele decidiu gastar seus proventos em boas camas e comida, em vez de velocidade. É tudo o que podemos fazer para permanecer atrás dele. B diz para lhe dizer que é improvável que esse homem seja o colecionador, então todos supusemos a situação corretamente. Um de nós irá à sua propriedade quando passarmos para ver se você deixou alguma mensagem.

Achamos que ele está armado.

Stratton

Típico de Stratton adicionar essa última informação quase como uma nota. Mas, depois de matar dois homens em duelo, era duvidoso que Stratton desse muita atenção a um homem armado.

Nem deveria se importar. Uma vez que a adaga fosse entregue, este homem poderia desaparecer. Então a única questão seria se o prêmio principal, Yarnell, estava armado. Gabriel estava preparado para essa eventualidade, mas esperava que não chegassem ao ponto de empunhar armas, pelo menos não quando Amanda estivesse presente. Ele não a queria ameaçada de maneira alguma, e também não queria que a última coisa que ela o visse fazer fosse atirar em um homem.

Ele afastou a carta e saiu para falar com o cavalariço. Os eventos avançariam rapidamente agora.

Naquela tarde, Gabriel anunciou que iriam se banhar no mar. Ele a colocou em uma sela pela primeira vez em sua vida no dia anterior, então Amanda não ficou muito consternada quando soube que iriam cavalgar até a costa. O cavalo dela seguia o de Gabriel através de um campo e por alguns bosques. Então eles iniciaram uma subida na terra, o bosque ficou para trás e a grama alta roçou em suas pernas. Logo os sons das ondas ficaram mais altos.

Gabriel parou no topo de uma longa inclinação e esperou que ela se juntasse a ele. Amanda moveu o cavalo e, uma vez posicionada, parou de observar o pescoço do animal e as próprias mãos. Ela olhou para frente e uma perspectiva magnífica a cumprimentou. O mar se estendia por toda parte, encontrando o céu no horizonte. Ondas quebraram em uma praia rasa abaixo deles.

— É lindo — admirou-se. — Inspirador também. Uma pessoa sente-se muito pequena diante dele.

— Você já esteve em um navio?

— Nunca. Navegar por aí... deve ser assustador.

Quando ele não respondeu, ela olhou para vê-lo franzindo a testa.

— Tenho certeza de que é uma reação que passa rapidamente — acrescentou ela.

Ele apontou para as ondas quebrando.

— Lá, além daquelas pedras, há uma enseada. A água é calma e bastante rasa. Quando chegarmos, eu lhe ensinarei a nadar. Você não ficará com tanto medo do mar, se souber.

— Em um ou dois dias, você não pode me preparar de todas as maneiras que achar necessárias. — Ela colocou a mão no braço dele. — Eu me cuido há anos, Gabriel. Você não deve se preocupar comigo, apesar de eu te amar ainda mais por isso.

Ele pegou sua mão e apertou-a contra os lábios.

— É isso que é, Amanda? É isso que compartilhamos?

Ela nem percebeu que falava de amor. Simplesmente saiu, uma expressão natural de seu coração.

— Eu não posso responder por você, Gabriel. Você não sabe?

— Não sei nada sobre o que significa amar uma mulher. Só sei que estou aflito ao pensar em te perder. Passo horas contemplando e calculando se posso...

— Você não pode. Mesmo me deixar sair da Inglaterra já pode lhe comprometer. Eu entendo os motivos. Ouvir que você gostaria que fosse de outra forma me toca profundamente.

— Vou sentir sua falta, Amanda. Ficarei perturbado. — Seu olhar azul penetrou em sua alma. Ele já parecia perturbado e vulnerável. — Até a expectativa dessa perda me dói. Acho que jamais serei o mesmo após te conhecer.

Suas palavras a aproximaram das lágrimas. Se ele considerava isso amor, não importava. Ele falou com ela com mais amor do que qualquer homem já havia feito.

— E eu sentirei a sua, Gabriel. Amar você sempre será a melhor experiência da minha vida. — Ela estava feliz por ter declarado claramente seu amor aqui e agora, nesta colina com vista para a extensão infinita do mar, muito antes de se separarem. Seu coração se regozijou ao permitir que seu amor voasse livremente.

Ele beijou a mão dela novamente enquanto fechava os olhos.

— Estou mais honrado por suas palavras do que você jamais saberá, querida.

Ele controlou a emoção gravada em seu rosto e o duque voltou. O homem que desejava estar livre do dever recuou. A intensidade do momento passou, mas ela sabia que seus efeitos durariam para sempre. Gabriel soltou a mão dela e pegou suas rédeas.

— Você pode pensar que eu estou me preocupando por nada, mas, mesmo assim, iremos até lá e você nadará.

— *Cavalgaremos* até lá embaixo.

— Não direto para baixo. O caminho será inclinado para frente e para trás.

— Eu não estou segura. — Mesmo assim, ela pegou as rédeas e o seguiu.

Amanda prendeu a respiração quando seu cavalo finalmente parou na pequena praia e olhou para o caminho que eles haviam descido. Não era íngreme, dissera Gabriel, mas pareceu precipitado. Ela pensou que nunca chegaria.

Agora que estava salva, a alegria da vitória a reivindicou. Ela não caíra até a morte naquele penhasco. Instintivamente, ajeitou-se para manter o equilíbrio. Ela poderia nunca ser uma verdadeira cavaleira, mas também não temeria cavalos novamente. Pelo menos, não tanto. Gabriel moveu a perna e pulou do cavalo. Ele veio e levantou-a, depois amarrou as rédeas dos dois cavalos em um tronco caído na face da colina.

Ele começou a tirar a roupa, fez um rápido trabalho com seus casacos e gravata e começou a tirar a camisa. Ela se juntou à pilha de roupas que se formara na areia. Amanda aproveitou a oportunidade para admirar sua forma. Magra e forte ao mesmo tempo, seu corpo mostrava os músculos enquanto se moviam, tensionando e relaxando. Ele a notou assistindo.

— Tire a roupa, Amanda. Você não pode nadar com esse vestido. — Ele se sentou e tirou as botas.

— Suponho que não. — Ela olhou de soslaio para o mar. As ondas quebravam a cerca de quinze metros da costa, e a água perto dela parecia plácida o suficiente, apesar de ter avançado na areia quase até seus pés.

Ela soltou os fechos do vestido e o deixou cair, depois o sacudiu e colocou sobre alguns pedaços de madeira.

— A maré chegará antes que você termine.

Ela olhou para cima e o viu se aproximando. Gabriel não usava nada agora.

— Eu pensei que estava pronta.

— Vire-se. — Ele a girou no lugar. Amanda sentiu as mãos dele trabalhando nos laços de seu espartilho. — O que usar reterá água e fará peso. Então isso deve sair.

O espartilho caiu em cima de seu vestido.

— Braços para cima.

Ela levantou os braços, e a chemise deslizou sobre o seu rosto e se juntou ao vestido também.

— Eu posso tirar as meias. — Ela se afastou e se inclinou para deslizar o tecido.

— Se você esperava me distrair da aula de natação, está quase conseguindo.

Amanda percebeu que sua pose poderia ter conotações eróticas. Como ela não queria nadar, demorou muito tempo com a segunda meia. De repente, um braço circulou sua cintura. Ele a levantou e a carregou como um tapete enrolado em direção ao mar. Água espirrou em torno de suas pernas enquanto ela se remexia para se libertar. Então a água roçou seu corpo.

— Está fria! Coloque-me no chão para que eu possa entrar e me acostumar. Caso contrário, levarei um choque... está congelando. — Ela se contorceu e bateu no braço dele. — Coloque-me no chão agora, eu insisto...

— Bem, se você insiste... — Ele a ergueu e a deixou cair. Ela gritou quando bateu na água e o frio a cercou.

Amanda se embaralhou para levantar e se acalmou quando seus pés atingiram uma superfície sólida. Ela prendeu a respiração, enxugou os olhos e afastou os cabelos ensopados do rosto.

— Isso foi muito rude.

— Economizou meia hora. Agora venha aqui e vou mostrar-lhe como se manter flutuando quando a água for muito profunda para ficar de pé.

A lição não demorou muito. Ele a segurou enquanto ela ficou deitada acima da água. Gabriel explicou que a água salgada era mais dinâmica do que a água do lago e que o próprio mar a ajudaria. Finalmente, ele tirou os braços e deixou-a flutuar por conta própria.

— Me encanta conseguir fazer isso — disse ela. — Isso é amável. Calmante. E parece que consigo ver todo o céu.

— Você pode se mover, se quiser. Apenas empurre a água, alternando as mãos ou usando ambas.

Ela tentou com cada mão e finalmente se empurrou em um círculo completo.

— Imagino que seja mais difícil fazer isso fora daqui. — Ela apontou para o mar aberto.

— Depende do clima e das ondas, mas, sim, é mais difícil, mas não impossível.

— Você não vai flutuar um pouco?

— Nado depois. No momento, estou gostando de como a água flui sobre o seu adorável corpo nu.

Ela mudou sua atenção do céu para ele. O olhar dele a fez reparar em si mesma. Seus seios subiam acima da água. Outras partes apareciam também. A água alcançava acima da cintura dele, mas ela sabia o que havia escondido por baixo. Sua expressão dizia tudo.

Amanda empurrou as pernas para baixo e ficou de pé. Ela foi até ele, colocou os braços em volta de seu pescoço e beijou seu peito fresco e úmido. Ela passou a língua por uma gota salgada.

— Eu não acho que vou ter tanto medo do mar no futuro.

Ele a abraçou e a beijou. Amanda sabia que ele a queria, então a surpreendeu quando ele a afastou dele.

— Vá para terra e deixe o sol te secar. Eu vou me juntar a você em breve.

Ela atravessou a água até a praia e sentou-se na areia molhada e compacta perto do mar, ficou olhando-o perto de onde as ondas quebravam. Sua cabeça desapareceu por um segundo, depois apareceu novamente além desse ponto, nadando enquanto as ondas batiam contra ele. Gabriel não parecia temer o mar. Ela ainda se preocupou com o quão longe ele parecia estar.

Gabriel desapareceu de novo. Ela procurou por ele, estreitando os olhos contra o brilho do sol. Assim que a preocupação surgiu, ele apareceu novamente, seu corpo junto a uma onda que agora o levava em direção à praia. Ele acompanhou a onda até que ela quebrou na beira da enseada.

Ele caminhou em sua direção, saindo nu da água como um deus do mar, seu peito se expandindo com respirações profundas, a água o revelando centímetro por centímetro. Gabriel balançou a cabeça e pingos de água voaram de seus cachos úmidos.

Amanda queria beijá-lo novamente. Inteiro, das cavidades sob o pescoço até os joelhos em suas pernas bem formadas. Ela queria lamber sua pele fria e depois lamber novamente enquanto ele se aquecia.

— A maré está chegando. Deveríamos ir — disse ele ao se aproximar.

Ela sentou, apoiando o traseiro nos calcanhares.

— Não. Ainda não.

Ele notou como a água chegava diretamente a ela antes de recuar.

— Temos no máximo trinta minutos.

— Então venha aqui agora para não perder mais tempo.

— Seria mais sábio...

— Agora, Gabriel.

Um sorriso lento se abriu enquanto ele obedecia e ia ficar bem na frente dela.

— Seu tom é o de um marechal em batalha.

Ela olhou para ele.

— Uma vez, você falou que queria me ver na clara luz do dia. Não existe uma luz mais clara do que essa e não me apressarei para abrir mão dessa rara visão de você.

— Então eu estou ao seu comando.

Ela levantou os braços até descansar as mãos no peito dele, deslizou as palmas das mãos pelas suas costelas e abdômen. Amanda se ajoelhou e pressionou os lábios na pele dele. Ainda tão fria. Ela guardou na mente o seu sabor fresco e a sensação de seus músculos e suas formas. Os olhos dele escureceram para o azul mais profundo enquanto ele olhava para o que ela fazia.

Amanda se perdeu nas sensações de tato e paladar, nos contrastes entre suave e rijo, frio e quente. A excitação dele a incitou e ela circulou o seu membro com as duas mãos e o lambeu, inserindo a ponta na boca enquanto o fazia. Então ela o soltou e abraçou seus quadris, colocou seu rosto contra ele e permitiu que suas emoções e desejo fluíssem livremente, passando através dela como as ondas rodopiando sob seus joelhos.

Ele se curvou dentro do abraço dela e beijou sua cabeça.

— O que você quer, Amanda?

Ela esfregou o rosto contra ele.

— Você. Agora e *para sempre*.

Gabriel se ajoelhou com ela, então eles se deitaram juntos. O sol quente os aquecia, a água fluía ao redor deles e eles balançavam juntos ao ritmo das ondas.

O DUQUE DEVASSO

Vinte e Quatro

Eles jantaram ao pôr do sol no terraço, compartilhando um contentamento que não precisava de palavras. Gabriel pensou, como sempre fazia agora, que nunca havia experimentado tanta felicidade como vivenciou com Amanda.

À medida que o crepúsculo se aprofundava, uma pequena ruga se formou na testa de Amanda. Ela inclinou a cabeça levemente, e seus olhos perderam o brilho.

— Ele voltou.

Gabriel ouviu o que ela quis dizer. Um cavalo se aproximava, seu som abafado pela casa e pela brisa. O barulho dos cascos se tornou mais proeminente, depois parou. Ao lado dele, Amanda fixou o olhar no jardim. Vincent passou pelas portas e entrou no terraço. Ele ficou lá como o lacaio que era até Gabriel o chamar.

— Conte-nos.

Vincent parecia em ótimo humor. Ele falou rapidamente, pontuando sua história com gestos.

— Eu o encontrei no diretório como o senhor disse. A propriedade fica no sul do município, não muito longe da fronteira. A cidade mais próxima é Sudlairy, mas uma pousada melhor pode ser encontrada em Colton e fica a apenas oito quilômetros.

Seus olhos brilhavam de excitação. Gabriel esperou para ouvir o porquê.

— Eu visitei a propriedade, já que tinha tempo.

— Não disse para você fazer isso.

— Não, Sua Graça. Mas lá estava eu, tão perto, e pensei em dar uma olhada.

— Eu teria feito a mesma coisa — disse Amanda.

— Não o encoraje. — Gabriel deu a Vincent um olhar apropriado à sua desobediência. — Já que demonstrou uma iniciativa inconveniente, o que aprendeu?

— Não acho que seja uma propriedade grande, mas há uma casa de bom tamanho, que precisa ser cuidada. É perto o suficiente da costa e acho que o ar do mar cobra seu preço. Um exemplo é que o portão de entrada está mais enferrujado do que bom.

— E confio que você não entrou por esse portão.

— Eu teria entrado — Amanda murmurou.

— Não, Sua Graça. No entanto, subi numa parte da parede longe da frente da casa, apenas para ver como era lá dentro. Eu ia pular, mas...

— Mas você sabia que isso me irritaria, tenho certeza.

— Eu teria pulado — Amanda sussurrou.

— Sim, claro, Sua Graça. Não seria certo, seria? Também mudei de ideia porque vi duas pessoas do lado de fora no local. Não seria bom ser pego, pensei.

— Duas pessoas? — questionou Gabriel.

— Um homem e uma mulher. O homem era um camarada mediano. Nem muito alto, nem muito escuro ou claro, nem muito gordo ou magro. Ele não era muito de nada.

— E a mulher? — perguntou Amanda.

— Uma dama, eu diria. Roupas finas e um chapéu muito chique. Eles não estavam juntos, pelo que parecia. A senhora passeava pelos jardins e o homem a seguia.

— O cabelo dela? O rosto?

— Cabelo escuro. Rosto bonito, pelo que pude ver. Difícil saber a idade, mas eu diria que é mais velha do que você, srta. Waverly.

Amanda se levantou.

— É ela, tenho certeza. Pelo menos ela ainda está segura. Eu vou subir para fazer uma mala. Devemos sair de manhã à primeira luz.

Gabriel a deixou ir.

— Obrigado, Vincent. Você foi útil.

O lacaio pigarreou.

— Hum, há mais, Sua Graça.

— Mais? — Gabriel ergueu uma sobrancelha.

— Sim, Sua Graça. Eu cavalguei através do campo quando voltei, pensando em economizar algumas milhas dessa maneira. Então passei por dentro da propriedade.

— Eu gostaria que você não o tivesse feito.

— Sim, senhor. Bem, havia estes... buracos. Não há outra maneira de descrevê-los. De vez em quando, o chão se abria para um grande buraco, com uns nove metros de largura. Eu vi três deles e pode haver mais. Não sei se o senhor e os outros cavalheiros pretendem ir para lá à noite, mas achei que deveria mencioná-los.

— Buracos? Quão profundos?

— Profundo o suficiente para cair um cavalo ou derrubar um cavaleiro. Dois metros, talvez três. Um era muito mais profundo.

— É bom saber.

— Talvez eles estejam lá para pegar intrusos. — Vincent mudou seu apoio de uma perna para a outra.

— O que mais há, Vincent?

Gabriel viu o jovem debatendo se deveria continuar. Ele lançou um olhar severo ao lacaio.

— Bem, acho que posso estar errado, veja, mas acho que talvez a mulher tenha me visto. — Ele deu de ombros como se isso pouco importasse.

Gabriel continuou encarando-o até Vincent ficar desconfortável o suficiente para continuar.

— Eu estava na parede, olhando por cima, segurando, quando ela parou de andar e olhou ao redor, casualmente. Admirando as árvores, por assim dizer, quando, de repente, ela olhou diretamente para mim. Havia galhos entre nós, então posso estar errado. Ela não parou de olhar em volta. Também não gritou, mas tive a sensação de que ela me viu lá. Por um segundo, parecia que ela olhou bem nos meus olhos.

— E o homem?

— Nah, ele estava atrás dela, como eu disse. Ela seguiu em frente antes que ele a alcançasse.

— Pode não ser tão ruim se ela te viu. Vou ter que pensar sobre isso. Existe *mais alguma coisa*? Diga logo se houver.

Vincent corou.

— Não, Sua Graça. Eu juro que isso foi tudo que aconteceu. — Ele se virou para ir embora. — Vai precisar de mim de manhã, Sua Graça?

— Ainda não decidi. Esteja de pé e pronto, caso eu precise. — Ele não tinha pensado em levar Vincent junto. O lacaio já sabia mais do que era sábio permitir e deve ter adivinhado que o mistério dessa missão significava que alguém estava tramando algo. Ainda assim, poderia ser útil tê-lo à mão.

Ele subiu, para contar a Amanda tudo *mais* que Vincent viu.

A pousada em Colton não era luxuosa, mas Amanda não se importou. Gabriel alugou dois quartos para eles quando chegaram e pediu que uma refeição fosse enviada ao quarto dela. Ela e Gabriel comeram em silêncio. Toda a jornada fora feita sem que conversassem muito. Ela não sabia o que ocupava a mente dele, mas não conseguia controlar os pensamentos que atormentavam a dela.

Tudo havia mudado quando eles acordaram esta manhã. O fim começara. Até afetou a paixão deles na noite anterior. Tinha sido tão sentimental quanto na praia, mas seu coração ficou desesperado enquanto ela o segurava, agarrando o que podia ter enquanto havia tempo.

— Se Vincent acha que minha mãe o viu, provavelmente está certo — disse ela. — Felizmente, mamãe é inteligente o suficiente para sentir que a ajuda está a caminho e manterá isso para si mesma.

Ele pegou a mão dela.

— Primeiro, não temos certeza de que era sua mãe. Poderia ser uma amiga, uma irmã, uma esposa. Depois, não sabemos se ela viu Vincent. O rapaz tem uma imaginação forte e está cheio de si com esses deveres incomuns que recebeu.

Ela terminou a refeição antes de falar novamente.

— Acho que devemos ir hoje à noite e tentar tirá-la de lá.

— Mesmo que seja sua mãe e que ela pense que estamos chegando, isso não afetará a forma como as coisas se desenrolam. Ela está confinada lá. Dificilmente pode optar por dar um passeio sozinha no jardim e fugir com você.

Sua lógica implacável a irritou.

— Não saberemos até *chegarmos lá*.

— Não vamos a lugar nenhum até eu confirmar que este é o homem para o qual a adaga será entregue.

— E como você fará isso? Irá visitá-lo amanhã e perguntar se ele recebeu recentemente uma adaga roubada? Apresentará seu cartão, beberá um pouco de conhaque e conversará? Vai perguntar se ele tem uma mulher presa em sua casa?

— Algo assim.

Impossível. Ela não poderia ficar sentada ali até amanhã.

— Ele pode ter visto Vincent. Poderia mover a minha mãe antes de chegarmos lá. Não podemos perder tempo esperando que a adaga seja colocada na mão dele. — Ela começou a tirar as roupas da valise.

— O que você está fazendo?

— Estou juntando as roupas que vou vestir esta noite.

Gabriel levantou o item superior para que se desdobrasse.

— Uma camisa marrom de homem. — Ele levantou o outro. — Pantalonas.

Amanda pegou os dois itens das mãos dele.

— Eu preciso disso.

— Por quê? — Ele colocou as mãos nos quadris.

— E se eu precisar passar por cima de um muro? Seria ridículo se você tivesse que me ajudar a fazer isso enquanto estou de saia longa. Ou... talvez tenhamos que correr rápido. A moda de hoje mal permite andar.

Ele suspirou pesadamente e balançou levemente a cabeça.

— Ou eu posso ter que subir em uma árvore. Ou... ou...

— Entrar por uma janela? Ou sair por uma?

— Exatamente.

Gabriel murmurou uma maldição exasperada.

— Muito bem. Iremos a esta casa assim que você estiver pronta e daremos uma olhada. Vamos apenas ver como é. Não o confrontaremos sobre sua mãe. Espero que nem o vejamos. Eu sairei para que você possa — ele apontou para as roupas — fazer seja lá o que você faz com elas.

Gabriel chamou Vincent e o interrogou detalhadamente sobre os buracos. Seria um inferno se ele ou Amanda caíssem em um no escuro.

— Você deve retornar — instruiu, antes de mandar Vincent embora. —

O Duque Devasso

Encontre Stratton e Brentworth na estrada. Diga a eles onde estamos hospedados e que peço que nos encontrem aqui depois de seguir a adaga até o seu destino.

— Vou sair imediatamente, senhor. Cavalgarei a noite toda, se necessário.

Depois de enviar Vincent, ele desceu e disse ao cocheiro que se preparasse imediatamente para uma curta viagem.

— Apenas um par de cavalos. Não queremos parecer uma carruagem dos correios na estrada e não é longe.

Quando ele havia terminado seus próprios preparativos, Amanda já completara os dela. Ele a encontrou perto de suas portas. Ela usava um vestido escuro e sem forma e carregava um chapéu de palha estranho, e havia prendido os cabelos em um coque apertado no topo da cabeça. Ela lhe entregou um pequeno pacote de pano.

— Não terei retícula nem bolso, se remover este vestido.

Ele sentiu protuberâncias longas e finas dentro do tecido.

— Ferramentas do roubo?

— Algumas.

— Eu disse que só daríamos uma olhada.

— Ladrões estão sempre preparados para qualquer oportunidade.

— Não haverá oportunidades esta noite. Falei sério, Amanda.

Ela começou a descer as escadas.

— Claro, Gabriel. Eu aceito isso. Sinceramente, eu aceito.

Eles deixaram a carruagem na estrada, a meio quilômetro da casa de Yarnell, não muito longe da vila de Sudlairy, onde Vincent disse que a pousada não era adequada.

— Você prefere andar ao lado de uma mulher pouco atraente e com uma forma estranha ou ao lado de um jovem? — Amanda perguntou antes de sair da carruagem. — Eu recomendo o jovem. Posso andar mais fácil assim se for mais longe do que prevemos.

Gabriel parecia um homem nada satisfeito com a escolha que lhe foi dada. Ele revirou os olhos com exasperação.

— O jovem, então.

Ela começou a tirar o vestido.

— Você pode fazer algumas alterações também. Encontre uma maneira de parecer menos ducal, se for possível. — Ela estendeu a mão e arruinou os vincos em sua gravata e afrouxou o nó. — Não tem jeito. Eu deveria ter lhe aconselhado sobre o que trazer. Não queremos que algum transeunte diga por aí que viu um lorde passeando pela rua, não é?

Ele saiu da carruagem e ofereceu a mão.

— Duvido que alguém notará.

Amanda sabia que ele estava errado, mas não discutiu. Ela enfiou o chapéu na cabeça. Com uma palavra para o cocheiro, eles partiram pela estrada. Gabriel olhou-a da cabeça aos pés.

— Era isso que você usava quando invadiu a casa de Sir Malcolm?

— Não essas botas.

— Ah, eu esqueci. Calçado diferente.

— Não me olhe assim. Eu não poderia dar aquele salto em um vestido, poderia?

— Então, se tivesse sido pega, estaria usando uma camisa, calça e um par de sapatilhas?

— Sem sapatos. Não há um bom par de botas ou qualquer sapato que eu conheça que ofereça um jeito de se segurar com os dedos dos pés. Se você já tivesse tentado algo assim, saberia como é necessário.

— Eu tenho dificuldade em imaginar alguém fazendo isso, até você. Quando tento, vejo você caindo no chão e se machucando fatalmente.

— Minhas chances de não cair eram pelo menos iguais às de cair.

— Que tranquilizador. Eu gostaria que você me prometesse que nunca mais tentará isso, independentemente do motivo. Eu vou dormir melhor sabendo que você deixou isso no passado para sempre, mesmo para escapar de um destino pior do que a própria morte.

Ela seguiu em frente, observando a paisagem, procurando indicações de que eles se aproximavam da casa.

— Peça-me para fazer essa promessa amanhã, Gabriel.

Ele parou de andar.

O Duque Devasso

— *Amanda.*

Que tom mais aristocrático que ele usou. Se ela falasse o que pensava sobre isso, eles terminariam em uma discussão.

— Acho que devemos deixar essa estrada e seguir por aquele caminho. — Ela apontou para a direita. — Acho que vejo uma parede entre as árvores ali. A estrada parece estar virando para lá também.

Ele apertou os olhos, depois olhou para cima para observar a posição baixa do sol.

— Como não podemos simplesmente caminhar até o portão, atravessaremos este campo.

Eles deixaram a estrada e caminharam em direção às árvores e à parede.

— Viu como era sensato eu usar essas roupas? — ela perguntou.

Ele apenas balançou a cabeça como um homem com muito para se opor.

— Deixe-me ver — Amanda sussurrou.

Gabriel espiou por cima do muro enquanto pendia pela ponta dos dedos.

— Não há muito para ver. É a parte de trás da casa. Ninguém está no jardim ou à vista.

— A que distância fica a casa?

— Não mais do que sessenta metros daqui. Esta é uma parede lateral.

— Isso significa que podemos nos aproximar.

Ele olhou para ela.

— Não há necessidade. Eu posso ver bem daqui.

— Deixe-me ver também. Desça e me ajude a olhar.

Gabriel desceu para o tronco que ele tinha puxado para fornecer um degrau. Amanda parecia estar examinando a parede de uma maneira muito suspeita.

— O que você está fazendo? — perguntou ele.

— Só esperando você me ajudar.

— Você está vendo se consegue escalar?

— Eu? Impossível, tenho certeza. Também estou usando botas, não estou? Agora, me dê um impulso para que eu possa ver.

Relutantemente, ele pulou do tronco podre, e ela tomou o lugar dele. Gabriel se posicionou, agarrou-a pela cintura e a levantou.

— Olhe rapidamente, porque não posso fazer isso por muito tempo.

— Oh, você pode me soltar agora.

Ele não o fez, mas se inclinou para vê-la agarrando o topo da parede.

— Se eu soltar, você vai cair.

— Não vou.

Os modos dela o irritavam. Seu peso não o pressionou tanto quanto ele esperava, mas ele ficou tentado. A queda não seria grande. Ele soltou. O corpo dela permaneceu colado na parede, o queixo apoiado no topo. Gabriel olhou para baixo. As pontas das botas dela se apoiavam em locais onde a argamassa entre as pedras tinha caído.

— Gabriel, por que não me contou sobre a janela? — Seu sussurro soou mais como um sibilo. — Você não viu? A cortina de uma janela está para o lado de fora, não do lado de dentro.

Ele não deu muita atenção. Na verdade, não tinha percebido nada. Ela pulou para o chão e limpou as mãos.

— Ela está naquele quarto. Ela colocou a cortina para o lado de fora para que eu soubesse onde ela está. Ela viu Vincent e enviou um aviso. — Ela virou-se. — Levante-me novamente.

Ele agarrou a cintura dela.

— Você não sabe se é um aviso. Ela pode estar no porão, pelo que você sabe. A brisa poderia ter feito a cortina sair pela janela.

— As cortinas não saem pelas janelas no verão. Se a brisa as mover, é para dentro do cômodo. Agora me levante.

— Um último olhar muito breve, Amanda. Então vamos embora. Logo estará escuro.

— Eu certamente espero que sim.

Ele a levantou. Só que, desta vez, ela escapou de seu abraço e continuou. Ele olhou para cima e viu uma de suas pernas por cima do muro.

O DUQUE DEVASSO

— *Desça aqui.*

— Eu voltarei em breve.

— Desça. Agora. Juro que, se não descer, eu vou... — Só que ela se foi. Ele olhou desesperadamente para o local onde ela havia desaparecido.

— Você vai o quê? Me bater? A ideia tem um apelo indecente. Não sei por quê. — A voz dela veio do lado esquerdo de onde ele estava. Ela olhou por cima do muro. — Há um banco aqui, com as costas altas. É bem conveniente.

Ele caminhou até ela.

— Amanda...

— Não me repreenda e não se incomode em dar ordens. Vou avisá-la de que a ajuda chegou. Ninguém vai me ver, eu prometo.

— Não se mexa. Ele recuou e puxou o grande tronco. — Fique aí mesmo.

— Você vai se juntar a mim? Bem, venha então. Deve ser fácil para você. Deveria tirar o casaco primeiro.

Ele tirou o casaco e o deixou cair, posicionou-se no tronco, levantou os braços para poder agarrar o topo da parede e pulou. Dificilmente chamaria isso de fácil, mas o orgulho fez do seu esforço o seu melhor. O inferno que ele iria fracassar onde ela havia conseguido facilmente. Por pura força de vontade, Gabriel conseguiu elevar seu peso até onde pudesse levantar uma perna, depois se ergueu até ficar sobre a parede.

Amanda olhou para ele.

— Viu? O banco está bem aqui. Um descuido do sr. Yarnell. Voltar será muito mais fácil, estou aliviada em dizer.

Ele pulou para o chão e olhou o banco.

— Conveniente, como você diz. Vamos usá-lo para voltar àquele maldito muro depois que eu o usar para virar você sobre o meu joelho.

Ela deu uma risada baixa e entrou no jardim.

Todos pensavam que ladrões gostavam da noite. Na verdade, a noite estava cheia de dificuldades para o trabalho. Podiam se perder. Os policiais estavam por aí. E sons eram óbvios no silêncio da noite. Eles preferiam o crepúsculo. A luz cinza escurecia cores e formas. Ainda havia luz suficiente para ver para onde estava indo e evitar a detecção. Outros ainda estavam de pé e forneceriam as melhores distrações.

Amanda explicou tudo isso enquanto levava Gabriel para a casa. Ela finalmente parou onde eles podiam ver claramente a janela.

— Se ela está lá e a janela pode ser aberta, por que ela simplesmente não foi embora? — ele perguntou.

Levou um momento para entender sua pergunta.

— Oh, você quer dizer através da janela. Mama não entrava e saía pelas janelas altas, apenas Papa o fazia.

— E você.

— Apenas algumas vezes, mas sim, ele me ensinou. — Ela debateu seu curso de ação. — Você já está descontente comigo, eu sei, e provavelmente ficará mais ainda antes de terminarmos. Por exemplo, você não vai gostar do que farei a seguir.

Ele baixou a cabeça e a olhou com raiva.

— E o que será?

Ela lhe deu um beijo rápido, depois se virou.

— Não me siga.

Ela correu pelo jardim para a casa até ficar bem embaixo da janela. Olhou para a cortina balançando na brisa e assobiou baixinho, depois esperou, forçando os ouvidos para escutar qualquer perturbação na casa que indicava que a pessoa errada a tinha ouvido. Sua mãe, ela sabia, faria a mesma coisa.

Depois de dois longos minutos, uma mão juntou as cortinas e as puxou para dentro. Um rosto apareceu. A mãe sorriu para ela, depois mandou um beijo. Amanda fez um gesto circular da mãe para si mesma. A mãe balançou a cabeça. Ela fez um movimento torcido com a mão, depois cruzou os braços. Amanda percebeu que Gabriel a tinha seguido, afinal, e ficou ao lado dela.

— A porta dela está trancada por fora e também embarreirada — Amanda sussurrou para ele. — Ela não pode sair sozinha.

— Você aprendeu tudo isso com alguns gestos?

— Estava claro que só poderia ser isso que ela dizia.

O olhar de sua mãe mudou para Gabriel. Uma sobrancelha ergueu-se enquanto ela lhe dava uma boa olhada. Amanda agarrou o braço dele e o puxou para o lado da casa.

— Eu vou atrás dela — disse ela, sua voz baixa e determinada.

— Inferno. — Ele a olhou. — Escute-me. Se você for, eu vou junto.

— Não vou discutir, mas você deve seguir o que eu disser. O objetivo é discrição, como você provavelmente nunca praticou em toda a sua vida notável.

— Você provavelmente vai nos fazer ser presos junto com sua mãe — ele murmurou. — Que bom que Stratton e Brentworth estão a caminho, embora eu nunca vá superar se eles tiverem que me resgatar.

Juntos, eles deslizaram pelas sombras ao redor da casa até encontrar uma pequena porta lateral. Claro que estava trancada.

— Me dê meu pacote. — Ela estendeu a mão.

O pacote foi posto na palma da sua mão. Ela desdobrou o pano e removeu uma fina barra de ferro com um pequeno gancho no final. Gabriel pairava no ombro dela, observando.

— O que é isso?

— É usado por fabricantes de móveis para ajudar no estofamento. — Ela inseriu o gancho na fechadura. — Vamos torcer para que essa porta não esteja barrada também ou, se estiver, que a barra seja uma que você possa quebrar com sua força.

— Isso faria muito barulho.

— É por isso que devemos esperar que não haja uma barra.

Ela mexeu na fechadura e sentiu o que procurava. Respirou fundo e depois pressionou. O mecanismo da fechadura cedeu. Gabriel girou a trava e apertou a porta, que abriu.

Ela dava em uma passagem que escurecia no crepúsculo. Amanda entrou e se moveu rapidamente. Gabriel a seguiu, tentando não fazer barulho, mas suas pegadas não podiam ficar totalmente caladas. Ela procurou as escadas de serviço. Os dois estavam perto o suficiente da cozinha para que ela ouvisse sons de alguém trabalhando. Amanda deslizou ao redor e subiu as escadas. Subiram os três andares rapidamente. No topo, ela parou para se orientar.

— Por aqui — instruiu Gabriel, apontando. — Essa é a parte de trás da casa.

— Minha mãe deve ter deixado algum sinal na porta que é dela. Ela está nos esperando.

Juntos, passaram pelas portas.

— Aqui — indicou Gabriel, apontando para uma.

Um pedaço de papel aparecia a meio caminho abaixo da borda inferior da porta. A barra improvisada desse lado anunciava claramente que aquele era o quarto que procuravam. Gabriel levantou a barra, e Amanda começou a trabalhar com sua ferramenta. Alguns segundos depois, ela destrancou a porta. Sua mãe abriu os braços.

— Amanda! Minha garota inteligente, eu sabia que você me encontraria.

Amanda se permitiu um longo abraço na mãe. Então ela e Gabriel começaram a trabalhar, levando sua mãe à liberdade antes que os três se tornassem prisioneiros.

Vinte e Cinco

— Este vestido está totalmente arruinado. Quase todo o resto ficou para trás.

Amanda esperou enquanto sua mãe fazia um balanço de sua situação. Estavam de volta à estalagem, depois de uma caminhada no escuro até a carruagem que os esperava.

Sair da casa havia demorado muito, devido a Mama insistir em trazer uma mala e verificar se suas roupas mais caras estavam lá dentro. Então, o campo se mostrou muito úmido e lamacento para seus sapatos finos. Enquanto estava na estrada, longe da casa de Yarnell, a mãe se sentiu segura o suficiente para iniciar uma ladainha de reclamações sobre sua falta de conforto e outras privações. Agora, Gabriel as deixara sozinhas no quarto de Amanda, para se familiarizarem novamente.

— É uma pena que você tenha deixado tanto para trás, mas, pelo menos, não está enfrentando uma forca — disse Amanda. Ela havia trocado de roupa, então não usava mais aquelas pantalonas, e seu próprio vestido empalideceu em comparação com o de sua mãe, uma vez que não havia trazido nenhuma das roupas novas que Gabriel lhe dera. Irritou-a que sua mãe estivesse lamentando a perda de seus bens.

Sentada na cama, sua mãe deu um tapinha no local ao lado dela.

— Sente-se aqui comigo. Quero olhar para você e realmente ver as mudanças, Amanda. Eu a reconheci instantaneamente quando olhei pela janela, mas é claro que você é uma mulher agora, não uma garota. Uma mulher adorável. Não é de admirar que aquele homem bonito tenha concordado em ajudá-la.

Amanda e sua mãe examinaram o rosto uma da outra. Mama tinha o mesmo rosto que o de suas memórias, é claro. Mais velho, no entanto, e marcado de forma que talvez refletisse a preocupação das últimas semanas. O humor ainda iluminava seus olhos, e seus lábios continuavam tão intensamente vermelhos quanto antes. Ela também se via no rosto de sua mãe, o que, como menina, nunca aconteceu.

— Estou tão orgulhosa de você e de quão bem se apresentou para enfrentar toda essa situação. Seu pai também ficaria orgulhoso, por você se lembrar muito do que ele lhe ensinou tantos anos atrás.

— O problema, Mama, é que não tenho orgulho. Fiz isso por você, mas não gostei. Foi muito custoso para mim, mais do que você jamais saberá, então não consigo encontrar muita simpatia por você ter perdido alguns vestidos.

— Entendo, querida. De verdade. Eu tentei encontrar outra maneira. Tentei escapar sozinha. Não tome meus resmungos sobre meu guarda-roupa como evidência de falta de gratidão. Posso não saber de todos os custos para você, mas posso imaginar alguns deles, conhecendo-a tão bem.

Ela abraçou Amanda com um braço. Amanda descansou a cabeça nos ombros da mãe, como fazia muitos anos atrás. E, nesse abraço, parte da distância criada pelos anos separadas diminuiu. A mãe deu batidinhas em sua cabeça.

— Aquele homem, ele é um de nós?

— Você quer dizer um ladrão? Não. Muito pelo contrário.

— Por favor, não diga que contratou um contrabandista para ajudá-la. Eles não são confiáveis.

— Não é um contrabandista ou alguém contratado. É um amigo.

Sua mãe inclinou a cabeça para olhar nos olhos dela.

— Ele é um amante?

Amanda sentiu seu rosto ficar quente. Esta era sua mãe, afinal. Mama riu.

— Você se saiu muito bem de uma maneira, filha. Espero que esteja se saindo igualmente bem no resto. Daí o custo do que perdeu. Perdoe-me por interferir, principalmente se meus pedidos especiais destruíram os planos que você tinha. Se me odeia agora, é apenas o que eu mereço.

Antes que Amanda pudesse pensar em como responder, uma batida soou na porta, e ela pulou para abrir e encontrou Gabriel lá.

— Pedi uma ceia tardia. Deve estar aqui em breve — disse ele.

— Você não vai entrar, senhor? — chamou a mãe.

Ele olhou para Amanda, que assentiu, abriu a porta e o deixou entrar. A mãe levantou o queixo e encarou os dois diretamente.

— Tenho certeza de que vocês têm perguntas para mim. Seriam almas raras se não as tivessem, e também bastante estúpidos. Talvez devêssemos cuidar de tudo isso agora.

— Era um plano brilhante, mas talvez muito ambicioso. — A sra. Waverly começou sua história enquanto ela e Amanda compartilhavam a refeição que chegara. — Eu ouvi sobre o sr. Yarnell por acaso. Estava conversando com um homem em uma festa ao ar livre em Plymouth, tentando decidir a melhor forma de furtar seu relógio de bolso de ouro, quando Yarnell passou. O homem com quem eu falava apontou para ele e o chamou de tolo excêntrico. Bem, é claro que fiquei intrigada.

— Claro — concordou Amanda.

Gabriel ergueu uma sobrancelha, mas não disse nada.

— Foi-me dito que Yarnell acreditava que havia um tesouro escondido em sua propriedade. Tesouro antigo. Viking, celta, romano antigo... esse tipo de coisa. Ele cavava à sua procura. Ele e o primo passavam horas cavando esses poços, com a certeza de que descobririam grandes riquezas. Bem, o homem parecia meio louco para mim, mas não totalmente. Eu nunca tiraria vantagem de alguém verdadeiramente louco.

— É claro que não — disse Amanda, como se sua mãe tivesse acabado de referenciar a Regra n° 5 do Código dos Ladrões.

— Criei um plano simples. Pesquisei um pouco sobre essas coisas e aprendi como eram esses tesouros. Depois, consegui alguém para me fazer um objeto que passaria por um artefato desse tipo. Só precisava ser pintado com metal para parecer dourado, e as joias foram coladas. Apostei que Yarnell não conheceria a verdadeira qualidade se a visse, e foi o melhor que pude fazer.

— Você enterrou na terra dele? — perguntou Amanda.

— Eu não poderia cavar uma cova, podia? Nem eu queria. Fui a Yarnell, mostrei o objeto e lhe disse que o havia comprado de um homem que alegava saber onde havia muito mais enterrado na propriedade de Yarnell e que poderia me arranjar mais se eu quisesse. Dei o objeto ao sr. Yarnell e pedi desculpas por ter comprado bens roubados. Como eu esperava, ele queria saber sobre esse outro homem e a localização do tesouro.

— Você o fez pressioná-la com o pedido, eu espero. Primeiro objetou em contar — adivinhou Amanda.

— Claro.

O DUQUE DEVASSO

— Você finalmente concordou e descobriu que, por um preço, o homem fictício forneceria a localização exata, suponho — adicionou.

— Exatamente.

— O que deu errado? — perguntou Gabriel.

A sra. Waverly suspirou.

— O primo idiota, sr. Pritchard, chegou para ajudá-lo. De repente, todo o meu plano estava em risco. Estava na hora de desaparecer. — Ela fez uma careta. — Só que o primo dele me seguiu e me arrastou de volta, e eles me ameaçaram com uma acusação.

— Que antidesportivo da parte deles — lamentou Amanda.

— Como seu plano não resultou em nenhum roubo real, com que base ameaçaram processá-la? — indagou Gabriel.

A sra. Waverly bebeu um pouco de vinho e forçou uma expressão neutra. Ela não olhou para ele ou Amanda.

— Sabendo que meu plano inicial estava arruinado, confesso que, antes de sair de casa pela última vez, eu me servi de alguns enfeites. Nada significativo. Ele nunca deveria ter notado, mas esse é o tipo de pessoa que ele é. Provavelmente faz um inventário todos os dias apenas para garantir que os empregados não o estejam roubando. Homenzinho odioso. — Ela finalmente reconheceu o jeito que Amanda a encarava. — Uma caixa de prata da sala de jantar. Uma miniatura da pequena galeria. A imagem não tinha valor, mas a moldura valia pelo menos cinco libras. E um manuscrito diminuto e raro do antigo livro de Orações que estava em sua biblioteca e ele provavelmente nem sabia que possuía. Como eu disse, pequenos enfeites pelo meu tempo perdido.

— O primo dele encontrou esses itens em sua posse quando a pegou? — perguntou Amanda.

— Sim, infelizmente. Eu não sabia que Pritchard estava me seguindo, sabia? Senão teria me assegurado de não estar com os bens. Eles me enganaram. Foi altamente desonroso.

Gabriel engoliu a risada que quase soltou.

— Então ele tinha você e as evidências e provavelmente tinha até testemunhas de quando esses produtos foram descobertos — prosseguiu Amanda. — Quando você me mencionou?

— Assim que ele se preparou para enviar seu primo para o magistrado, para que pudesse fazer a denúncia. Ou eu oferecia a ele uma solução diferente, ou bem... quem saberia? Durante nossas negociações sobre a localização do suposto tesouro enterrado, ele mencionou ter tido outro tesouro roubado dele. Daí toda essa escavação. Então perguntei se sabia onde os itens roubados estavam agora. As coisas progrediram a partir daí.

Gabriel controlou sua raiva com dificuldade. Essa mulher tinha praticamente vendido Amanda para Yarnell, a fim de se salvar. Ele estava começando a se arrepender de ter ajudado em sua libertação.

— Descreva Pritchard e Yarnell, sra. Waverly. E diga-nos quantos servos há naquela casa.

Gabriel andava pelo seu quarto. A mulher se parecia mais com Amanda do que ele gostaria. Cabelo e olhos escuros, pele pálida e lábios vermelhos, até a altura e a postura refletiam sua conexão sanguínea. No entanto, não era isso que realmente perturbava seus pensamentos.

Hoje, Amanda tinha sido filha de sua mãe em mais do que semelhança. Sua habilidade em escalar a parede e abrir a fechadura, sua discrição ao passar pela casa — Amanda, a ladra, havia se revelado esta noite. Por um lado, ele não pôde deixar de admirar suas habilidades. Por outro, a minuciosidade de seu treinamento o consternava.

Enquanto sua mãe contava a história, a capacidade de Amanda de pensar como um ladrão o surpreendeu. Ela tinha estado um passo à frente da história, adivinhando o próximo movimento, fornecendo metade dos detalhes a partir da própria imaginação. E ela estava correta toda vez. Seu treinamento foi além de escalar paredes. Ela pensava como uma ladra e podia prever como sua mãe planejava seus crimes.

Ela havia admitido seu papel nos roubos de Londres. Ele obviamente sabia que ela havia demonstrado ousadia e habilidades incomuns. Mas nunca tinha visto isso antes, nem testemunhou sua mente trabalhar em como tal crime poderia ter sucesso.

Incapaz de dormir, ele deixou o quarto e desceu para beber até se entorpecer. Ao pisar no corredor, viu um familiar vestido azul pendurado no degrau mais alto. A sra. Waverly olhou para ele de onde estava sentada.

— Ela adormeceu no meu ombro. Deitei-a e vim aqui para não a perturbar. Duvido que eu consiga dormir muito. — Ela se levantou e alisou a saia, para abrir caminho para ele descer.

— Você pode usar meu quarto enquanto eu estiver fora — ofereceu ele enquanto passava.

— Gostaria de dizer uma ou duas palavras para você — disse a sra. Waverly. Ela torceu as mãos juntas. Foi a primeira vez que ele viu algo além de autoconfiança vindo dela. — É sobre a minha filha. Eu quero explicar uma coisa.

Ele descansou contra a parede da escada.

— Estou ouvindo.

— Quero que saiba que ela não é por natureza como eu. Ela não é verdadeiramente uma de nós. Vi como a observou enquanto estávamos no quarto dela. Eu vi a expressão em seus olhos. Temo que esteja tirando conclusões sobre o caráter dela que não sejam precisas ou justas.

— É parte dela ser não apenas uma de vocês, mas uma das melhores.

— Isso é verdade. Meu marido viu isso muito cedo. Ele começou a ensiná-la e ela aprendeu rapidamente. Ela podia abrir uma fechadura melhor do que eu quando tinha nove anos. E provou ser ágil e destemida. Mas... também começou a questionar o porquê disso. Para mim mais do que ao pai dela. Quando ela tinha doze anos, eu podia dizer que, apesar de suas habilidades, ela nunca faria isso. — Ela riu baixinho. — Uma vez, voltamos de uma festa com um lindo camafeu em broche. Amanda descobriu que tinha um fecho oculto e que ele se abria. Dentro, havia um tufo de cabelo. Ela ficou muito chateada por não ser uma bugiganga comum, mas muito valiosa. Ela argumentou por dias que tínhamos que devolver. Você pode ver o problema, tenho certeza. Um ladrão não pode ser sentimental assim. Ela não pode devolver broches se descobrir que eles têm significado pessoal.

— Não foi devolvido, presumo.

— O pai dela foi embora logo depois. Seria muito perigoso devolvê-lo para onde tinha estado. No entanto, como ela continuou me incomodando com isso, eu a levei para casa uma noite e jogamos por cima do muro. Espero que tenha sido encontrado.

— A consciência dela tornou-se inconveniente para você. Foi por isso que a colocou em uma escola?

— Ela não pertencia mais ao meu lado. Estaria melhor naquela escola.

— Ela não roubaria para você, então você a deixou à deriva.

Os olhos da sra. Waverly se estreitaram.

— Era uma boa escola, cheia de garotas bem-nascidas, não um pequeno barco no oceano. E eu não tive escolha.

Você poderia ter escolhido não ser mais uma ladra. Ele não disse isso, mas sua expressão se firmou como se ela o tivesse ouvido da mesma forma.

— Eu tinha esperança de encontrá-lo, mas não para falar sobre isso — ela disse rigidamente. — Minha filha nunca realmente nos apresentou. Eu quero saber quem você é.

— Eu sou Langford.

Espanto, depois consternação. Ela fechou os olhos, balançando a cabeça.

— Um duque. Ah, Amanda, o que você fez?

Gabriel encontrou um assento na sala pública da estalagem e pediu cerveja. Ao seu redor, outros viajantes e alguns homens locais criavam um ambiente de alto astral e prazer bêbado. Um grupo de homens de pé perto de sua mesa desfrutava de uma profunda camaradagem.

Ele tinha bebido metade de sua cerveja quando eles se afastaram, permitindo que visse o outro lado do salão. Duas cabeças se curvaram, mantendo uma conversa em uma mesa ali. Ele pegou sua cerveja e se aproximou.

— Por que vocês não mandaram dizer que estavam aqui ou subiram? — Ele deslizou em um banco ao lado de Stratton.

— Eu teria, mas Stratton tem mais delicadeza. Chegamos atrasados e ele pensou que você e a srta. Waverly poderiam estar ocupados — explicou Brentworth.

— Está feito? A adaga foi entregue?

Stratton balançou a cabeça.

— Está aqui. Ainda não está nas mãos do homem que você procura, mas ainda com quem a carregará até lá.

Gabriel olhou ao redor.

— Qual deles é esse tal de Pritchard?

— Ele já subiu. Primeiro, ele contratou a sala de jantar privada...

— O que significava que não pudemos fazê-lo — completou Brentworth. — Ele também alugou os melhores aposentos, o que significa que também não pudemos. — Ele gesticulou para a multidão. — Chegamos tarde o suficiente para que restasse apenas um, então estamos compartilhando. — Ele se inclinou. — Você sabe quanto tempo faz desde que compartilhei a cama com outro homem?

— Não sei por que você está reclamando — disse Stratton. — Você é quem ronca. Ontem à noite, seu quarto nem era contíguo ao meu e pude ouvir o ganso buzinando a noite toda.

— Por que ele está aqui? — Gabriel interrompeu. — Ele já está praticamente de volta. A casa fica a no máximo meia hora de distância, a cavalo, e isso é uma marcha lenta.

— Como eu estava dizendo, primeiro, ele pegou a sala de jantar privada e pediu uma bandeja inteira de carne com todas as guarnições. Nós assistimos ao banquete ser consumido junto com uma garrafa de vinho muito bom. Agora, ele está se beneficiando de um quarto lá em cima — relatou Brentworth. — Foi assim o tempo todo. Ele está vivendo com luxo e gostando imensamente. Acho que ficará aqui até amanhã, para poder desfrutar mais.

— O que significa que provavelmente não é o dinheiro dele — concluiu Stratton. — As contas que ele está recebendo fariam a maioria dos homens desmaiar.

— Que isso seja uma lição para todos nós, senhores — avisou Brentworth. — Se você contratar um homem para se envolver em ações nefastas para você, não permita que suas despesas tenham carta branca.

— Ele pode não estar comendo e bebendo por conta própria, mas não foi contratado — disse Gabriel. — Há um primo envolvido chamado Pritchard, então é ele.

— Quem te contou sobre ele?

— A sra. Waverly. Nós a temos. — Ele descreveu a aventura da noite, deixando de lado os detalhes das impressionantes habilidades de Amanda para invadir casas. — Ela me deu algumas informações sobre a casa. Além desse primo, que, segundo ela, não é avesso à violência, existem outros três homens. Eles tentam ser lacaios, mas dificilmente são competentes. Ela acha que são homens contratados principalmente para procurar tesouros enterrados.

— Ele acha que há mais?

— *Ele se recusa a pensar que não há mais* pode ser uma maneira mais precisa de dizer.

Brentworth franziu o cenho enquanto pensava.

— Suponho que, quando o confrontarmos, podemos levar pistolas, mas não gosto disso. Estamos com você, Langford, se decidir que deve ser assim, mas...

Gabriel não gostou da ideia de empunhar pistolas, muito menos de dispará-las, assim como Brentworth. Yarnell não era um assassino e a sra. Waverly *tentou* enganá-lo.

— Talvez não devamos ir lá para enfrentá-lo — refletiu ele.

— Você está dizendo que, depois de seguirmos esse sujeito pelo sul da Inglaterra, você está mudando de ideia sobre o assunto? Nesse caso, no caminho de volta, você deve a Stratton *e a mim* carta branca nas pousadas.

— Vamos concluir o plano, só que não na casa de Yarnell. Temos a adaga aqui e o homem que a carregou — explicou Gabriel. — Por que não fazer Yarnell vir até nós?

Vinte e Seis

Amanda acordou no escuro com um corpo quente pressionando suas costas. Ela sabia que não era Gabriel. Sentou-se e se esticou atravessada da cama, completamente vestida. A pressão nas costas dela vinha da mãe, que também dormia torta na cama, provavelmente para não a acordar.

Ela não tinha ideia da hora, mas duvidava que o amanhecer chegasse em breve. Completamente acordada, ela saiu da cama, procurou os sapatos e tocou o penteado. Alguns fios se soltaram enquanto ela dormia e o nó parecia torto. Ela assumiu que parecia desgrenhada, na melhor das hipóteses, mas não havia nada a fazer sobre isso agora.

Ela decidiu ver se Gabriel ainda estava acordado. A noite deles a esgotara, e não apenas fisicamente. Ouvir a mãe descrever sua tentativa de fraude, e como ela pretendia roubar o relógio de bolso do homem que lhe contara sobre Yarnell, lançara uma sombra sobre seu espírito. Houve momentos enquanto ela ouvia e sua mente voltava para uma das muitas casas de sua infância — eles nunca ficavam muito tempo em qualquer lugar — e podia ver seus pais planejando seu próximo crime.

Quando ela começou a perceber que sua vida não era normal? Talvez quando percebeu que nenhuma das outras crianças com quem ela brincava alguma vez empacotou tudo e desapareceu à noite. Talvez quando ela se aventurou em uma igreja pela primeira vez quando tinha dez anos e leu as grandes placas de bronze com os mandamentos. Não houve revelação repentina sobre a verdade de suas vidas. Deslizou dentro dela, como a água de uma maré chegando à costa.

Amanda abriu a porta e se aproximou do quarto de Gabriel; do outro lado do patamar. Ela ouviu vozes; ele não estava sozinho. Deveriam pertencer aos amigos dele. Talvez tivesse terminado, ou quase, e amanhã eles poderiam pegar o broche, a fivela e a adaga. Ela entrou e a conversa morreu. Três homens estavam sentados ao redor do quarto, Gabriel esparramado na cama e Stratton em uma cadeira macia de leitura. O último havia se sentado na cadeira de madeira à mesinha.

Todos os três se levantaram. Stratton a cumprimentou. Gabriel a apresentou ao Duque de Brentworth. Ele era um homem muito alto e bonito, com um nariz reto, queixo firme e olhos cor de aço refletindo um céu de verão. Ele sorriu, mas não parecia amigável. Ao contrário do afável

Stratton, ela suspeitava que ele não achasse o mundo divertido.

— Sente-se, srta. Waverly — pediu, oferecendo sua cadeira. — Estamos fazendo planos e você pode ter ideias que não temos.

Ela aceitou a cadeira dele.

— O que estão tramando?

Gabriel contou a ela como o primo do homem havia ficado ali a noite toda, e a ideia deles de que seria melhor atrair Yarnell para a estalagem do que ir até ele.

— Nossa melhor ideia é que seu primo envie uma carta a Yarnell pela manhã, pedindo-lhe que venha aqui devido ao fato de ter sofrido um acidente — disse Gabriel.

— Mas como convencer o primo a escrever essa carta? A menos que apontemos uma pistola para a cabeça dele — ponderou Stratton.

— É o que estávamos discutindo quando você entrou — revelou Brentworth.

— É bom eu ter me juntado a vocês se a conversa foi tão longe. Sou grata por sua ajuda, mas não posso permitir que façam parte disso por minha causa. — Ela chamou a atenção de Gabriel e lançou-lhe um olhar desesperado.

— Teremos que levar pistolas se formos até lá — resolveu ele. — Isso pode acabar muito pior do que um blefe.

— Uma carta não deve ser difícil de falsificar — disse ela.

— Suponho que não — concordou Brentworth. — Se tivéssemos bons exemplos de sua escrita, e um falsificador, e...

— Você não precisa forjar a carta inteira, apenas fazer um trabalho aceitável na assinatura dele. O resto poderia ser escrito por alguém que o estivesse ajudando, devido ao acidente que ele sofreu.

— Temos uma maneira de conseguir a assinatura? — perguntou Stratton.

— Se ele estava gastando livremente, pode ter assinado com o proprietário para que sua conta se tornasse uma nota. — Gabriel se levantou. — Acho que vou descer e ver se o lugar está tão silencioso quanto parece. Nesse caso, vou procurar o livro que assinei.

MADELINE HUNTER

— Vou vigiar para você — ofereceu Stratton, levantando-se também.

Os dois saíram do quarto. O que significava que Amanda estava sozinha com o Duque de Brentworth.

Brentworth assumiu a cadeira que Stratton havia usado.

— Tem vinho aqui. Pode ajudar se você estiver com problemas para dormir.

— Obrigada, mas não quero vinho.

— Você deve ter ficado aliviada por resgatar sua mãe e feliz em vê-la novamente.

— Aliviada, sim. Feliz... — Ela deu de ombros.

Ele ergueu uma sobrancelha para isso.

— Eu pareço uma filha terrível, não é? Durante essas últimas horas com ela, a criança em mim ficou muito feliz, mas a mulher que eu sou... Vamos dizer que vi com muita clareza o que comecei a ver antes mesmo de nos separarmos anos atrás. Ela é minha mãe, e eu a amo como tal, mas... — Novamente, ela deu de ombros.

— Se você está com raiva de como ela a puxou para o seu dilema, não se sinta mal. Somos autorizados a ficar com raiva da família. — Ele sorriu e isso suavizou todo o seu rosto e não pareceu mais tão severo. — De certa forma, só podemos ficar realmente zangados com a família. Até com amigos, o custo pode ser muito alto. A família está presa a você, não importa como se sinta.

— E estamos presos a eles, por sua vez.

Ele assentiu.

— No entanto, existem limites para essa lealdade e amor — disse ela. — Há coisas que ninguém deveria ter que fazer, nem mesmo para a família. Que ninguém deveria esperar.

— Você teve uma escolha, srta. Waverly? Langford diz que não. A presença do homem no quarto acima de nós indica que você não mentiu sobre isso. O fato de você ter invadido uma casa para libertar sua mãe também prova isso.

— Foi isso que Gab... Langford disse? Que nós invadimos?

— Ele não o fez, nem eu perguntei. No entanto, não consigo pensar em outra maneira de libertar uma mulher mantida em cativeiro.

— Não foi tão difícil quanto você faz parecer. Bastante fácil, na verdade.

— Eu me pego acreditando nisso. Uma janela no segundo andar pode apresentar desafios, mas não uma porta normal.

Ele. Sabia. De. Tudo. Ela percebeu isso com choque. Gabriel havia confidenciado aos amigos em uma tentativa de obter a ajuda deles. Ele também insistiu em discrição? Sem dúvida. Ela adivinhou como ele conseguiu isso. *Ela irá embora assim que acabar. Ela vai deixar a Inglaterra. Ela já sabe que eu insisto nisso.*

Sua situação de repente lhe pareceu muito precária. Sem esperança. Se ela tinha algum sonho de que Gabriel mudaria de ideia sobre isso, desapareceu enquanto olhava para o sorriso gentil, mas inteligente de Brentworth.

A porta se abriu e Gabriel e Stratton entraram. Gabriel carregava um livro de contas azul, que ele balançou no ar.

— Uma assinatura, entregue. Agora, quem vai escrever a carta?

— Acho que devemos deixar a srta. Waverly ditar — disse Brentworth. — Acho que ela sabe o que dizer melhor do que nós.

Gabriel leu em voz alta a carta que acabara de escrever, de acordo com as instruções de Amanda.

Venha imediatamente para a estalagem Cavaleiro Negro, em Colton. Traga uma carruagem para me transportar de volta. Fui ferido e um cirurgião foi chamado. Quase não cheguei até aqui com tanta dor e um viajante concordou em escrever isso para mim.

Você precisa pegar o item que eu trouxe antes que o cirurgião chegue. Um criado está de olho na minha mala e, se me derem láudano, não poderei protegê-la.

— Parece bom — elogiou Stratton. — Não muito formal, tampouco rude e sem as preocupações com tom e sutileza em virtude de sua dor. A preocupação com o láudano é um ótimo toque, srta. Waverly.

Brentworth abriu o livro de contas, folheou e parou.

— Aqui está a assinatura de Pritchard. Você pode fazer isso também, Langford?

Ele pegou o livro e o estudou.

— Depois de uma semana de prática, talvez.

— Infelizmente, você terá que fazer isso depois de no máximo uma hora de prática.

— Qualquer variação da assinatura que Yarnell vir, provavelmente, será atribuída à sua lesão — disse Stratton.

— Ele pode já saber que minha mãe se foi quando receber isso — opinou Amanda. — Ele ficará zangado e desconfiado de tudo e de todos. A assinatura deve estar o mais próxima possível. Eu farei isso, não preciso de muita prática.

Brentworth e Stratton receberam essa informação com expressões nulas, estudadas e indiferentes. Ambos olharam na direção de Gabriel, no entanto.

— Ela é uma secretária — disse ele. — É claro que precisaria de um mínimo de prática. — Ele se levantou e ofereceu a ela a cadeira à mesa.

Amanda estudou a assinatura, pegou a caneta, mergulhou-a e tentou copiar a assinatura em uma folha de papel. Ele olhou por cima do ombro dela. Ela fez muito bem. Notavelmente bem. Melhor do que qualquer um deles poderia ter feito, mesmo depois de uma semana de prática.

Ela olhou de soslaio para a assinatura real e depois para a cópia. Tentou de novo. Saiu ainda melhor desta vez. Ele teria dificuldade em notar qualquer diferença em relação à assinatura real, mesmo colocando a verdadeira e a forjada lado a lado. Amanda largou a caneta e esticou os braços. Girou os ombros como um boxeador se aquecendo para uma luta. Ela pegou a caneta novamente e mergulhou-a em tinta. Então, em rápida sucessão, ela escreveu a assinatura rapidamente cinco vezes. Na quarta tentativa, a leve hesitação visível nas linhas dos dois primeiros se foi.

Ela estendeu a mão.

— A carta, por favor.

Stratton deu a ela, que a posicionou, escreveu, secou a tinta e devolveu.

O DUQUE DEVASSO

O silêncio reinou por uns segundos. Stratton entregou a carta a Brentworth, cujas sobrancelhas se ergueram quando ele a viu.

— Muito bem — elogiou Stratton. — Lady Farnsworth de fato tinha um prêmio em tê-la como secretária, com uma mão dessas.

A expressão de Amanda permaneceu impassível. Gabriel colocou a mão no ombro dela. Ela havia concordado em fazer isso para terminar as coisas com Yarnell, mas percebeu que demonstrar essa outra habilidade na frente de outras pessoas a havia envergonhado.

— Vamos deixá-los agora — sugeriu Brentworth. — Pela manhã, irei pessoalmente entregar isto para Yarnell. Stratton garantirá que o culpado acima não fuja, caso acorde antes do meio-dia, o que, considerando seu banquete e a quantidade de vinho, é improvável. Todos nós devemos estar preparados para Yarnell chegar às dez, se ele vier.

Ele e Stratton foram embora.

— Se eles tivessem alguma dúvida sobre mim, isso já respondeu tudo — disse Amanda.

— Não pode ser responsabilizada por algo que seu pai lhe ensinou quando era criança.

— Na verdade, mamãe me ensinou essa parte.

— Talvez devêssemos ter pedido a ela, então.

Ela balançou a cabeça.

— Eu sou muito melhor nisso. — Ela olhou para ele. — Parece que amanhã tudo finalmente terminará.

Suas palavras e seu significado real torceram o nó que ele carregava há dias em seu coração.

— Venha deitar nos meus braços, durma comigo e deixe o amanhã para outro dia, Amanda.

Eles se despiram e subiram na cama. Ele tentou distrair os dois com as mãos e a boca, com prazer e liberação. Depois, ele a abraçou enquanto ela dormia e observou cada pequeno movimento que seu rosto e corpo fizeram até o amanhecer começar.

Amanda pegou os baldes de água do criado e os levou até a bacia. Então, ela acordou a mãe para se lavar e vestir. Sua mãe piscou e bocejou.

— Que horas são?

— Oito. Você deve se preparar. Yarnell estará aqui em breve e os cavalheiros o prenderão.

— Cavalheiros?

— Dois dos amigos de Gabriel estão aqui para ajudar.

Sua mãe saiu da cama, tirou a camisola e caminhou nua até a bacia.

— Gabriel? Você quer dizer o duque, não é? Não fique surpresa. Eu perguntei quem ele era e ele me disse.

Ela nunca deveria tê-los deixado sozinhos. O que ela não tinha feito, agora que pensava nisso.

— Quem são os amigos dele?

— Stratton e Brentworth. Eles também são duques.

Sua mãe se virou com o rosto coberto de sabão e surpresa.

— Por que não envolver toda a Câmara dos Lordes, Amanda? O rei também?

Ela se virou novamente para a bacia e jogou água no rosto, depois molhou um pano.

— Três duques. Com certeza estamos condenadas. Um só ainda poderia ser seduzido à misericórdia, principalmente porque você é amante dele, mas três juntos nunca serão dissuadidos. Um não vai querer parecer desonroso para os outros.

Ela lavou o corpo, murmurando o tempo todo. Ao terminar, jogou o pano na bacia com tanta força que a água pulou.

— Eles provavelmente vão nos enforcar juntas. Será uma visão para a multidão sedenta de sangue, tenho certeza. Devemos sair de uma vez. Eu irei descer e...

— Não, mamãe. Você ficará, mesmo que eu tenha que amarrá-la. Isso começou por sua causa e você estará aqui também para o final.

Seu tom surpreendeu sua mãe.

— Está cometendo um grande erro ao confiar nesse homem. Você não é nada para ele, que nos entregará e dará informações que, graças a você, ele tem em abundância.

— Ele me disse que não o fará e eu acredito nele.

Sua mãe olhou para cima, como se estivesse rezando por paciência.

— Ele é seu primeiro amante? Porque, se ele é, sinto muito ter que lhe dizer que homens...

— Ele não é meu primeiro amante. Não sou burra, mamãe. Não sobre homens, não sobre pessoas e não sobre *você*. Afinal, fui ensinada a estudar as pessoas. Aprendi muita coisa ouvindo você e papai planejarem seus esquemas.

O rosto da mãe ficou vermelho. Não por vergonha, mas por raiva.

— Se você não estiver disposta a se salvar, pelo menos permita-me tentar me salvar.

Amanda moveu uma cadeira contra a porta e sentou-se.

— Você vai ficar.

— Vejo que troquei uma prisão por outra. Que minha própria filha faria...

— Pare de reclamar, mamãe. Pagarei um preço alto por hoje e não admitirei que piore a provação. Você deve permanecer aqui; será necessária. Dificilmente podemos acusar Yarnell e Pritchard de sequestro se você não estiver lá para contar. Agora, vista-se, por favor. Um café da manhã será entregue em breve. Vamos comer aqui e esperar que os cavalheiros nos chamem quando chegar a hora.

O Duque Devasso

Vinte e Sete

Os olhos de Pritchard abriram só uma fenda. Ele se assustou e suas pálpebras se arregalaram, enquanto ele juntava as roupas de cama ao seu redor.

— Não tenho dinheiro, se é isso que vocês querem.

Gabriel o olhou do lado esquerdo da cama. Stratton manteve a mesma posição, mas à direita.

— Não queremos dinheiro — disse Gabriel. — Nós não viemos para roubá-lo. Só precisamos da sua companhia por uma hora ou mais.

— Minha companhia... quem diabos é você?

— Dois amigos do sr. Yarnell.

— Ele te enviou porque não fui até a casa dele ontem? Eu teria ido, mas meu cavalo estava cansado. Mal conseguiu chegar aqui, você vê. Achei melhor arranjar uma cama e terminar a jornada hoje. Eu vou fazer isso agora, então, se não se importa... — Ele começou a empurrar o lençol.

— Sem pressa. Na verdade, preferimos que você fique como está — disse Gabriel. — Gostaria de tomar café da manhã? Stratton, peça à cozinha um café da manhã para o sr. Pritchard.

Pritchard se acomodou de volta.

— Se eu ficar aqui, talvez cochile um pouco, se você não se importar.

— Não nos importamos. Não é, Stratton? De qualquer maneira, pediremos o café da manhã e o acordaremos novamente.

Pritchard assentiu e fechou os olhos. Ele logo roncou.

— Lembra-me Brentworth — devaneou Stratton.

— Você está certo. Parecem gansos. Quando ele partiu?

— Às oito, como ele disse que faria. Deve voltar muito em breve. — Stratton caminhou até a pequena mesa, enfiou a mão no casaco e pousou uma pistola.

Gabriel olhou para ele. A atitude casual de Stratton com a arma provavelmente poderia ser explicada por sua história com elas. Dos três duques decadentes, apenas Stratton já havia duelado.

— Concordamos em não as usar — disse Gabriel, ciente de que Stratton não havia concordado explicitamente com nada disso.

O DUQUE DEVASSO

— Não pretendo usá-la. Supondo que Yarnell não faça algo imprudente, tudo ficará bem. — Ele se soltou na cadeira de leitura. — Ele parece um homem amargo que se convenceu de que foi muito ofendido, Langford. Tanto que se tornou um criminoso para encontrar justiça. Não vou arriscar nossas vidas por seu senso deformado de jogo limpo.

— Apenas não deixe isso à vista quando ele vier. Não queremos provocar tiros, se pudermos evitar.

— Ela estará de volta debaixo do meu casaco. — Ele inclinou a cabeça. — Som de botas nas escadas. Deve ser Brentworth. Não há mais ninguém aqui além de nós. Os ocupantes do outro quarto partiram ao amanhecer.

A porta se abriu e Brentworth entrou. Ele deu uma longa olhada em Pritchard adormecido, depois fixou o olhar na pistola e então se voltou para Gabriel.

— Ele está a caminho. Não pude resistir a esperar para ver a carruagem sair, depois galopei à frente. A carta deve ter funcionado, porque ele está vindo sozinho.

— Ele pode ainda não estar ciente de que a sra. Waverly se foi. Ainda é cedo e quem a serve pode não ter entrado se seu hábito é dormir até tarde.

— Vamos supor que ele saiba, no entanto — sugeriu Stratton.

Brentworth foi até a cama e se inclinou sobre Pritchard.

— Em sono profundo. Você não o acordou?

— Sim, e ao saber que fomos enviados por Yarnell e esperaríamos aqui pela chegada de seu primo, ele decidiu manter o bom uso do fino colchão — explicou Gabriel.

— Ele deve ser muito estúpido.

Eles esperaram em silêncio depois disso, mas não em completo silêncio. Pritchard continuou roncando. Brentworth franzia a testa toda vez que o homem exalava.

— Ruído terrível — murmurou ele.

Stratton sorriu.

— Você tem pena de mim agora?

— Eu não soo assim.

— Você é mais barulhento. Quando se casar, se sua esposa insistir para que você saia da cama depois de receber seu prazer, saberá que estou dizendo a verdade.

— Não haverá insistência. Partirei por minha própria escolha. Os seres humanos não são apresentáveis pela manhã. Nenhum homem deve acordar com outro ao lado dele. Mesmo que esse alguém seja você, Stratton. Especialmente se esse alguém é você.

— Se você se casar por amor, pensará diferente, Brentworth. Ou se você se envolver em um caso que não é tão bem administrado.

— Fico feliz que ainda viva numa névoa de sentimentos amorosos em relação à sua esposa, Stratton. Espero que dure pelo menos mais um ano, pois lhe traz muita alegria. Langford e eu somos feitos de coisas diferentes. É improvável que percamos nossos corações e certamente não perderemos nossas cabeças por uma mulher.

— Langford e você? Considerando nossas circunstâncias atuais, acho que você deveria falar só por você, não é?

Brentworth girou e olhou para Gabriel.

— Certamente não.

— Ele nos arrastou pela Inglaterra em nome dela — disse Stratton. — Esse é um comportamento típico dele quando tem uma nova amante? Você consegue pensar em outra mulher em toda a sua vida por quem ele teria feito isso?

Brentworth examinou Gabriel ainda de mais perto.

— Inferno. Ele está certo, não está? Você está apaixonado por essa mulher.

— Sim. — Então, aqui estava, falado aqui, agora, quando deveria ter sido dito para Amanda dias atrás.

— Bem. Maldição! — esbravejou Brentworth. — Confiei em você para nunca cair, Langford. Eu assumi que, quando estivéssemos velhos, eu poderia contar com você para jogar o seu charme em metade das mulheres da alta sociedade. — Ele se virou, pensativo. — Isso não é por causa daquele artigo de Lady Farnsworth, não é? A influência dela não pode ter ido tão longe, eu espero.

— Não tem nada a ver com isso. Vou socar a próxima pessoa que mencionar esse maldito ensaio ou o jornal infernal por qualquer motivo. — Ele olhou para Stratton, que escolheu aquele momento para examinar as mangas do casaco e ajeitá-las.

— Isso complica as coisas, é claro — disse Brentworth e apontou para Pritchard, ainda adormecido. — As ações de hoje e as consequentes.

— Sim — concordou Gabriel.

— Não muito, a meu ver — retrucou Stratton. Ele pegou a pistola enquanto falava, levantou-se e enfiou-a debaixo do casaco. Levou o dedo aos lábios e depois apontou para a porta. Passos soaram, ficando mais altos enquanto subiam as escadas, tornando-se uma batida sob as buzinas rítmicas dos roncos de Pritchard.

Gabriel se juntou aos outros na parede atrás da porta. Ela se abriu e um homem entrou com passos agitados e apressados. A visão de Pritchard adormecido o fez estacar.

— Que diabos é isso? — Ele agarrou o lençol de Pritchard e o arrancou — Onde está essa lesão? Onde está o cirurgião? Acorde, seu tolo, ou vou chutar o seu traseiro para ver se pula rápido o suficiente.

Pritchard acordou com um sobressalto. Ele se encolheu sob o olhar do primo.

— Lesão? Não estou machucado. — Ele apontou freneticamente para onde Gabriel estava, mas Yarnell nem percebeu.

— Você escreveu e me disse que estava ferido e que eu deveria vir com a carruagem para você, mas eu venho e o encontro dormindo como um príncipe em um quarto que deve custar quinze xelins por noite.

— Eu... quer dizer... ele... — Pritchard gesticulou mais.

— Ele não escreveu a carta, senhor Yarnell. Nós o fizemos — declarou Gabriel.

Yarnell congelou. Lentamente, se virou e encarou a parede em frente à cama. Ele estreitou os olhos e examinou cada um deles. Não perguntou quem eram ou por que estavam lá. Apenas caminhou até a cadeira, sentou-se e cruzou os braços sobre o peito.

O Duque Devasso

Vinte e Oito

— $\mathcal{E}$la é uma mentirosa e uma ladra, e sua filha não é melhor — Yarnell ofereceu sua defesa das acusações contra ele.

— Você também é um ladrão — acusou Gabriel. — Coagiu a srta. Waverly a roubar por você. Ou nega que atualmente possui um broche medieval e uma fivela que chegaram até suas mãos da mesma maneira que esta adaga? Seu primo já admitiu que os trouxe até você.

Pritchard realmente deixou escapar tudo o que sabia. Diante de três duques, ele imediatamente ficou contra seu primo. Yarnell lançou um sorriso de escárnio em sua direção. Ele era bom em zombar, pensou Amanda. Era sua única expressão. Ela supôs que isso lhe desse alguma distinção, pelo menos. Caso contrário, não poderia ser mais comum.

Ele não era mais alto do que ela e, embora não fosse magricela, também não possuía a corpulência de seu primo. Cabelos pretos e bem cortados cobriam sua cabeça. Olhos escuros estavam semicerrados sob as sobrancelhas grossas. Se alguém o visse na cidade, presumiria que era um cavalheiro, pelos seus trajes e modo de falar, mas não um que fosse bem de vida. Segundo a mãe, Yarnell estava endividado, por gastar toda a sua renda contratando homens para desenterrar o que deveriam ser campos repletos de plantações.

Todos se reuniram no quarto de Gabriel para esta conversa. A mãe de Amanda usava musselina da cor de lavanda. O vestido deve ter custado pelo menos uma libra, com o seu casaquinho spencer cinza bordado. Ela gostara de contar sua história novamente e acrescentara alguns floreios desnecessários, como uma crítica à comida que Yarnell havia lhe dado. Ela passara rapidamente por sua própria culpa, ou, ao menos, tentou. Brentworth não caiu no seu jogo e a interrogou atentamente até que os detalhes condenatórios saíssem.

Ela não gostava muito de Brentworth agora. Evitou se dirigir a ele, e, quando o fez, disse *Sua Graça* com uma inflexão sarcástica e desrespeitosa. Cada vez que ela fazia isso, Amanda lhe dava uma cutucada.

— Eu não roubei nada — anunciou Yarnell, finalmente cedendo à vontade de se defender, apesar de ter insistido que não responderia a nenhum deles. — Esses itens pertencem a mim. Foram encontrados nas minhas terras, e os ladrões que os desenterraram fugiram com eles, para vendê-los em Londres. O buraco que cavaram ainda está lá, se não acredita em mim. Diga-me como reivindicar propriedade roubada pode ser considerado roubar?

— Existem maneiras legais de reivindicar propriedades roubadas — retrucou Gabriel. — Elas não incluem invadir casas ou remover itens de museus.

— Estive em Devon o verão inteiro. Não entrei em casas ou museus. — Ele cruzou os braços e ergueu o queixo, desafiando-os a provar o contrário.

— Você usou o encarceramento da sra. Waverly para coagir a filha a fazer os trabalhos por você — acusou Gabriel. Amanda sabia que ele ficava mais irritado a cada frase de Yarnell.

— A sra. Waverly fez isso, não eu.

— Se você não estava no centro disso, por que não a entregou às autoridades? Por que mantê-la trancada em sua casa?

— Foi tudo ideia dela. Ela disse que me devolveria meus itens roubados se eu a deixasse ir. Parecia uma troca justa, mas eu não a queria apenas partindo em vez de cumprir sua parte, não é? Quanto à filha aqui, você acha que ela é uma pobre coitada, presa em um esquema que não é de sua autoria. Pois eu acho que ela está roubando mercadorias e dinheiro em toda a cidade de Londres desde que chegou lá. Na verdade, acho que ela e a mãe planejaram a coisa toda.

Gabriel deu um passo em direção a Yarnell. Somente o aperto firme de Stratton em seu braço o impediu de ir mais longe.

Amanda odiava ser acusada, mas, além de negar, o que ela poderia dizer? Pelo menos duas pessoas naquele quarto sabiam o quão capaz ela era se escolhesse usar suas habilidades. Yarnell era ousado e muito mais astuto do que ela esperava. Ele estava construindo uma história que provavelmente também convenceria um júri ou juiz. Uma em que ele era um pequeno ator no drama, sentado nos bastidores.

Sua mãe estava resmungando e tensa durante todo o interrogatório. Até que explodiu.

— Quão inocente você tenta parecer, seu canalha — Ela se levantou e olhou para ele. — Você deixou de fora a última parte. Diga a eles como sugeriu, há apenas dois dias, que continuássemos. E obrigássemos a minha filha a roubar outras coisas das quais você não tem como reclamar a posse. A facilidade de tudo isso o dominou. Você disse que seriam mais alguns pagamentos, pelo seu incômodo. Então teria sido mais uma, e depois outra vez, tenho certeza.

— Isso é verdade? — questionou Gabriel.

— Claro que não. — Yarnell ousou parecer indignado com o fato de alguém dar crédito a essa acusação.

— Você espera que ele admita? Ele queria um colar de boas pérolas em seguida. Achava que seria fácil desmontá-lo e vendê-lo aos poucos.

— Eu não sei nada sobre pérolas — Yarnell rosnou.

Gabriel parecia pronto para bater nele. Em vez disso, caminhou até a porta.

— Senhores, uma palavra. — Os três saíram.

— Mama — Amanda sussurrou. — A única carta que não foi escrita por você... Yarnell escreveu de próprio punho?

A mãe dela assentiu. Amanda se levantou e saiu do quarto. Os três duques estavam falando em voz baixa no corredor, mas ficaram em silêncio enquanto ela passava. Ela entrou em seu quarto e tirou tudo de sua mala até encontrar a pilha de cartas. Pegou a única que não foi escrita por sua mãe. Voltou ao quarto de Gabriel, mas entregou-lhe essa carta enquanto passava pelo corredor.

— Yarnell escreveu esta carta para mim, sobre entregar a fivela. — Ela então os deixou para o que quer que debatessem.

Stratton leu a carta e a devolveu.

— É ótimo que ela tenha guardado isso. É tudo o que prova que Yarnell estava por trás. Caso contrário, alguém poderia aceitar que foi tudo feito pela mãe dela, ou mesmo mãe e filha juntas.

— Duvido que convencerá um juiz, infelizmente. Não ao ponto de escolher a palavra de uma ladra confessa ao invés de um homem respeitável — disse Brentworth.

Gabriel colocou a carta no casaco.

— Ela não nos deu isso pensando em convencer um juiz, ela esperava nos convencer. — Ele observara a expressão de Amanda enquanto Yarnell negava seu papel. Ela tinha visto como isso tinha sido arranjado de um jeito esperto e como sua mãe e ela poderiam ser consideradas as únicas culpadas.

— Então estamos de acordo, senhores — concluiu ele. — Revelar informações sobre esse assunto provavelmente levaria à exoneração de Yarnell.

— Esses itens *foram* roubados dele — afirmou Stratton. — Não é desculpa para roubá-los de volta, ou o que ele mandou o primo fazer com a sra. Waverly. Mas tudo isso, o sequestro, a coerção para envolver a filha, depende apenas da palavra da sra. Waverly.

Todos eles sabiam o valor disso.

— Eu digo que recuperamos os itens roubados para devolvê-los aos seus proprietários. Se Yarnell foi roubado, ele terá que provar isso por meios legais — disse Brentworth. — Stratton e eu voltaremos até a casa junto com ele para esse fim.

— Ele pode não os entregar — opinou Gabriel. — Ele não é nada a não ser ousado.

— Ele os entregará. Não duvide — retrucou Stratton.

— Então pegue a fivela e o broche e leve de volta a Londres — instruiu Gabriel. — Quando eu voltar à cidade, decidiremos como fazer os retornos.

— Suponho que você prefira não bater na porta de Nutley para devolver — adivinhou Stratton. — Brentworth e eu vamos nos concentrar nisso. Deve haver uma maneira de ser discreto.

— Várias maneiras — disse Brentworth. — Também cuidaremos da sra. Waverly, se você quiser. Podemos parar em Southampton e colocá-la em um navio. De preferência, algum vinculado a uma nação hostil. Parece injusto infligir sua presença a um aliado.

— Eu ficaria aliviado se você fizesse isso — declarou Gabriel. — Pensei em enviar meu lacaio, Vincent, para a tarefa. Mas não acho que ele tenha experiência suficiente para reconhecer seus inevitáveis esquemas pelo que são. Antes de soltar Yarnell, deixe claro que estaremos vigiando-o e de olho nos eventos em Devon. Agora que experimentou o dinheiro fácil, ele pode decidir encontrar outra maneira de conseguir mais. E ele tem esperteza para isso.

— Vamos recolher ele e o primo agora e depois voltamos para levar a mãe — disse Brentworth. — Quanto a srta. Waverly... nós a deixamos com você, Langford. Foi um caso claro de coação e mesmo nossas leis criminais antiquadas reconhecem isso como atenuante, como você sabe. Se um tribunal vai acreditar nela, se algum dia chegasse a isso, é questionável, infelizmente. Se você, como duque e aristocrata, pode ou deve ignorar a expectativa de um processo legal, é algo que só você pode decidir.

— Você também é um duque — lembrou Gabriel.

— Eu nunca questionaria sua honra, Langford. Você sabe disso. Quanto a Stratton, ele matou dois homens. O debate que sua consciência enfrenta é pequeno comparado a isso.

Brentworth abriu a porta do quarto e entrou. Stratton hesitou antes de segui-lo. Ele agarrou o ombro de Gabriel em um gesto de amizade e o olhou nos olhos.

— Você conhece essa mulher tanto quanto nos conhece. Melhor, se eu estiver certo sobre como é entre vocês. Não deixe que a honra faça de você um idiota.

Vinte e Nove

Amanda passeava pelo jardim de Liningston Abbey. Gabriel a trouxe de volta depois que ela se separou da mãe em Colton. Ela ficou nostálgica nas últimas horas com a mãe. Elas provavelmente nunca mais se veriam. Não haveria mais cartas periódicas para a sra. Bootlescamp esperando por ela na gráfica. Ela não estaria em Londres para recebê-las, mesmo que chegassem de onde sua mãe estivesse.

Sua mãe ficou aliviada além das palavras ao ser exilada. Saber que dois duques a escoltariam até o navio ajudou muito a tornar a perspectiva mais atraente. Amanda a imaginou jantando com Brentworth e Stratton, divertindo-os com histórias de ladrões. Ela fez a mãe prometer não tentar seduzir nenhum deles, mas ela pode ter ouvido uma mentira em resposta. Ela confiava que a mãe havia avaliado os dois homens da maneira que um ladrão faria, e sabia que Stratton jamais iria sucumbir e Brentworth nunca a teria deixado ficar livre.

No dia anterior, tinha sido uma viagem solitária de volta para casa. Gabriel não estava com ela na carruagem. Ele preferiu seguir em frente, galopando com força. Ele refletia sobre algo. A separação deles, talvez. Amanda não podia escapar da preocupação de que o que ele ouvira naquele quarto o fizesse questionar sua fé nela. A explicação de Yarnell para tudo fora terrivelmente plausível.

Pelo menos, os itens roubados foram devolvidos a Londres. Ela ficaria aliviada quando soubesse que eles estavam em seus devidos lugares. Com o tempo, em um mundo novo, talvez Amanda, a ladra, desaparecesse novamente. Partiriam para Liverpool pela manhã. Gabriel tinha lhe dado a opção de ir com a mãe para Nápoles. Ela não quis, de jeito nenhum. Em vez disso, iria para a América, como tantas vezes sonhara. Ela deixaria toda a sua história para trás dessa vez.

Ela voltou para a casa e para o quarto que usou quando esteve ali, e pediu que o jantar fosse enviado para ela. Gabriel a evitou o dia todo, mesmo depois que eles chegaram. Provavelmente foi sábio. Ela não achava que poderia passar horas a fio chorando por dentro, mas fingindo ser normal.

O jantar chegou quando o sol se pôs. Ela observou a última luz pela janela enquanto os criados serviam a comida e continuou depois que a porta se fechou atrás deles. Não se importava com o que havia sido trazido, embora tivesse comido pouco o dia todo. Por fim, decidiu que provavelmente deveria considerar o futuro que a esperava e sua necessidade de saúde e força, e virou-se para se beneficiar de qualquer refeição que chegara.

Só então Amanda percebeu que mais do que uma refeição havia chegado. Gabriel estava ali parado olhando-a. Ela notou dois pratos na mesa. Ele lhe deu um de seus sorrisos adoráveis e levantou uma garrafa de champanhe.

— Eu pensei em me juntar a você.

Ela olhou para a garrafa. Lembranças de como haviam compartilhado outras semelhantes surgiram em sua mente. Seu coração se partiu bem ali. Com a refeição e Gabriel esperando, com o sol enviando sua luz final, rosa e dourada para o cômodo. Ela cobriu o rosto com as mãos, se virou e chorou tanto que pensou que fosse quebrar no meio.

Braços fortes a envolveram por trás. O calor de um beijo pressionou o topo de sua cabeça.

— Amanda, não. Por favor, não. — Ele a virou nos braços e ela chorou contra seu peito. — Perdoe-me, querida. Eu precisava pensar em algumas coisas. Não pretendia abandonar você hoje ou ontem. Eu precisava... endireitar minha cabeça.

Ela não tinha ideia do que isso significava, mas assentiu e se pressionou contra ele enquanto Gabriel acariciava sua cabeça e implorava para que ela parasse de chorar. Ela conseguiu, eventualmente, dissolvendo-se em suspiros e tremores enquanto recuperava a compostura.

Ele a guiou para a cama e sentou-se com ela, esperando que tudo passasse. Amanda fungou com força.

— Eu não me importei que você não estivesse comigo. Entendo que enfrenta um dever que não gosta.

— Ah, sim. Dever. — Ele deu-lhe um beijo. — Acho que não é meu dever punir alguém mais do que um juiz justo e honesto faria. É uma honra equivocada pensar que eu deveria. Sei o que lhe disse e a barganha que fizemos. Era egoísta, nascida de uma combinação de orgulho ferido e raiva.

— Eu achei bastante justa.

— Você se culpou mais do que o necessário, querida. Ninguém poderia esperar que você fizesse algo diferente, com a vida de sua própria mãe em risco.

— A vida de uma ladra.

— Sim, ela é uma ladra. Você não é. Não por natureza e não por caráter. Até ela viu, desde que você era muito jovem. Ela me disse isso. Você foi forçada a desempenhar esse papel por Yarnell, mas isso acabou agora.

Ela finalmente ouviu o que ele estava dizendo. Realmente dizendo.

— Eu não vou navegar para a América, afinal?

— Não, a menos que queira.

— E se isso vazar? Pode acontecer algum dia. Yarnell pode falar. O mundo saberia sobre nós, sobre mim. Seu título, seu nome, poderiam estar ligados a crimes que muitos nunca perdoariam. O que as pessoas dirão se souberem? E se descobrirem que você não deixou um tribunal decidir o meu destino?

— Imagino que muitos dirão que o duque mais decadente finalmente teve sua punição vinda de uma pequena secretária. Se houver escândalo sobre os roubos, vou contar a história verdadeira ao *Parnassus* e viver com quaisquer resultados.

Ela mal respirava enquanto sua alma absorvia isso. Ela riu um pouco de seu próprio espanto.

— Fico feliz que tenha pensado o dia todo se concluiu que eu deveria ter um perdão.

— Não era nisso que eu estava pensando por tanto tempo. — Ele se levantou e lhe ofereceu a mão. — Venha e compartilhe o jantar comigo.

Ele abriu o champanhe e serviu as duas taças. O alto astral de Amanda o encantou. Ela parecia tão adorável no crepúsculo claro que agora iluminava o quarto. Bela e misteriosa.

— O que é aquilo? — Ela apontou para vários pratos cobertos em outra mesa.

— É sobremesa. Não espie agora. Coma o seu jantar.

Ela o fez, com vontade.

— Amanda, em Colton, Stratton me disse que provavelmente te

conheço melhor do que aos meus amigos mais antigos. Percebi que ele estava certo. Do jeito mais essencial, sinto que te conheço melhor do que a qualquer um. Nunca conheci uma mulher assim antes, nem experimentei tanta intimidade. Eu nunca quis.

— Sua mulher misteriosa se foi, você quer dizer.

— Você não entendeu. — Ele pegou a mão dela. — Estou ansioso por conhecê-la de todas as maneiras que ainda não conheço. Quero ouvir sobre seus anos na escola e o tempo que você passou como acompanhante no campo. Eu até quero ouvir tudo sobre o canalha que te seduziu. Tudo.

— Isso poderia levar um longo tempo.

— Provavelmente uma vida inteira, porque, justamente quando eu pensar que sei tudo, você provavelmente vai me surpreender e revelar outro mistério.

Sua expressão se transformou. Calor e felicidade aprofundaram seu olhar.

— Você está dizendo que prefere não se separar? Que podemos estar juntos em Londres de novo? Lady Farnsworth não pareceu tão chocada ao saber sobre nós como eu esperava, por isso, se minha colocação com ela se mantiver, poderemos continuar sendo bons amigos.

Ah, doce Amanda. Ela esperava tão pouco do mundo. Dele.

— Eu gostaria de ser mais que amigo, querida. Eu quero me casar com você. Por favor, diga que aceita. Se recusar, nunca me casarei, porque, tendo compartilhado amor e paixão com você, sou inadequado para outra mulher.

Sua expressão ficou paralisada. Ela olhou para ele, seriamente.

— Isso é sábio? Casar-se comigo? Uma secretária e filha de um ladrão?

— Nem um pouco sábio.

Ela começou a rir.

— Você poderia ter dito que acha a decisão mais sábia que já tomou, ou pelo menos algo vago como, *o que é sabedoria diante do amor?*

Gabriel riu com ela, depois pressionou os lábios em sua mão.

— No caso de você ainda não saber, às vezes, eu posso ser um idiota. — Ele olhou nos olhos dela. — É a decisão mais sábia que já tomei. Prometa que a terei por toda a minha vida, Amanda. Vou enlouquecer se não o fizer.

— Eu me casarei com você. Oh, sim, terei prazer em fazê-lo.

Ele a levantou para que pudesse abraçá-la e beijá-la.

— Você terminou o jantar? A sobremesa ainda espera.

Ela se virou nos braços dele e levantou as coberturas.

— Frutas vermelhas e chantilly. Fiquei decepcionada na primeira vez que nos encontramos na casa de seu irmão por não ter tido tempo de desfrutá-las. — Ela enfiou o dedo no creme e lambeu, sem saber quão erótica a pequena ação era.

— Fiquei mais decepcionado do que você — disse ele. — Eu tinha tantos planos para isso.

— Planos? Além de comer?

Ele mergulhou o dedo profundamente no creme, depois acariciou sua boca, o pescoço e a palma da mão.

— A maioria seria consumida eventualmente. — Ele deslizou a língua pelos lugares que havia sujado de creme.

Os olhos dela se iluminaram de excitação.

— Eu acho que você deveria me tirar desse vestido, Gabriel. Rapidamente.

Ele beijou seus lábios manchados de creme. Entregou-lhe as frutas vermelhas e levou a tigela de creme quando a carregou para a cama.

Trinta

— Quinta-feira? Eu tinha planejado sair da cidade, mas é claro que agora vou ficar. — A felicidade não abafou a reação de Harry com a notícia do casamento. Na verdade, ele parecia consternado.

Outro irmão mais velho poderia suspeitar que a reserva se dava pelas esperanças de herdar que haviam acabado de receber um golpe. Gabriel sabia que Harry nunca iria querer o título e se ressentiria se acabasse com esse peso.

— Vou conhecê-la, então? — Harry perguntou. — Isso é repentino ao extremo, se você pretende usar a licença especial poucos dias depois de adquiri-la, com uma mulher que ninguém conheceu.

— Estou tão deslumbrado que não suporto esperar. Perdoe-me se eu não a apresentei nem executei as gentilezas sociais de sempre. Nosso romance foi bastante incomum. Ela não é o que você pode esperar.

Ele contou a Harry sobre Amanda. A descrição apaziguou seu irmão em um grau surpreendente.

— Eu ouvi falar dela, esta secretária. Que estranho você ter decidido por ela, de todas as mulheres.

— Mais estranho ainda que ela me aceitasse. Não há explicação para o amor, suponho. As flechas de Eros acertam onde querem. — Ele gostava bastante dessa frase, precisaria usá-la quando outros homens expressassem ceticismo menos generoso com esse casamento.

— Claro. Certamente. Desejo-lhe as maiores felicidades, Gabe. Eu nunca pensei que veria isso ou que te veria tão feliz por ter acontecido. Estarei lá e estou honrado em esperar ao seu lado no altar.

— Pedi que ela se juntasse a mim hoje, para que você possa conhecê-la antes da cerimônia, Harry. Espero que não se importe.

A testa de Harry suavizou.

— Estou feliz por isso. Confesso que vou internalizar melhor essas notícias quando nos conhecermos.

Gabriel percebeu que Harry se preocupava que alguma aventureira tivesse usado seus truques em um duque. Ele nunca soube que seu irmão mais novo se preocupasse e ficasse de olho nele, tanto quanto ele ficava em Harry. Isso o tocou.

Eles continuaram seu passeio pelos jardins de Harry. Gabriel resistiu ao desejo de dizer ao irmão para contratar um jardineiro melhor. Rústico e romântico havia se tornado exuberante e feio em alguns lugares.

— Eu vi Emilia — revelou o irmão em um tom planejado para ser indiferente.

— Você tem ido a festas?

— Não. — Harry fez uma pausa. — Ela veio aqui.

Gabriel deu mais alguns passos e engoliu o desejo de soar como Brentworth.

— Quando foi isso?

— Vários dias atrás. À noite. Eu estava sentado para jantar. Alguém bateu à porta e o velho Gerard entrou com o cartão dela. Ela estava sozinha.

— Espero que o jantar tenha sido algo melhor do que você costuma comer, se ela se juntou a você.

— Sim, foi. No entanto, comemos muito pouco.

Gabriel descartou várias respostas para isso. Primeiro, o aviso de que Harry deveria ter mais cuidado com a reputação de Emilia. Harry saberia disso sem lembrete. Em seguida, um comentário desagradável sobre jovens que só acham homens atraentes quando eles se recusam a ser parte de seus joguinhos. Finalmente, o desejo de cutucar Harry para fornecer alguns detalhes sobre o que foi feito além de comer.

— Ela estava perturbada. Recebeu uma proposta de casamento. Descobriu estar menos do que animada com a perspectiva de vida com esse cavalheiro. Ela queria falar comigo sobre isso.

— Ah. Ela precisava de seu bom amigo.

— Sim. — Harry seguiu adiante, o rosto sério e pensativo. Inesperadamente, um pequeno sorriso apareceu, e, de repente, pareceu um pouco maroto. Até diabólico. — No entanto, não mais um mero amigo quando ela partiu.

Gabriel estava prestes a dar um bom soco no seu braço, de devasso para devasso, quando a atenção de Harry foi desviada para a casa.

— Aquela é a srta. Waverly? Vindo pela lateral da casa?

Amanda realmente apareceu no canto de trás da casa, aquele que ficava em frente à propriedade de Sir Malcolm. Ela usava um chapéu bonito e o vestido creme que ele lhe dera.

— Ela é adorável, Gabe. Muito bonita.

Gabriel os apresentou. Amanda deu toda atenção a Harry e o envolveu em uma conversa sobre sua pesquisa. De tempos em tempos, Harry estreitava os olhos para ela e perdia a linha de pensamento antes de encontrá-la novamente.

— Perdoe-me — ele pediu finalmente. — Você é vagamente familiar para mim. Já nos conhecemos?

— Acho improvável — respondeu Amanda. — Frequentamos círculos muito diferentes.

— Temos algumas visitas a fazer, Harry — Gabriel se apressou em acrescentar. — Devemos nos despedir agora.

— Vou acompanhá-los até sua carruagem.

Eles estavam mais próximos do local em que Amanda surgira e ela foi naquela direção novamente.

— O outro lado tem um caminho melhor — disse Harry.

— Gostei de ver a decoração estranha da casa ao lado — falou Amanda, continuando a refazer seus passos.

Harry se juntou a ela e, uma vez naquele pequeno caminho, contou sobre a casa de Sir Malcolm e sua história, apontando para as molduras exuberantes em torno das janelas superiores. Amanda parou alguns metros depois e virou-se para examinar tudo, com os detalhes de Harry fluindo em seu ouvido.

O olhar de Gabriel foi da casa para a cerca, lembrando-o de uma mancha escura que viu lá não fazia muito tempo. E, exatamente onde aquela mancha havia se espalhado, algo mais chamou sua atenção. Criava pequenos fachos de luz através das folhas da cerca viva.

Ele temia que Harry não notasse, que Amanda tivesse sido muito sutil. Não que eles houvessem concordado em fazer isso. Seu próprio plano não tinha riscos. Ele *pensou* que ela tinha concordado com ele. Amanda perguntou a Harry por que as janelas mais baixas não tinham arabescos. O olhar de Harry naturalmente se voltou para elas. Ele parou de falar no meio de uma frase e estreitou os olhos.

— O que é... — Ele se aproximou da cerca, estendeu a mão e arrancou algo das profundezas dos galhos. — Gabe. Veja isso.

Amanda inclinou a cabeça sobre a fivela dourada.

— Que estranho que tal coisa estava aí. O que é isso?

— Uma fivela antiga — revelou Harry. — Sir Malcolm achou que tinha sido roubada.

— Talvez tenha caído do bolso do ladrão enquanto ele descia — imaginou Gabriel. — Sir Malcolm ficará aliviado por ter aparecido, tenho certeza.

Harry examinou a fivela. Ele olhou para Gabe, depois para Amanda. Então enfiou a fivela no casaco.

— Vou entregá-la esta tarde e explicar como foi encontrada. Agora, vocês têm visitas a fazer e eu, um livro para escrever.

— Concordamos em simplesmente postar os dois itens para os proprietários — disse Gabriel enquanto caminhavam pela rua.

— Não concordei com nada. Você emitiu um decreto ducal. Se os postássemos, eles ainda seriam considerados roubados. Se forem encontrados no local, não foram roubados.

— Uma pequena diferença.

— É uma grande diferença, querido. As autoridades não se importam com itens que nunca saíram do local, mesmo que um roubo tenha sido tentado.

Irritado, Gabriel não havia notado o caminho que percorreram. Ele estacou de repente.

— Onde está a carruagem?

— Enviei à frente para nos esperar. — Ela gesticulou vagamente para o nordeste.

Compreensão o tomou.

— Não. Você está me ouvindo, Amanda? Eu proíbo.

— É a solução perfeita. Melhor ficar envergonhado por acionar um alarme falso do que ser conhecido como incompetente e descuidado. Recebê-lo de volta pelo correio não absolverá aqueles que estão sendo culpados pelo roubo. — Ela prendeu o braço no dele e o incentivou a avançar. — Dessa forma, ninguém estará procurando ladrão algum quando se trata daquele broche.

— Há muito risco para você. Risco desnecessário.

Ela franziu os lábios em um beijo no ar.

— Eu o amo por se preocupar, mas, por favor, não. Tenha um pouco de fé, meu amor.

Ou ele a acompanhava ou ela faria isso sozinha, ele sabia. Se não hoje, amanhã. Ele não podia mantê-la sob vigilância. Ela morava na Bedford Square agora, então ele não podia mais trancá-la para seu próprio bem.

A Montagu House apareceu à frente. Ele pagou a entrada e eles entraram no museu. Amanda ficou boquiaberta e apontou enquanto passavam pelos mármores de Elgin e pelos artefatos egípcios. Sem serem muito óbvios, eles tomaram o caminho para a sala com artefatos britânicos antigos, feitos em metal.

— Não está vazio. Existem outros aqui. Nós vamos voltar outra hora — ele sussurrou.

— Nunca estará vazio. Nós sequer queremos isso — ela sussurrou de volta.

— Gosto da parte do *nós*. A minha parte desse *nós* acha que você deveria ser amarrada à minha cama até que possamos enviar isso pelo correio.

— Por mais tentador que pareça, devo discordar.

Ela deu uma volta pelo salão, curvando-se para examinar alguns dos pequenos objetos nos mostruários.

— Oh, veja isso. Moedas romanas, mas elas não parecem romanas. Veja o que aconteceu com os rostos dos imperadores.

Ele olhou para baixo. Ao contrário das moedas romanas típicas, com seus perfis bastante realistas, esses rostos foram reduzidos a nada mais do que algumas linhas e um ponto para os olhos. Como era típico em tais lugares, o fascínio deles pelo caso provocou outros a se aproximarem. Logo, várias cabeças espiaram por cima do ombro dele. Ele olhou de volta para eles, e depois se certificou de que Amanda não estava sendo importunada.

Ela não estava lá.

Gabriel virou a cabeça e a viu em pé perto de outro mostruário. Inferno, ela ia fazer isso agora. Pior, ela não percebeu que havia atraído a atenção de um jovem que a seguia, provavelmente por nada de bom, pelo olhar em seus olhos. *Fique longe, garoto. Ela é minha.*

Ele se libertou da pequena multidão e caminhou para o lado dela.

— Não é um bom momento — ele sussurrou.

— Para quê? — ela perguntou inocentemente. Ela olhou para o mostruário. — Deus, há algo faltando aqui. Eu me pergunto o que aconteceu com isso.

Ele imaginou que ela levantou a voz? Ela certamente atraiu a atenção, incluindo a do jovem que veio ver o que ela falou.

— Espere, olhe lá. Não está faltando. Por algum motivo, caiu para trás do veludo — revelou o jovem. Ele apontou para o fundo da caixa, onde uma borda de ouro podia ser vista espreitando acima do veludo.

— Que diabos! — reagiu Gabriel. — Imagino se os curadores sabem disso.

— Creio que não, ou eles teriam corrigido — ponderou Amanda. — Alguém deve ter empurrado a caixa, e ela se soltou dos pinos e escorregou para lá.

— Não faria sentido pensar que desapareceu quando está aí — disse o jovem.

— Havia um funcionário do museu a duas salas daqui — falou Gabriel. — Vou alertá-lo e sugerir que ele informe alguém.

— Isso pode ser sábio — concordou Amanda.

Ele lançou um olhar ameaçador ao jovem e foi procurar o empregado.

Amanda ficou encantada com o mostruário, enquanto outros ficaram boquiabertos com o problema. O jovem se afastou e ela o seguiu disfarçadamente. Aproximou-se enquanto ele espiava uma caixa com pequenas esculturas de marfim. Ele era um jovem bastante comum, com cabelos cortados de um jeito típico e roupas decentes, mas não distintas. Além de um nariz um tanto proeminente, ela teria dificuldade em descrevê-lo. Ele não era notável.

— Não faça isso — disse ela enquanto se inclinava para admirar o artesanato.

— Desculpe?

— Você me ouviu. Não faça isso. Hoje não. Nenhum dia. Aqui não.

— Tenho certeza de que não sei do que você está falando.

— Você sabe. Repito, não faça isso. — Ela se endireitou e o encarou. Ele olhou para ela, que o encarou de volta.

Petulância torceu a sua boca, mas ele se virou e deixou a sala.

Gabriel voltou. Um homem veio correndo por outra entrada. Magro e calvo, com cabelos ruivos onde eles ainda cresciam, ele abriu caminho através do círculo de curiosos.

— Inacreditável. Eu poderia jurar... — Ele abriu uma fechadura e levantou a parte superior da caixa. — Toda essa preocupação e estava aqui o tempo todo.

— Vamos sair daqui — chamou Gabriel, pegando seu braço. — Eu não quero que Stillwell me note e decida fazer algo estúpido como se perguntar se alguém acabou de devolver o broche. — Ele a acompanhou para fora, encontrou a carruagem e a colocou dentro antes de entrar.

Gabriel a encarou com uma expressão bem rigorosa.

— Amanda.

— Sim, meu amor.

— Devo exigir uma promessa de você que talvez eu já deveria ter exigido antes.

— Que promessa é essa?

— Quero ouvir você dizer que nunca mais fará isso, nem pela melhor razão do mundo. Nem mesmo para salvar o reino. Sem trancas, sem janelas de entrada e saída, sem paredes escaladas e sem técnicas de caligrafia.

— Preciso da caligrafia para Lady Farnsworth enquanto a ajudo, até ela encontrar um substituto para mim. Eu seria uma péssima secretária se escrevesse ilegivelmente.

— Estou falando da falsificação de caligrafia e você sabe disso.

— Compreendo. No entanto, nem mesmo para salvar o reino? Realmente?

Sua expressão severa suavizou.

— Suponho que, se alguma vez precisar, o que nunca acontecerá, se o reino estiver realmente em perigo e suas habilidades puderem ajudar, então apenas uma vez você poderia.

Ela se moveu para sentar ao lado dele e olhou para o seu perfil.

— Eu prometo.

Ele parecia satisfeito, mas outro pensamento deve ter surgido porque ele virou o rosto para ela.

— Você também não deve ensinar nada disso a nossas filhas.

— Se você insiste, eu não vou. Nenhum de nossos filhos aprenderá a sair pela janela ou arrombar uma fechadura, embora eu ache que essas habilidades possam ser práticas de vez em quando.

— Eu não disse as crianças. Eu disse as meninas. Parte disso pode ser muito útil para os homens. Se um marido está subindo as escadas, por exemplo, e a janela é a única saída. Esse tipo de coisa.

— Entendo. Esse tipo de coisa. — Ela se inclinou e colocou a mão no peito dele. — E se eu desobedecer a esse comando para deixar de usar minhas habilidades especiais, o que acontecerá? Você vai ter que me punir do jeito que ameaçou no jardim de Yarnell?

Suas pálpebras abaixaram.

— Eu nunca iria bater em você com raiva.

— De alguma forma, eu não acho que teria sido sobre raiva, pelo menos não por muito tempo.

— Você mostrou um interesse surpreendente nesse jogo em particular, Amanda.

— A ideia é... provocante.

— Ah, é? Seu interesse também é provocante.

— Nós dois parecemos estar sendo provocados apenas pelo pensamento. Diga-me, se isso acontecer, você esperaria que eu estivesse nua quando deitasse sobre seu colo para ser espancada?

Sua expressão tornou-se severa novamente, mas de uma maneira diferente e por um motivo diverso.

— Acho que sim. Nua, com seu lindo e rosado traseiro esperando pela minha mão.

— Suponho que possa doer.

— Só um pouco.

— Ainda assim, eu devo ter certeza de não ser desobediente se quiser evitar isso.

— Isso seria sensato.

— Hummm. — Ela levantou a mão. Uma corrente pendia de seus dedos. — Oh, céus. Parece que o aliviei do seu relógio de bolso. Que travesso da minha parte.

Ele abriu a janela e ordenou ao cocheiro que se apressasse em levá-los para sua casa.

A sra. Galbreath travou o fecho do colar de filigrana e diamante. Amanda o admirou no espelho.

— Suponho que estou o mais pronta possível.

— Você parece uma princesa — Katherine falou com admiração de onde estava sentada na cama.

Amanda não queria se casar para esquecer o seu antigo porão, então ela trouxe Katherine para ficar com ela por alguns dias. Sua esperança era convencê-la a encontrar um modo de vida além de servir cerveja, já que isso provou ser ruim para sua saúde. Um pequeno flerte tinha começado entre Katherine e Vincent, o que poderia ser mais significativo para Katherine do que qualquer conselho sobre o emprego.

Como ela também não queria se casar para se afastar da casa de Lady Farnsworth, embora a senhora praticamente o exigisse, ela veio para a casa em Bedford Square e ocupou o quarto que a sra. Galbreath havia oferecido no clube *Parnassus*. Quando ela não retornava em algumas noites, a sra. Galbreath tratava isso com normalidade, o que ela duvidava que Lady Farnsworth tivesse feito.

Seria um casamento pequeno com um punhado de amigos íntimos. A sociedade havia deixado a cidade agora, mas é claro que todos sabiam que Langford tinha sido fiel à sua má reputação até na escolha de uma esposa completamente inapropriada.

Se eles soubessem da história toda...

— Eles não ousariam excluí-lo — explicou a duquesa em uma conversa particular depois que Amanda e Gabriel voltaram para Londres. — Você, no entanto, não será poupada. Deve encontrar círculos que não se curvem a essas mulheres. — Os próprios círculos da duquesa seriam um começo, e ela já havia espalhado que Amanda era sua amiga. A irmandade do clube *Parnassus* seria outra opção.

Amanda não se importava com nada disso. Ela não fora criada para se preocupar com os convites recebidos e se essa ou aquela grande dama a favoreciam. Ela nunca tinha pertencido a lugar nenhum, então não choraria se não pertencesse ao Almack's. Tampouco apreciou o suficiente o fato de que seria uma duquesa, mesmo quando Katherine gritou de empolgação com a notícia.

Tudo o que ela se importava era ter Gabriel em sua vida, amando-a e sendo amado, e tê-lo ao seu lado pelo resto de sua vida.

— Nós devemos ir — disse a sra. Galbreath. — A carruagem está lá embaixo.

A enorme carruagem ornamentada pertencia à duquesa e a Stratton. Na verdade, a duquesa — Clara, ela disse a Amanda para chamá-la assim agora — tinha cuidado do casamento inteiro. Até mesmo o lindo vestido que ela usava agora tinha sido obra da duquesa. Sua modista favorita colocou cinco costureiras para fazê-lo, para que fosse concluído em duas semanas.

A sra. Galbreath e Katherine a colocaram na carruagem e depois entraram em outra. Eles atravessaram a cidade até a igreja. Assim que Amanda desceu da carruagem, percebeu que o pequeno casamento de um duque ainda seria grande para qualquer outra pessoa. Muitas carruagens se alinhavam na rua.

Ela entrou na igreja sozinha, embora Stratton e Brentworth tivessem se oferecido para acompanhá-la. Ela fez uma pausa e olhou para a pequena multidão; conhecia muitos dos presentes e sorriu quando viu alguns dos criados que a haviam ajudado. Ela insistiu que eles estivessem presentes, se quisessem.

Lady Farnsworth usava um novo xale veneziano de raminhos azul e roxo, sobre um vestido cinza de seda crua. Rendas e babados apareciam por baixo do xale. Ela também exibia uma expressão de autossatisfação.

— Considero a reforma de Langford a maior conquista da minha vida — dissera ela a Amanda. — Seu casamento com ele será o auge do meu sucesso.

Amanda decidiu não compartilhar essa confissão com seu noivo.

Gabriel e seu irmão tomaram posições no altar. Ela começou a caminhar em direção a ele. Sabia os votos que eles fariam. Todo mundo os repetia. Ontem à noite, no entanto, enquanto estavam juntos com seus corpos e corações, ele fez outras promessas além das de amor eterno.

— Nunca te abandonarei. Não com meu coração, corpo ou mente. Você está segura comigo, minha casa será sua casa e você nunca ficará à deriva e sozinha novamente.

Suas palavras a comoveram profundamente e ela ainda as carregava em seu coração. Ele a conhecia melhor do que ela pensara. Melhor do que ela sabia.

Amanda deu um passo à frente, aceitou a mão dele e tomou seu lugar ao seu lado.

Fique de olho no próximo livro da série Decadent Dukes Society:

NUNCA DIGA NÃO A UM DUQUE

MADELINE HUNTER

Entre em nosso site e viaje no nosso mundo literário.
Lá você vai encontrar todos os nossos
títulos, autores, lançamentos e novidades.
Acesse www.editoracharme.com.br

Você pode adquirir os nossos livros na loja virtual:
loja.editoracharme.com.br

Além do site, você pode nos encontrar em nossas redes sociais.

 https://www.facebook.com/editoracharme

 https://twitter.com/editoracharme

 http://instagram.com/editoracharme